FARFALLE

Dello stesso autore
nel catalogo Marsilio

I casi di Rekke e Vargas
Obscuritas

Millennium
Quello che non uccide
L'uomo che inseguiva la sua ombra
La ragazza che doveva morire

Romanzi
La caduta di un uomo
Il cielo sopra l'Everest

David
Lagercrantz

Memoria

traduzione dallo svedese di Katia De Marco

Marsilio

Titolo originale: *Memoria*

First published by Norstedts, Sweden, in 2023
Published by agreement with Norstedts Agency

Prima edizione: luglio 2024
ISBN 978-88-297-1556-5
www.marsilioeditori.it

Realizzazione editoriale: Silvia Voltolina

MEMORIA

Prologo

Il primo giugno 2004, un uomo d'affari ungherese con una capacità deduttiva fuori dall'ordinario ricevette una telefonata da un analista. Una normale telefonata di lavoro, nulla lasciava presagire che ne sarebbe emerso qualcosa di importante o addirittura determinante. L'analista aveva una visione ottimistica della situazione, a parte la guerra in Iraq, e passò da un argomento all'altro, finché non nominò per caso il professor Hans Rekke.

«Ho sentito che si interessa alla morte di Claire Lidman.»

Nient'altro. Eppure fu sufficiente perché il mondo cambiasse colore agli occhi dell'uomo d'affari ungherese.

La storia però era cominciata molto prima.

I

Hans Rekke aveva solo dodici anni, il giorno in cui suonarono alla porta della grande casa di Vienna. Nevicava a più non posso. Il dottor Brandt, il suo insegnante di matematica, aveva in testa un berretto di pelliccia decisamente troppo grande. Accanto a lui c'era un ragazzino dell'età di Hans, con i capelli ricci e lo sguardo intenso, che il dottor Brandt presentò come Gabor.

La mano che Hans tese rimase sospesa nel vuoto.

Il ragazzino si limitò a passargli accanto, leggero ed elegante come un gatto. C'era qualcosa di minaccioso in lui, anche se Hans non avrebbe saputo dire cosa. Aveva gli occhi di un verde luminoso e si muoveva con la circospezione di chi è sempre all'erta.

L'insegnante li fece sedere alla grande scrivania nella biblioteca con il busto di Beethoven, e la situazione iniziò a chiarirsi. Il ragazzino doveva essere particolarmente dotato, e l'idea era quella che loro due si sfidassero e stimolassero a vicenda. Non appena il dottor Brandt ebbe assegnato i compiti – sul teorema di Cantor – la tensione diventò palpabile. Gabor si mise subito al lavoro, tremando dall'eccitazione. Hans invece rimase immobile, quasi paralizzato, con gli occhi fissi sui muscoli della mandibola dell'altro.

«Perché non scrivi?» gli chiese il dottor Brandt.

«Tra poco.»

In realtà Hans era immerso nei suoi pensieri, sprofondato in un mistero che lo attirava più della matematica. Osservò il ragazzino eseguire i calcoli con rapidità prodigiosa, al limite del virtuosismo. Lasciamolo vincere, si disse. Che m'importa? Eppure qualcosa dentro di lui non voleva dargliela vinta. Pian piano riuscì a concentrarsi, e alla fine pensò di essersela cavata piuttosto bene, in modo non eccelso, ma più che decoroso. Alzando gli occhi però vide lo sguardo di trionfo di Gabor.

«Sono davvero colpito, ragazzi. Cosa ne dite di venti minuti di pausa per fare amicizia?» suggerì il dottor Brandt, chiaramente soddisfatto.

Hans e Gabor si misero il cappotto e uscirono in giardino. La giornata era fredda, la neve cadeva in grosse falde e il terreno gelato scricchiolava sotto i loro passi. All'improvviso Hans percepì un leggero sibilo, un sol acuto in quattro quarti, che si ripeteva ogni tre o quattro espirazioni. Dava un'impressione di vulnerabilità che contrastava con l'energia esplosiva emanata dal ragazzino.

«Che sport fai?» gli chiese.

Gabor ci pensò un attimo.

«Autodifesa.»

Era un po' vago, per Hans.

«In che senso?»

«Ti faccio vedere.»

Quando Gabor contrasse i muscoli, il sibilo si abbassò di mezzo tono fino a un fa diesis, attirando l'attenzione di Hans. Era una delle disgrazie che lo affliggevano in quegli anni: ogni volta che l'immagine acustica cambiava, lui analizzava compulsivamente i suoni che sentiva. Per questo non poté reagire quando Gabor eseguì la sua presa.

Ruotò su se stesso e cadde violentemente a terra. Per alcuni secondi vide tutto nero, poi intuì gli occhi di Gabor, sazi, compiaciuti, come quelli di un animale da preda che ha ottenuto ciò che vuole.

Era finito lungo disteso, con un dolore lancinante alla nuca, e solo al terzo o quarto tentativo riuscì a tirarsi in piedi, per poi rientrare in casa barcollando, con i capelli bagnati e appiccicosi. Rimase a lungo chino sulla vasca da bagno per cercare di fermare l'emorragia. Quando tornò in biblioteca era passato un quarto d'ora.

Il dottor Brandt era ancora seduto alla scrivania. Con uno sguardo deluso accompagnato da gesti imbarazzati, disse che Gabor era tornato a casa. Non si era nemmeno accorto che Hans era pallido e scosso, come non se ne accorse poi sua madre, indaffarata com'era a cercare un paio di orecchini che all'improvviso non trovava più.

2

L'agente di polizia Micaela Vargas si era trasferita da Husby all'appartamento di Hans Rekke in Grevgatan, nei quartieri eleganti di Stoccolma, cosa che aveva suscitato parecchie critiche e altrettante chiacchiere tra i suoi conoscenti. Adesso però voleva andarsene anche da lì.

Rekke era irrimediabilmente depresso e se ne stava sempre chiuso in camera. Non appena avesse trovato un attimo, Micaela avrebbe fatto le valigie. Prima però voleva chiudere il caso su cui stavano lavorando: una donna dichiarata morta da anni che compariva in una foto scattata di recente a Venezia. Micaela non era del tutto convinta che fosse lei, ma quella storia aveva qualcosa che la solleticava.

Per questo era alla stazione di polizia di Bergsgatan, dove aveva appuntamento con Kaj Lindroos, l'ispettore che si era occupato dell'indagine quasi quattordici anni prima. Lindroos era in ritardo, e la cosa non la sorprendeva affatto, tenuto conto di quanto era sembrato scocciato e reticente al telefono. Micaela lo aspettava all'ingresso, guardando distrattamente dalla finestra. Un camion scoperto carico di studenti urlanti che festeggiavano la maturità le passò davanti. Era il 5 giugno 2004, una splendida giornata estiva. Stava quasi per andarsene quando sentì una voce alle sue spalle.

«La mia collega che gioca all'investigatrice privata, presumo.»

Micaela si voltò e strinse la mano all'ispettore. Era più giovane di quanto aveva immaginato, sotto i cinquanta, probabilmente, con grandi occhi scuri e capelli biondi pettinati all'indietro, ma anche più trasandato. La guardò come se fossero le tre di notte, e lei per reazione si strinse nel giubbotto di jeans.

«Grazie di avermi ricevuta» disse.

«Claire Lidman è morta» tagliò corto Lindroos.

«È probabile. Però ho qualcosa di interessante da mostrarti» disse Micaela tastando la tasca interna. «Non ci vorrà molto.»

L'ispettore Lindroos non le toglieva gli occhi di dosso.

«Prenditi pure tutto il tempo che vuoi, tanto non ci credo.»

Micaela avrebbe voluto avere qualcosa da fargli ingoiare.

«Magari guarda la foto, prima di decidere» ribatté, seguendolo nell'ascensore.

Ovviamente Kaj Lindroos aveva intenzione di guardare la foto, solo che gli dava fastidio che la ragazza fosse così giovane, e di origini straniere, per di più. D'altra parte non era facile tenere a bada i preconcetti, soprattutto se si trattava del caso Lidman. Era una ferita aperta nella sua carriera, ed era innegabile che ci fosse qualcosa di strano nella faccenda. Quattordici anni prima una donna bella e istruita, che lavorava ai piani alti della finanza, era scomparsa senza lasciare traccia, per ricomparire qualche mese più tardi, morta carbonizzata nell'esplosione di un'autocisterna in Spagna. Ovvio che si fosse fatto mille domande. Però... che cazzo, ormai era acqua passata, ed era venerdì pomeriggio. Voleva uscire presto, prendersi una bella sbornia e magari provarci con la ragazza. Valeva sempre la pena di tentare.

«Ti occupi di criminalità minorile, ho sentito» disse.

«Cerco di occuparmi anche di altre cose, nel tempo libero.»

«Ed è un'iniziativa che riscuote consensi?»

«Da morire.»

«Me l'immagino. Bel giubbotto» osservò, anche se intendeva belle tette.

Le gambe invece avrebbero potuto essere più lunghe, e non le avrebbe fatto male sorridere un po' di più. Ma non era il caso di lamentarsi.

Lindroos la accompagnò nel proprio ufficio e riordinò frettolosamente la scrivania. Fuori gli studenti schiamazzavano dal pianale del camion. Avrebbe voluto fare una battuta sprezzante, ma temeva di sembrare vecchio.

«Festeggiamenti» disse invece. «Verrebbe quasi voglia di essere dei loro.»

«Quasi.»

«Anche tu hai strillato tanto, quando ti sei diplomata?»

«Con tutto il fiato.»

«Non devono essere passati molti anni, vero?» proseguì lui, pentendosene subito dopo.

Di nuovo la stessa irritazione, lo stesso modo inconscio di lasciar intendere che era troppo giovane e inesperta per arrivarsene con strane teorie sulla resurrezione di Claire dal regno dei morti. Ma ormai non poteva tirarsi indietro.

«Stai cercando di dirmi qualcosa?» chiese Micaela.

«No, no» rispose lui. «Ma ai miei tempi i berretti bianchi della maturità erano un retaggio del passato. Adesso all'improvviso li vogliono tutti.»

«Ah sì?» fu il commento indifferente di Micaela.

«Ormai essere ribelli è fuori moda, a quanto pare.»

«Davvero?»

«Ti piace Ulf Lundell?»

«Chi?»

Queste giovani immigrate dei sobborghi non sanno niente della Svezia, pensò Lindroos.

«Cosa ne dici di andare al punto?» chiese poi con una voce che non riusciva a nascondere del tutto l'irritazione. Micaela annuì ed estrasse dalla tasca una foto in una foderina di plastica.

Per un attimo Lindroos ebbe paura, non sapeva nemmeno lui perché. Ma no, si rassicurò. Era impossibile. C'erano un certificato di morte e un test del dna, e aveva visto il cadavere con i suoi occhi. Di sicuro Claire Lidman non poteva andarsene in giro con un elegante cappotto rosso.

3

Seduto al pianoforte, Hans Rekke iniziò a suonare l'adagio della *Patetica*. Dopo pochi minuti s'interruppe. Il pezzo non gli diceva più niente, ma probabilmente non era colpa di Beethoven. Niente gli diceva più niente, ormai. Si alzò e si chiese da che parte andare: destra o sinistra?

La sua vita ultimamente era fatta di scelte del genere. Doveva andare a letto o restare seduto lì? Fuori era scattato un allarme e l'orologio a parete ticchettava, tic tac, come per mostrare quanti secondi venivano sprecati in quell'assenza di senso.

Dov'era finita Micaela? Non la vedeva da una settimana. Forse era tornata a casa sua, e come rimproverarglielo? Doveva essere stato una compagnia insopportabile, eppure l'idea lo faceva soffrire. Decise di andare in cucina e bere un bicchiere di vino, ed era messo talmente male che già quello gli sembrò un segno di iniziativa. A metà strada però deviò verso il bagno e aprì l'armadietto. Richiudilo, si disse. Vattene. Ma le sue mani, che sembravano vivere di vita propria, presero il nuovo farmaco che gli aveva dato Freddie, il suo medico dall'inferno.

Si chiamava OxyContin, e secondo il foglietto illustrativo non dava quasi dipendenza. Buona questa, pensò lasciandosi cadere sulla tazza. Fu assalito dai ricordi, ovviamente non quelli belli, solo altri detriti angoscianti, come i giorni a Vienna quando non smetteva mai di nevicare. Perché non si cancellavano una volta per tutte? Si alzò e si riscosse. Aveva sentito un rumore? Sì, decisamente. Dei passi familiari.

I tacchi di sua figlia Julia sul pianerottolo, ritmici come sempre, o forse... ascoltò più attentamente... forse no. I passi rallentarono, privi di elasticità e della loro arroganza giovanile, e lui si rese conto che in effetti negli ultimi tempi Julia sembrava preoccupata. Ma i vecchi ricordi offuscavano i suoi pensieri come un velo, e non sapeva più nemmeno se gli avesse detto qualcosa in proposito oppure no.

Si passò una mano tra i capelli e andò verso la porta, ma non ebbe bisogno di aprirla: fu Julia stessa a entrare, e lui rimase lì a guardarla, ancora un po' frastornato. Indossava dei jeans strappati alle ginocchia e un giubbotto di pelle che sembrava di seconda mano, insieme a un paio di scarpe nere dai tacchi ridicolmente alti. Anche il trucco era eccessivo. Si stringeva nel giubbotto come se avesse freddo.

«Ciao, tesoro. Nevica?» chiese Rekke guardandole una spalla, quasi ci avesse visto dei fiocchi di neve.

«Mi prendi in giro?»

«Sì, certo» rispose lui imbarazzato.

Allargò le braccia per stringerla a sé, ma lei si infilò in casa passandogli accanto.

«È estate, papà.»

«Lo so.»

«O sta nevicando da qualche parte nei tuoi pensieri?» proseguì lei, azzeccandoci in pieno.

Doveva tornare al presente, c'era lì la sua bambina. Guardandola meglio si accorse che era dimagrita, e la cosa non gli piaceva. La tendenza alla mortificazione del corpo era una caratteristica di famiglia. Sua madre la considerava una virtù, ovviamente, un segno di classe ed eleganza. Ma lui sapeva che quella virtù spesso nascondeva una paura, una dipendenza letale, l'unica che aspirasse a una mancanza, un'assenza.

«Vieni, tesoro» disse. «Pranziamo insieme.»

«Cucini tu?»

C'era un che di tagliente nella voce, una sorta di nervosismo nelle braccia sottili.

«Certo» rispose lui andando in cucina e aprendo il frigo. «La mia goffaggine ai fornelli ti diverte, in genere. Altrimenti la signora Hansson avrà sicuramente preparato qualcosa. Ecco» disse controllando il contenuto di una ciotola sul secondo ripiano. «Risotto.» Lo annusò. «Con vino bianco, brodo vegetale e parmigiano. E guarda!» Si illuminò. «Funghi e rucola, un vero e proprio banchetto.»

«No, grazie, devo andare.»

«Ma sei appena arrivata. Lo scaldo al microonde. Posso perfino offrirti un bicchiere di vino, tanto i diciannove anni li hai compiuti, no?»

Le rivolse un largo sorriso, fingendosi più stordito di quanto non fosse, ma senza essere ricambiato.

«Sono passata solo per dirti una cosa» annunciò Julia, lasciandolo lì con il risotto in mano e la sensazione che sarebbe stata una notizia preoccupante.

Ma forse è l'effetto dei ricordi di quel lontano inverno, pensò facendo del suo meglio per apparire un padre solido e rassicurante, un padre che non aveva appena assunto la sua dose di oppiacei.

4

Non avrei dovuto venire, pensò Micaela. Non avrei dovuto lasciarmi trascinare in questa storia.

Sapeva esattamente quando era successo. Erano le cinque e venti del 10 maggio quando Samuel Lidman, il vedovo, era salito in Grevgatan e aveva posato la foto sul tavolino del soggiorno. Era stato un momento imbarazzante. Samuel aveva il respiro affannoso e la fronte sudata. Indossava un completo di velluto marrone e degli stivali da cowboy perfettamente lucidati, e se dal collo in giù sfoggiava un fisico imponente, quasi scolpito nella pietra, mostrava un volto arrossato, con gli occhi spenti. Era difficile non provare compassione per lui.

«Ha lo stesso neo di fianco all'orecchio, e ci sono anche altri dettagli che coincidono. Potete controllare con i vostri occhi» aveva detto. «Ho portato diverse vecchie foto.»

Non era una cosa da niente, quella che cercava di dimostrare. Sua moglie era morta da quasi quattordici anni, e non morta nel senso di svanita nel nulla, morta nel senso di identificata con tanto di scheda dentaria e sepolta al cimitero cattolico di Solna. Riportarla in vita sarebbe stato – parole di Rekke – un progetto decisamente ambizioso. Ma Samuel voleva provarci, mostrando loro la foto di una bella donna con un cappotto rosso scattata a Venezia.

«Vedete? Vedete?»

«Sì, ci lasci guardare bene» aveva risposto Rekke.

Micaela pensava che stesse cercando un modo pietoso per respingere l'ipotesi. Sotto sotto Rekke era restio a ferire il prossimo, e quella per Samuel Lidman sembrava una questione di vita o di morte.

Era chiaramente un uomo che aveva sofferto molto. Nell'autunno del 1990, quando Claire l'aveva lasciato all'improvviso, senza una parola di commiato, erano sposati da poco e lui era innamorato perso. E in tutti quegli anni la ferita non si era mai rimarginata, anche perché la vicenda aveva parecchi punti oscuri. Claire era una donna di grande bellezza e intelligenza, con una carriera invidiabile nel campo dell'alta finanza. Lavorava come analista capo in una delle più grandi banche del paese, la Nordbanken, alle dirette dipendenze dell'amministratore delegato William Fors. All'epoca – l'inizio della crisi degli anni Novanta – si occupava di finanziamenti ad aziende in difficoltà. Era stressata, ma il lavoro le piaceva. Era una combattente e una giocatrice d'azzardo, secondo Samuel. E il loro era un matrimonio felice: due corpi e un'anima, così lo aveva descritto.

Una sera Claire era uscita per imbucare una lettera alla sorella che viveva a Londra, e non era rientrata. Da quel momento nessuno l'aveva più vista, malgrado la polizia si fosse messa febbrilmente al lavoro fin dal giorno successivo. Erano state settimane terribili, aveva raccontato Samuel, eppure ora avrebbe voluto tornare indietro, perché almeno allora aveva il suo passato, gli anni con Claire erano ancora belli e intatti. Con il tempo avrebbe perso anche quello. Al culmine della vicenda aveva ricevuto un messaggio, non una lunga lettera come quella che Claire aveva scritto alla sorella, ma una semplice cartolina con una riproduzione di Cézanne – una veduta di Gardanne – in cui si limitava a spiegare che l'aveva lasciato perché non ce la faceva più.

Per Samuel era stato più doloroso che se fosse morta. Poco dopo era partito per un lungo viaggio. Un pellegrinaggio, lo aveva definito. Per diverse settimane non era stato raggiungibile, e quando aveva chiamato da Bombay aveva saputo che Claire era morta nell'esplosione di un'autocisterna a San Sebastián. Era ancora in tempo per vederla e partecipare al funerale nella chiesa di Solna.

Ma non aveva voluto.

«Per me non esisteva più» disse. Aveva mandato tutto al diavolo e proseguito il viaggio.

«È stato l'errore più grande della mia vita» aggiunse. «Così hanno potuto ingannarmi.»

Non era facile seguire la sua logica. La sorella e la madre di Claire avevano identificato il corpo insieme all'ispettore Kaj Lindroos, ma lui si era messo in testa che Claire fosse ancora viva. Probabilmente perché non era riuscito a dirle addio. Era ossessionato dall'idea che qualcuno doveva averla aiutata ad allontanarsi dalla Svezia, altrimenti avrebbe di sicuro lasciato qualche traccia, non sarebbe semplicemente svanita nel nulla.

Micaela ricordava come Samuel, sempre più irrequieto e sudato, aveva aspettato che Rekke esaminasse la foto. Non era un granché, tanto meno come prova di una resurrezione. Eppure Rekke l'aveva presa con grande serietà e osservata a lungo – per pura gentilezza, credeva Micaela – insieme alle altre foto di Claire portate da Samuel.

«Affascinante» aveva concluso alla fine dell'esame.

«Lo vede anche lei, vero? È proprio Claire?»

«Non lo so» aveva ripreso Rekke. «La messa a fuoco non è il massimo. Posso solo dire che Claire e la donna in questa foto hanno la stessa aura. *Where I go, life goes*, come mi disse una volta un violinista arrogante. Mi domando se... aspetti un attimo.»

Non aveva aggiunto altro, e inutilmente Samuel aveva continuato a blaterare delle somiglianze tra Claire e la donna della foto. Rekke non lo sentiva più, sprofondato in una sorta di trance.

«Ha l'aria un po' ansiosa, non trova?» aveva chiesto poi. «Come se stesse cercando qualcuno.»

«Sì, forse.»

Teso come una corda di violino, Samuel non staccava gli occhi da Rekke.

«Ma soprattutto...»

«Sì?»

«C'è qualcosa di particolare nella sua postura. Sembra quasi fendere l'aria, però con una leggera asimmetria. Claire aveva per caso subito qualche danno al ginocchio destro?»

Samuel era stupefatto.

«Sì, è così. Si era infortunata sciando. Perché me lo chiede?»

«Perché questa donna ha una postura compensatoria. Il piede sinistro e l'anca sinistra, vede... sono leggermente inclinati, reggono il carico del corpo. Può essere una cosa temporanea, un'improvvisa perdita di equilibrio. Ma la donna non ha un atteggiamento difensivo, non c'è nessun segno di dolore o fastidio.»

«Cosa intende?»

«Che la rotazione compensatoria del corpo è qualcosa di interiorizzato alla perfezione, tanto che in tempo reale probabilmente non si nota nemmeno, bisogna congelare l'immagine per accorgersene. Potrebbe essere dovuta a una vecchia frattura della tibia o del femore. Ma fratture del genere di solito non lasciano ripercussioni a distanza di tanti anni, quindi punterei piuttosto su un menisco mai guarito del tutto.»

Samuel era balzato in piedi e si era messo a camminare avanti e indietro per il soggiorno, sempre più eccitato. Era in preda a un'agitazione febbrile, come se davvero avessero scoperto qualcosa. Micaela ci aveva messo almeno mezz'ora a farlo ragionare, perciò non si era accorta subito che Rekke era improvvisamente diventato silenzioso. Aveva bisogno di stare solo, si era scusato salutandoli.

Solo il giorno dopo Micaela aveva capito che aveva iniziato a dubitare delle conclusioni. Era un classico, con Rekke. Il suo cervello notava in un lampo una gran quantità di dettagli e li metteva insieme a comporre un'immagine mentale. Poi però passava più tempo a mettere in dubbio le sue conclusioni di quanto ne avesse impiegato ad arrivarci. Quella volta inoltre si sentiva particolarmente a disagio. Aveva ficcato in testa strane idee a un uomo infelice, e si dava dell'idiota. Poteva essere l'inizio di una crisi, di un nuovo periodo buio.

Comunque, ormai Samuel Lidman era partito per la tangente, per quanto Rekke si fosse pentito. Continuava a insistere, e alla fine Micaela gli aveva promesso che si sarebbe occupata a fondo di quella faccenda. Era per quello che era andata a parlare con l'ispettore Kaj Lindroos. In realtà però non era affatto convinta, e la foto una volta posata sulla scrivania ingombra le sembrò assurda e insignificante.

«Vediamo un po'» disse Lindroos sollevandola per esaminarla meglio.

Ma non riuscì a osservarla a lungo. Quasi subito tornò a guardare dalla finestra, come se sperasse di sentir cantare di nuovo gli studenti.

«Potresti anche dedicarci un po' più di attenzione.»

Lindroos si voltò, imbarazzato.

«Ti andrebbe una birra più tardi? Magari giù al molo. Potrei raccontarti un paio di cose.»

La guardava con un'attenzione nuova, e si slacciò nervosamente un bottone della camicia, come se avesse già iniziato a mettersi comodo per l'appuntamento.

«No, mi spiace» rispose Micaela. «Devo rientrare.»

Si sentiva giù di corda.

«Sei sicura? È venerdì, ed è ancora chiaro.»

«Devo vedere mia madre» aggiunse lei.

«Ah, d'accordo, come non detto» rispose lui, dichiarando con il linguaggio del corpo di non avere nessuna intenzione di dedicare un altro secondo a quella stupida foto. Micaela si domandò se aggiungere qualcosa per mitigare la brutalità del rifiuto, tipo: Magari un'altra volta. Ma l'avrebbe fatto solo per vigliaccheria. Decise di concentrarsi sulla foto.

«Vedi? Il neo di fianco all'orecchio è molto simile.»

«Davvero?» sbuffò lui, abbottonandosi la camicia. «Ma la foto Lidman l'ha trovata a casa del suo vicino, no?»

Gliela stava facendo pagare, era chiaro. Micaela si mise sulla difensiva.

«Un amico di Lidman l'ha trovata a casa del *suo* vicino» lo corresse.

«Non è un po' strano?» proseguì Lindroos, e in effetti non aveva torto.

Sarebbe stato meglio se la foto fosse saltata fuori dopo un lungo e metodico lavoro di ricerca, e non come per miracolo da un album delle vacanze di un conoscente. Però le cose stavano come stavano. Per fortuna presto sarebbe uscita da lì e avrebbe potuto dimenticarsene.

«Che importanza ha, dov'è stata trovata? O è lei, o non è lei.»

«Sì, certo» disse Lindroos prendendo di nuovo in mano la foto. In quell'istante Micaela chiuse gli occhi e pensò che avrebbe voluto essere come quella donna. Voleva emanare anche lei la stessa imperiosa sicurezza.

5

Rekke registrò mentalmente cosa vedeva nella figlia: il pallore, il leggero dimagrimento, ma anche qualcos'altro, una sorta di nuova felicità bellicosa.

Cercò altri indizi, all'improvviso febbrile, come se l'ansia per la sua bambina l'avesse risvegliato alla vita. All'inizio trovò solo conferme che aveva perso peso. Poi vide un segno rossastro sul polso destro, lasciato da una stretta violenta.

Era qualcosa di consensuale, un gioco, un eccesso di passione? O era stata aggredita? Ma no, si disse. Per il resto Julia sembrava stare bene, era il suo cervello che immaginava i peggiori scenari possibili. Era un sintomo della sua crisi, di sicuro non era accaduto niente di grave. Doveva solo farla mangiare meglio.

«Sputa il rospo, tesoro» disse. «Cos'è successo?»

«Io e Christian ci siamo lasciati» disse.

Rekke pensò che in un certo senso era una buona notizia. Christian, uno di quei ragazzotti pieni di sé che dicono un sacco di stronzate su cose che non capiscono, non gli era mai piaciuto.

«Oh, mi dispiace» mentì.

«Non è vero. Non l'hai mai sopportato.»

«Ma sì, invece, è un bravo ragazzo» insistette, e per un attimo si chiese se sotto sotto lo pensava davvero, o se almeno avrebbe dovuto.

Non è facile essere giovani. Ci vuole tempo perché un ragazzo di quel genere capisca di non essere migliore degli altri. *Nescit occasum.* Non conosce il declino. Prima deve assaggiare le frustate della vita. Il punto però era un altro: qualcuno aveva preso il suo posto, adesso Rekke lo vedeva chiaramente.

«Dici un sacco di stronzate, papà.»

«Forse. Ma hai anche conosciuto qualcuno, o mi sbaglio?»

«Come fai a saperlo?»

Vedo i segni sul tuo polso, pensò. C'è una mano nuova, più forte, che ti stringe con più decisione di prima.

«Ho solo tirato a indovinare, tesoro. Chi è il fortunato?»

Julia gli rivolse uno sguardo critico, senza dubbio, ma anche nervoso. Avrebbe voluto fregarsene delle opinioni di suo padre ma non ci riusciva, e questo gli diede un briciolo di speranza, malgrado tutto. Era ancora una bambina, una ragazzina che non sapeva bene fino a che punto dovesse rivendicare la propria libertà. Rekke si chinò per abbracciarla, ma lei si ritrasse, con un gesto che rivelò tutta la sua magrezza.

«Non lo conosci.»

«No, certo che no. Ma che tipo è? Cosa ti piace di lui?»

«Non capiresti.»

Rekke si domandò se lo pensava davvero.

Aveva molti difetti e aveva appena assunto oppiacei come un tossico, ma di bisogni e attrazione se ne intendeva, sia nel bene che nel male. Se anche sua figlia avesse incontrato qualcuno che non rispondeva alle aspettative della famiglia o addirittura ne era l'antitesi – come lo induceva a sospettare la sua reazione – non ne sarebbe certo rimasto scioccato. Lui stesso si era lasciato attirare da ogni genere di canto delle sirene. Avrebbe capito, e pensava che lo sapesse anche lei.

«Vabbè» borbottò. «Raccontami qualcosa di lui. Cosa fa, va all'università?»

«È davvero così importante cosa fa?»

«Un pochino sì. Ma soprattutto mi interessa sapere se è gentile.»

«Non nel modo palloso di Djursholm.»

«Ah» rispose Rekke, con una sensazione di disagio. «Immagino che tu sappia badare a te stessa. Non voglio che ti succeda niente. Nessuno deve...» Lanciò un'altra occhiata al polso. «... farti del male, in nessun modo.»

«Perché qualcuno dovrebbe farmi del male?»

«Già, perché?» disse. Se qualcuno lo farà, dovrà vedersela con me, aggiunse tra sé. Non ne hai idea, tesoro, non ne hai la minima idea.

E in quel momento gli tornò in mente ancora una volta quell'inverno a Vienna in cui non smetteva di nevicare.

6

La foto era stata scattata in piazza San Marco a Venezia. La basilica era tagliata a metà e non c'era nessuno di particolare in primo piano, solo un gruppo di giapponesi di mezza età, apparentemente ignari di essere ritratti. I veri protagonisti sembravano piuttosto i piccioni, sparsi un po' dappertutto. La persona che l'aveva scattata, Erik Lundberg, voleva dimostrare che Venezia era invasa dai turisti e dai piccioni e per quanto lo riguardava poteva tranquillamente sprofondare.

Senza che Lundberg se ne accorgesse, però, una donna con un cappotto rosso era entrata nell'angolo destro dell'inquadratura, vanificando l'intenzione di mostrare qualcosa di brutto e decadente. Aveva tra i quaranta e i quarantacinque anni, ed era scura e luminosa allo stesso tempo, non solo per il cappotto rosso. In lei c'era qualcosa di magnetico che attirava lo sguardo, e nonostante avesse la testa girata come per guardare indietro i suoi lineamenti si distinguevano piuttosto bene.

«Ci credo che Samuel è convinto che sia Claire. Anche a me piacerebbe una moglie così» disse Kaj Lindroos.

Micaela si guardò le mani, imbarazzata.

«Ci sono molte somiglianze, e l'età sembra coincidere. Ho delle vecchie foto con cui confrontare questa» disse.

Lindroos le fece capire di lasciar perdere, ma tirò fuori

gli occhiali da lettura, segno che stava prendendo la cosa sul serio. Chissà perché non se li era messi fin dall'inizio.

«Dalla torsione del corpo e dalla posizione del piede si capisce che la donna ha un menisco lesionato, come Claire» proseguì Micaela.

Lindroos la guardò per capire se scherzava o parlava sul serio.

«Cosa?»

«Se guardi qui...» proseguì Micaela, sporgendosi a indicare l'anca e la gamba della donna. In realtà non era convinta neanche lei. Lasciò la frase a metà, forse perché quell'insicurezza le aveva ricordato suo fratello Lucas.

Le capitava sempre più spesso e a volte, come in quel momento, con un timore improvviso. Ripensò a quando l'aveva visto puntare una pistola alla gola di un ragazzo, a Järvafältet. Era stato un tale shock che tutta la sua vita le era apparsa sotto una luce diversa. Alla fine aveva accettato di passare informazioni su di lui ai colleghi. Lui lo aveva scoperto, e la situazione era tesa. Ma l'intensità della paura che provava la sorprendeva ugualmente.

Era talmente immersa nei suoi pensieri da non accorgersi che Lindroos si era bloccato come se avesse visto un fantasma. Quando tornò a guardarlo, notò che aveva l'aria imbarazzata e stava controllando il cellulare, ma pensò che se la fosse semplicemente presa per il suo rifiuto.

«È successo qualcosa?» gli chiese.

«Eh? No, ma ho del lavoro da sbrigare.»

Digitò qualcosa sul cellulare, facendole segno di aspettare un attimo.

«A ogni modo» riprese poi, «Samuel è fuori strada, come al solito. E comunque...»

«Sì?»

Lindroos avvicinò la foto agli occhi e un sorriso amaro ma pur sempre soddisfatto gli comparve sulle labbra.

«Cos'ha in mano la donna?»

«Un libro» rispose Micaela.

«Si intravede il titolo, vero?»

«Sembrerebbe *Love*. C'è anche un'altra riga sopra, ma non si legge.»

«Un romanzo d'amore, quindi?»

«Probabile, a giudicare dal colore della copertina. Ma non molto diffuso, non sono riuscita a identificarlo.»

Lindroos era sollevato, come se avesse scoperto qualcosa che gli toglieva un peso.

«Claire Lidman non avrebbe mai letto un romanzo d'amore.»

«No?» chiese Micaela.

«No, mai. Aveva sempre uno scopo in quello che faceva e non avrebbe mai perso tempo a leggere qualcosa di inventato o sentimentale.»

«Non è la Claire che mi hanno descritto.»

«Certo che no» sbuffò lui.

«Perché dici così?»

«Perché ci abbiamo messo parecchio a capire che tipa era. Ma quella donna di sicuro non sprecava il suo tempo con romanzi e stronzate simili. Era sempre due passi avanti agli altri, per questo riusciva ad avere la meglio su gente come Axel Larsson. C'era sempre un piano, dietro a quello che faceva.»

«Potrebbe essere cambiata.»

«È morta» disse Lindroos guardando di nuovo il cellulare, come se stesse rileggendo quello che aveva appena scritto.

«Però hai accettato di vedermi.»

Il poliziotto la fissò con aria risentita. «Come chiunque voglia fare carriera, mi tengo aperte tutte le porte.»

«Anche se hai visto il cadavere.»

«Era carbonizzato, lo sai anche tu, e non sono così stupido da non aver notato le stranezze di questa storia. Il che non vuol dire che mi beva qualsiasi cosa.»

Micaela tese una mano per riprendere la foto, ma Lindroos la bloccò con un gesto.

«Ho sentito che collabori con un professore che hanno buttato fuori da Stanford.»

«Stanford se lo sarebbe tenuto stretto.»

«Chi l'ha buttato fuori, allora?»

La Cia, pensò Micaela.

«È complicato» rispose. «Ma ha un occhio imbattibile per i dettagli.»

«Perfino troppo, a quanto ho sentito» ribatté Lindroos mettendo la foto nel primo cassetto della scrivania.

«Posso riaverla?» chiese Micaela.

«La tengo io.»

«Non puoi.»

«Abbiamo un fascicolo con tutte le stronzate tirate fuori da Samuel Lidman. Prima o poi dovremo fermarlo. Mette inutilmente in ansia i parenti e...»

Non fece in tempo a finire la frase perché bussarono alla porta. Un uomo di una certa età, stempiato e con gli occhi piccoli e critici, disse con aria preoccupata che purtroppo doveva interromperli. Micaela avrebbe dovuto insistere per riavere la foto, ma era stufa e, onestamente, non era mai stata del tutto convinta di quella storia. Forse l'unico motivo per cui l'aveva presa in considerazione era la speranza di lavorare di nuovo con Rekke.

Però era successo in maggio, quando lui aveva ancora il suo incredibile occhio per i dettagli. Ormai non si accorgeva nemmeno delle sedie che gli intralciavano il passo, le rare volte in cui si tirava in piedi per andare in bagno. La stava prosciugando di ogni energia, trascinandola con sé nella sua depressione.

Devo staccarmi da lui, pensò mentre salutava con un cenno Lindroos e l'uomo che li aveva interrotti. Poi se ne andò, decisa a dimenticare Claire Lidman e a riprendere in mano la propria vita.

7

Julia se ne andò, lasciando Rekke a chiedersi quali braccia la stessero aspettando.

Lui cercò di controllare l'ansia. Aveva bisogno di sdraiarsi. Ormai non aveva le forze per fare altro: passava le giornate a letto o accasciato in poltrona, senza mettere il naso fuori di casa. Si sedette al pianoforte: poteva provare a suonare un po'? No, i tasti lo guardavano con un sorriso di scherno.

«Cartaphilus» mormorò. *Cartaphilus*. Era il nome che aveva messo in moto tutto.

L'aveva colto per caso la settimana prima, mentre Micaela parlava al telefono della donna scomparsa e dichiarata morta in Spagna, Claire Lidman. Il caso non lo interessava particolarmente, gli sembrava viziato da illusioni e pii desideri, e si era pentito dell'analisi quasi psicotica che aveva fatto della foto. Poi però Micaela aveva pronunciato quel nome.

Era saltato fuori che, poco prima di sparire, Claire aveva avuto rapporti d'affari con la Cartaphilus, e la cosa era decisamente preoccupante. La Cartaphilus era un fondo d'investimento ungherese, collegato alla criminalità organizzata russa e un tempo anche al Kgb. Ma non era quello che aveva raggelato Rekke. Il nome lo aveva riportato ai giorni di Vienna quando nevicava senza sosta.

Era uscito di casa e aveva camminato per ore. Al suo ritorno Micaela non c'era più, e non la vedeva da allora. Avrebbe dovuto chiamarla e raccontarle cosa sapeva, ma non aveva la forza di rivangare quella storia. Dio santo... perché il passato non lo lasciava in pace?

La sua infanzia era stata una tetra sfilza di giornate sempre uguali. La mattina restava a casa con sua madre a suonare scale, arpeggi e studi. Solo nel pomeriggio arrivavano gli altri insegnanti, come il dottor Brandt, e ogni tanto qualche loro allievo che si era messo particolarmente in mostra, come Gabor con le sue espirazioni sibilanti in fa diesis e la presa con cui l'aveva atterrato. Rekke ricordava ancora il sangue sulle dita, le macchie sul cuscino la mattina dopo.

Quel giorno si era alzato con la sensazione che il mondo avesse assunto una luce più tagliente, che i movimenti attorno a lui fossero più bruschi e pericolosi. In qualche modo gli sembrava di vivere in due realtà contemporaneamente: nel presente e nel giorno prima, al momento dell'aggressione nella neve.

Rivedeva in continuazione la mossa di Gabor, come un replay. Pensò che fosse semplicemente il modo in cui il suo cervello si preparava all'eventualità che accadesse di nuovo, ma poco alla volta si rese conto che quel ricordo visivo aveva anche un altro scopo. Il giorno successivo andò alla biblioteca più vicina.

«Voglio tutto quello che avete sulle arti marziali» disse, per poi sedersi nell'angolo più lontano della sala di lettura a sfogliare febbrilmente una montagna di libri.

Erano le cinque e un quarto, quando trovò quello che cercava. La mossa si chiamava *ō soto gari* ed era una delle quaranta tecniche originali di judo sviluppate da Kanō Jigorō. Era descritta in diversi libri, con illustrazioni che la mostravano passo dopo passo, aiutandolo a capire in che modo era stato gettato a terra. Riuscì a congelare ogni singolo istante dell'aggressione, una lezione che gli sarebbe rimasta dentro per sempre: ci si può fermare per ore in un solo secondo. Quella che cercava però non era solo la spiegazione dell'accaduto. Voleva anche sviluppare una difesa, un modo per rispondere alla mossa. Rimase seduto a lungo, quasi in trance, e all'improvviso trovò la risposta, come un'illuminazione.

Doveva spostare indietro la gamba sinistra, fare leva e ripetere specularmente lo stesso movimento dell'avversario. Ammirò la bellezza della soluzione, la sua simmetria simile a quella di una danza, e la ripeté mentalmente, combattendo nel pensiero. Poi si alzò con un atteggiamento nuovo e si avviò verso casa, assimilando la mossa con il corpo.

Da quel giorno passò ogni momento libero a esercitarsi nella sua camera, e non solo con la mossa che aveva inventato. Aveva immaginato altre tecniche e colpi, arrivando sempre più vicino al cuore della filosofia che stava conquistando: è possibile battere il più forte, basta seguire il suo movimento fino all'inevitabile punto di rottura, e lì, in quel punto preciso, trovare il proprio appoggio e ribattere al colpo. *Fortitudo hostium amica est.* La forza del tuo nemico può esserti amica.

Dopo essersi esercitato per ore e ore, sentì il bisogno di passare alla pratica e chiese a sua madre: «Quel Gabor, non possiamo invitarlo di nuovo?»

«Il dottor Brandt ha detto che non vi siete trovati tanto bene, la volta scorsa» rispose lei con espressione preoccupata.

«Peccato, l'avevo trovato stimolante» insistette Hans, sapendo bene che quelle erano le parole magiche. Se era stimolante, per sua madre si poteva fare.

Così, un pomeriggio in cui nevicava ancora, almeno nei ricordi di Rekke, Gabor tornò a casa loro. Quel giorno il gatto, Ahasverus, si mise a girare attorno ai loro piedi. Saltò perfino sulla scrivania mentre facevano i compiti di matematica, quasi percepisse che c'era qualcosa nell'aria. A un certo punto uscirono in giardino, dove Hans si sforzò di sembrare sperduto come la prima volta. Cercando di mostrarsi in stato di inferiorità, chiese in tono quasi sottomesso: «Puoi mostrarmi quella mossa?»

Gabor non credeva alle proprie orecchie. Non capacitandosi che Hans potesse essere così stupido, si voltò in un lampo mentre il leggero sibilo con cui espirava si abbassava di mezzo tono, e partì all'attacco, ma con una mossa diversa. Per alcuni secondi Hans temette di essere umiliato ancora una volta. Poi però le sue sinapsi si misero in moto. Fece un passo indietro, osservando concentrato i movimenti di Gabor come se li vedesse alla luce di una lampada chirurgica. Al primo segno di instabilità da parte sua, fece un passo avanti e lo afferrò in modo da ritrovarsi nella stessa posizione della volta precedente. Poi si piegò leggermente all'indietro, dando a Gabor l'illusione di essere in vantaggio.

Sfruttando la forza del suo avversario, come in una leva, lo scagliò a terra, stupito della propria assenza di emozioni. Subito lo tirò in piedi e ripeté la mossa, e quando Gabor batté la testa lui provò un brivido nel petto. Poi accadde qualcosa che non avrebbe mai dimenticato.

All'improvviso Gabor gli apparve nudo, come se tutta la sua altera sicurezza fosse stata spazzata via e sostituita da un senso di impotenza. Hans intuì che l'avrebbe pagata cara: Gabor non era tipo da incassare l'umiliazione, doveva per forza vendicarsi e vincere. Ma non sapeva ancora con quanta brutalità lo avrebbe fatto.

Rimase lì sotto la neve a osservare la schiena di Gabor che si allontanava come una promessa minacciosa, mentre il dottor Brandt usciva di corsa agitando le braccia.

8

Micaela si diresse verso Rådhusparken, immersa nei suoi pensieri. Non capiva perché Kaj Lindroos avesse voluto tenere la foto, se pensava che fosse una storia del tutto campata in aria. Ma forse non c'è niente di strano, si disse. E comunque per quanto la riguardava quella faccenda assurda era chiusa.

Era in ferie, anche se non proprio di sua volontà, ma pazienza: aveva comunque mille cose da fare. In realtà avrebbe preferito prendersi un periodo più lungo a luglio, ma le avevano detto che in piena estate ci sarebbe stato bisogno di lei, perciò aveva optato per due settimane all'inizio di giugno e il resto in settembre. Era nella sezione criminalità minorile e si occupava della zona di Järvafältet, non esattamente quello che sognava quando aveva preso la maturità e festeggiato su un camion scoperto, gridando a squarciagola. Quella posizione però aveva un vantaggio: le permetteva di monitorare da vicino l'ingresso delle droghe nei vari quartieri, un altro motivo per cui aveva iniziato a vedere suo fratello sotto un'altra luce.

Sembrava appurato che Lucas fosse una figura centrale del traffico di droga in città. Dimostrarlo però era un'altra cosa. Per Micaela si stava trasformando in un'ossessione, il che non era esattamente salutare. Le voci giravano, iniziava a essere oggetto di battute e velate minacce, e a volte, come poco prima con Lindroos, veniva assalita da una brutta sensazione. Mentre passava un autobus, le squillò il cellulare. Era Vanessa, la sua migliore amica. Quasi sempre, almeno.

«Ciao» disse Vanessa. «Come va?»

«Alti e bassi. Sto pensando di comprarmi delle scarpe nuove.»

«Basta che non siano sneaker bianche.»

Micaela si guardò i piedi. Praticamente usava solo sneaker bianche. Prima o poi però avrebbe cambiato genere.

«Ma quando mai» rispose.

«Come no.»

«E tu cosa fai di bello?»

«Ho appena fatto la tinta a un tizio che ha più peli nelle orecchie che capelli in testa. Adesso però stavo pensando di andarmene a rimorchiare qualcuno. Mi sento sul punto di esplodere.»

«Sarebbe un peccato.»

«Vero? A proposito, c'è Lucas che ti cerca.»

Micaela si innervosì.

«Perché non mi chiama, allora?»

«Dice di averci provato un centinaio di volte.»

Tre, volendo esagerare, pensò Micaela. Lei però non aveva voglia di parlarci, e comunque le dava fastidio che Vanessa le portasse i suoi messaggi. Si lasciava abbindolare esattamente come tutte le altre cretine che gli sbavavano dietro.

«Cosa vuole?»

«È proprio un tesoro.»

«Come no.»

«Si dice in giro che stai cercando di mandarlo in galera.»

«È un criminale.»

«Di sicuro non è l'unico.»

Ma è uno dei peggiori, pensò Micaela.

«Non è una gran consolazione» disse invece.

«Cos'è tutto questo casino?»

«Gli studenti che festeggiano. Ti va una birra?»

«Devo vedere Malika. Ce l'hai ancora con Lucas per la storia di Jojje?»

In parte sì, ma non le andava di affrontare l'argomento con Vanessa, perciò cercò qualcos'altro da dire, qualsiasi cosa. Davanti a lei un uomo con la schiena incurvata si accese una sigaretta. Alla luce dell'accendino appariva giallastro ed emaciato.

«Hai sentito che stanno pensando di proibire il fumo nei locali?» buttò lì.

«Di cosa stai parlando?»

«In Norvegia è così da ieri.»

«Ha a che fare con la religione?»

«Non sarebbe una figata?»

«Credi che Lucas abbia minacciato Jojje e sua madre?»

Micaela ne era convinta, ma non aveva le prove, aveva solo una sensazione che negli ultimi mesi era diventata sempre più forte.

«Secondo me sei ingiusta con Lucas» proseguì Vanessa. «Vuole solo il tuo bene.»

Micaela chiuse gli occhi e tentò di nuovo di cambiare argomento.

«Sto pensando di tornare a Husby» disse.

Vanessa rimase senza parole, quasi scioccata.

«Stai scherzando? Perché?»

«Così.»

«È successo qualcosa?»

Micaela si domandò se raccontarle della situazione in Grevgatan, di come Rekke fosse sprofondato di nuovo nell'oscurità, di come fosse difficile cavargli di bocca anche una sola parola sensata.

«Non proprio» rispose.

«Però non funziona?»

La voce di Vanessa aveva un tono che non le piaceva.

Forse non proprio soddisfazione, ma una sorta di trionfo trattenuto, una specie di: Te l'avevo detto, io.

«Non è niente di che» rispose sulla difensiva. «Ho solo voglia di un po' di pace e tranquillità.»

«Ti capisco alla perfezione, tesoro. Vuoi che ci vediamo? Posso rimandare l'uscita con Malika, mi prenderò cura di te.»

Perché all'improvviso era così gentile?

«Non ce n'è bisogno.»

«No, certo. Però, sinceramente, forse è un bene che ti sia decisa adesso, non so... prima di restarci male.»

«Perché dovrei restarci male?»

«Forse era destino che non funzionasse. Non è casa tua, quella» proseguì Vanessa.

Aveva ragione, ovviamente. Il mondo di Rekke era lontanissimo dal suo, da un sacco di punti di vista. Eppure la reazione di Vanessa le dava fastidio, e si pentì di avergliene parlato. In fondo non aveva ancora deciso niente, era solo un'idea che le ronzava in testa da un po'.

«Cosa ne sai tu, di dov'è casa mia?» ribatté.

«Dio santo, rilassati. Sto solo dicendo... Mi sei mancata» rispose Vanessa.

In effetti anche a lei erano mancate le loro chiacchierate quotidiane. Ma non quanto le mancava Rekke com'era la primavera precedente, quando il mondo sembrava non avere segreti per lui.

«Scusami.»

«Non c'è problema.»

«Se vedi Lucas, digli che lo chiamo.»

«Devi andare?»

«Salutami Malika» aggiunse Micaela, per poi riattaccare un po' troppo bruscamente. All'improvviso si sentì sola e decise di andare a trovare sua madre a Husby, come aveva detto a Lindroos.

Lei almeno aveva approvato il trasferimento a Östermalm, soprattutto perché pensava che una figlia nei quartieri bene le attribuisse un'aura di ricercatezza.

Kaj Lindroos avrebbe dovuto vedere comunque il commissario capo Lars Hellner, ma gli aveva mandato un sms chiedendogli di anticipare per liberarsi in fretta di quell'ispanica del cazzo, e ora ne era pentito.

Non che gli dispiacesse che la pivella se ne fosse andata: per quanto lo riguardava, poteva tornare da sua madre nei sobborghi e restarci. Però avrebbe preferito rimanere solo con i suoi pensieri, che in effetti erano paranoie e idiozie, perché quella della foto non poteva essere Claire. Era impossibile quanto lo sarebbe stata la comparsa di suo padre, pace all'anima, a una grigliata a Mallorca.

«Ti vedo un po' teso» disse Hellner.

«Sono solo stanco» rispose Lindroos, domandandosi se fosse il caso di mostrare la foto al collega e mettersi il cuore in pace una volta per tutte.

In realtà non gli andava di coinvolgere altre persone, soprattutto non Hellner, che aveva preso in mano il caso al posto suo e lo aveva escluso dall'indagine. La cosa migliore sarebbe stata strappare la foto in mille pezzi e dimenticare tutto, dedicandosi a qualsiasi nuova indagine che Hellner gli avesse messo sulla scrivania. Il problema era che non riusciva a concentrarsi: continuava a tornargli in mente la prima volta che aveva sentito parlare dell'incidente di San Sebastián.

Era una sera tardi di quattordici anni prima, e lui era ancora in ufficio. Un poliziotto spagnolo, Antonio Rivera, l'aveva chiamato per informarlo di una serie di circostanze apparentemente slegate. Un'autocisterna si era ribaltata su una strada di montagna precipitando su alcune auto, ed era esplosa. Molte delle sedici vittime, tutte persone che rientravano da un concerto, erano rimaste carbonizzate, il che rendeva impossibile il riconoscimento.

Ma il motivo per cui il *comisario* Rivera voleva parlargli era un altro: una donna con doppia nazionalità, svedese e inglese, due giorni prima aveva preso una camera al Grand Hotel, per poi uscire a fare una lunga passeggiata da cui non era più tornata.

«Si chiamava Claire Lidman» aveva detto il *comisario* Rivera, «e crediamo che sia morta nell'incidente.»

Lindroos ricordava ancora la propria reazione. Era rimasto profondamente deluso. Non perché Claire Lidman era morta – in fondo non l'aveva mai incontrata – ma perché così l'indagine aveva perso rilevanza. Se il *comisario* Rivera aveva ragione, si trattava di un semplice incidente. Nessuno, nemmeno un genio del male, avrebbe potuto organizzare un disastro del genere e avere la certezza che Claire fosse sul posto al momento giusto. C'erano troppi elementi casuali.

Come se non bastasse, era riuscito a partire per la Spagna solo il giorno dopo, e quando lui e il suo collega Roffe Sandell erano arrivati a San Sebastián, nel pomeriggio, la madre e la sorella di Claire erano già sul posto. Lindroos le aveva trovate piuttosto trash, l'opposto dell'idea che si era fatto di Claire. D'altra parte sapeva che aveva compiuto una scalata sociale notevole. Madre e figlia stavano fumando fuori dall'obitorio. Lui, che le aveva salutate con la cortesia e il rispetto dovuto ai parenti di una vittima, era rimasto colpito dalla loro tranquillità. Sembravano quasi soddisfatte, come se avessero sempre saputo che sarebbe finita così. Aveva pensato che probabilmente erano state invidiose di Claire, che non dovevano aver gioito dei suoi successi.

«Mi spiace incontrarvi in circostanze simili» aveva detto.

«Grazie. Claire è sempre stata la migliore di tutti noi, è terribile» aveva risposto la sorella, o qualcosa del genere, qualcosa di irreprensibile e commovente, che però non suonava del tutto sincero.

Lindroos ricordava di essersi dovuto sforzare di non fissarla troppo. Aveva un'aria provocante, al limite del volgare. Era alta e formosa, con gli occhi grandi e la pelle di una che fuma da quando aveva tredici anni. Le aveva tenuto aperta la porta e l'aveva seguita all'interno dell'obitorio, e intanto era riuscito a intravederle il reggiseno sotto la camicetta nera e si era ritrovato a fare congetture sulla misura delle coppe. Forse non era un'occupazione adatta alle circostanze, ma si sa che la morte può essere un potente afrodisiaco.

L'odore si sentiva già da lontano. Era peggio di quanto avesse immaginato: denso, dolciastro, soffocante. Era bruciato tutto quanto insieme: pelle, grasso, muscoli, sangue, olio e gomma. Insopportabile. Lindroos si era ritratto istintivamente, sul punto di vomitare, e aveva avuto un attimo di straniamento.

Non è Claire, aveva pensato, è impossibile. La sua reazione in fondo era naturale: nessuno si aspetta di vedere un essere umano ridotto in quello stato, almeno non una donna come lei. Anzi, non riusciva a capire come facessero la madre e la sorella a restare così composte. Lui stava per svenire. Era orribile: un essere rossastro, lacerato, a tratti annerito. Davvero insopportabile. Come facevano gli altri a guardare indifferenti? Non era riuscito a spiegarselo finché non aveva saputo che la madre e la sorella l'avevano già vista. Erano preparate allo shock e forse si erano semplicemente chiuse in loro stesse.

Lui e il *comisario* Rivera avevano girato attorno al corpo, risalendo dai piedi carbonizzati alla testa, dove non c'erano più capelli e praticamente nemmeno un viso. Avevano osservato i segni di riconoscimento di cui era già al corrente: lo spazio tra gli incisivi e la vecchia frattura della clavicola.

«È lei» aveva detto la madre. «È lei.»

Chi era lui per dubitarne, con lo spazio tra gli incisivi e

tutto il resto? Eppure da allora si portava dietro la sensazione che qualcosa non andasse. Lui stesso non l'aveva presa troppo sul serio, ma restava il fatto che qualcosa non lo convinceva, e forse dipendeva anche dal *comisario* Rivera.

Il collega spagnolo era un personaggio troppo elegante per un obitorio. Era un alto ufficiale di stanza a Madrid, che diversamente da lui esibiva un inglese impeccabile e una totale assenza di rispetto per i dottori e i professori. Aveva condotto le danze trattando il medico legale come un suo sottoposto e informato gli svedesi che sarebbero stati eseguiti tutti i necessari esami di laboratorio, i cui risultati erano poi arrivati sorprendentemente in fretta.

Le impronte digitali erano state cancellate dal fuoco, ma la scheda dentaria confermava l'identificazione. Sembrava non esserci alcun dubbio, eppure qualcosa continuava a rodere Lindroos. Come con la foto nel cassetto, da un lato avrebbe voluto tornarci sopra, dall'altro avrebbe preferito dimenticare.

«Mi stai ascoltando?»

Lindroos venne bruscamente riportato alla realtà da Hellner, che lo osservava preoccupato con i suoi occhi scuri, sempre scettici e taglienti.

«Certo» rispose. «Sono solo un po'...»

«Cosa, Kaj?»

«Distratto» concluse lui. Di nuovo fu tentato di mostrare la foto al collega e confidargli i suoi timori, ma più ricordi emergevano, più la cosa diventava impossibile.

«Ha a che fare con la ragazza che è appena andata via?» chiese Hellner.

«Forse.»

«In che modo?»

«Voleva parlarmi di Claire Lidman» rispose Lindroos, pentendosene immediatamente.

Hellner si mise subito sulla difensiva.

«Cos'ha detto?»

«Le solite stronzate, le conosci anche tu. Tipo che Claire sarebbe viva e andrebbe in giro con un cappotto rosso.»

«E dove l'avrebbero vista, questa volta?»

«Non ricordo. Davvero, è una notizia senza fondamento» disse Lindroos in un tono che non piaceva nemmeno a lui.

Si sentiva che la sua noncuranza era fasulla, e infatti Hellner gli piantò gli occhi addosso.

«Niente di concreto, quindi?»

«Bah, non direi.»

«La ragazza aveva un'aria familiare. È una collega?»

«In un certo senso» rispose Lindroos evasivo, sperando che non insistesse. Non aveva nessuna voglia che qualcuno tornasse a scavare in quella faccenda, perciò fece del suo meglio per cambiare argomento. Non aveva idea che Hellner in realtà aveva capito subito il suo gioco ed era molto più interessato alla ragazza che a tutto il resto di cui avrebbero parlato in seguito.

9

Rekke si alzò dal pianoforte con la sensazione che stesse per succedere qualcosa di orribile. Ma erano solo i ricordi che gli giocavano un brutto scherzo. Nella sua vita ormai non succedeva più niente, solo la signora Hansson ogni tanto passava a vedere se stava bene, il che non si poteva certo sostenere.

Era un relitto, e trascorreva le giornate a pensare a un vecchio gatto a cui aveva dato l'assurdo nome di Ahasverus. All'epoca era un ragazzino affascinato dal personaggio, forse per il semplice motivo che l'Ebreo errante era una figura ricorrente nella biblioteca dei suoi. Ne avevano scritto Goethe e Schlegel, ma anche Hamerling, Andersen, Fröding, Lagerkvist.

Tutti quegli autori, soprattutto Pär Lagerkvist, descrivevano Ahasverus come una persona per bene, un uomo qualunque che faceva una vita tranquilla con la sua famiglia, anche se la sua casa sorgeva in una posizione poco invidiabile. Si affacciava infatti sulla via percorsa dai condannati a morte, i poveri disgraziati che salivano al Golgota con la croce sulle spalle. Un giorno uno di loro gli chiese di riposarsi un attimo sui gradini della casa. Ahasverus gli avrebbe dato volentieri il permesso, perché non era un uomo senza cuore, ma non voleva problemi con le autorità e lo scacciò. Quel gesto lo condannò a vagare per l'eternità. Qualcosa in quella storia aveva colpito la fantasia del giovane Rekke: il destino di Ahasverus non veniva descritto solo come una condanna, ma anche come una sorta di dono oscuro.

Dopo aver scacciato Gesù di Nazareth dai suoi gradini, Ahasverus non poteva più provare gioia o commuoversi come il resto del genere umano. Ai suoi occhi il mondo appariva coperto di cenere. Allo stesso tempo però non poteva nemmeno venire abbagliato dalle apparenze: dove gli altri vedevano grandezza, lui vedeva vuoto, nelle formalità vedeva solo affettazione. Seguendo un impulso improvviso, Hans aveva chiamato Ahasverus il suo adorato gatto, che aveva acquistato così una sorta di cupa maestà.

Hans gli era davvero molto legato. Per questo si era preoccupato immediatamente, quando Ahasverus era sparito poco dopo la seconda visita di Gabor Morovia. In casa non c'era, e la giornata non era certo adatta a stare all'aperto, per un gatto: la temperatura era sottozero, nevicava ed era prevista una tempesta. Hans fece il giro dell'isolato gridando: «Sverus! Sverus!» Ma non lo trovò da nessuna parte. Mentre tornava a casa immerso nei suoi pensieri, la sera tardi, sentì un fruscio tra i cespugli. Per un attimo provò un barlume di speranza, ma poi vide qualcosa che sembrava il berretto di pelliccia del dottor Brandt, ai piedi della cassetta delle lettere. Con quel vento, non ci sarebbe stato niente di strano se gli fosse volato via. Poi però la pelliccia prese fuoco, crepitando nell'aria gelida. C'era odore di benzina, e la cosa più terribile fu che all'improvviso il berretto si animò con un grido penetrante.

Hans corse a spegnere il fuoco con il cappotto, ustionandosi la spalla e il petto, poi rimase a guardare negli occhi Ahasverus mentre moriva, spellato e orrendamente bruciato. Non ricordava cosa aveva fatto del corpo. Forse era semplicemente corso via, lasciando che ci pensasse la signora Hansson. Però sapeva con certezza che quella not-

te aveva drammaticamente giurato di vendicarsi e nei giorni seguenti si era dedicato anima e corpo alle arti marziali giapponesi, quasi fossero l'unica cosa che poteva impedirgli di affondare.

D'altra parte... era solo un gatto, ed era passato molto tempo. Stronzate, borbottò andando a sedersi al computer, in cerca di notizie su Gabor Morovia e la Cartaphilus. Si rese conto di sapere molto poco in merito. Morovia doveva aver eliminato dalla rete quasi tutte le informazioni che lo riguardavano, e lui stesso non si era mai impegnato a fondo nella ricerca. Sebbene Morovia fosse sempre stato un'ombra minacciosa nella sua vita, aveva cercato di tenersene alla larga, ed era stato un errore. *Nosce hostem.* Bisogna conoscere il proprio nemico. Quell'intrigante di suo fratello Magnus invece doveva sapere tutto quel che c'era da sapere. In fondo si era occupato delle trattative tra la Nordbanken e Axel Larsson, in cui era coinvolta anche la Cartaphilus. Aveva le forze per chiamarlo? Difficile. Ogni volta che parlava con lui si sentiva soffocare dalla sensazione che le persone fossero quotazioni di borsa, che salivano e scendevano con il loro status e la loro utilità. Eppure... forse parlare con quel buffone gli avrebbe chiarito le idee.

Rekke scosse la testa e prese il telefono, sforzandosi di sembrare strafatto e sconvolto come in effetti si sentiva, certo che la cosa avrebbe messo di buonumore Magnus. Se la sua stella non brillava come avrebbe voluto nell'arena della politica internazionale, poteva sempre consolarsi con la depressione di suo fratello. Non c'è niente come le debolezze altrui, per rallegrare un Machiavelli da quattro soldi.

10

Micaela scese dalla metro a Husby, per poi dirigersi verso casa di sua madre in Trondheimsgatan. C'era molta gente in giro: ambulanti che strillavano, una classe di bambini in gita con delle bandierine gialle in mano, due adolescenti che imitavano il rumore di una macchina che si schiantava, una ragazzina con i capelli viola e una felpa con il cappuccio che la salutò con un: «Ciao, sbirra.»

Era tutto come al solito, compresa la banda di ragazzini che giocavano a pallone in un cortile. Eppure c'era qualcosa di diverso. Non avrebbe saputo dire cosa, ma le sembrava di cogliere più sguardi sospettosi, e meno sorrisi. Poco dopo incrociò Hugo Pérez, con un berretto di lana in testa malgrado il caldo estivo.

Hugo aveva un paio d'anni più di lei: macho, arrogante, ma anche seduttivo, sempre con il sorriso sulle labbra, quasi che il mondo fosse un unico grande scherzo. Micaela notò che rimaneva sulle sue e si chiese cosa stava succedendo.

«Ciao, Hugo. Come butta?»

Nessuna risposta.

«Bei pantaloni.»

Hugo ignorò anche quel tentativo e le passò accanto con studiata indifferenza.

«Anche se potresti tirarteli un po' su» proseguì Micaela.

In effetti i jeans stinti gli lasciavano scoperto un bel pezzo di sedere.

«Idiota» borbottò Micaela tra sé, ma la verità era che la freddezza di Hugo l'aveva ferita. All'improvviso si sentiva straniera nel suo quartiere. Ovviamente poteva dipendere dalla sua scelta di trasferirsi a Östermalm. Ma no, lo sapeva anche lei che non aveva niente a che fare con Rekke e Grevgatan.

Si trattava di Lucas, e c'era una logica. Se la sua visione di Lucas stava cambiando, anche Husby doveva cambiare con lui. Quando era piccola, era il fratello maggiore che la proteggeva da ogni pericolo. Adesso che riceveva quotidianamente informazioni sui suoi reati, era piuttosto una minaccia. E ovviamente anche Husby non poteva più essere la stessa, e i tipi come Hugo non potevano più evitare di considerarla una traditrice. In fondo stava scavando alla ricerca di cose che avrebbero dovuto restare sepolte. Lei però non poteva farne a meno. Doveva sapere.

«Micaela!»

Si guardò attorno disorientata. Era arrivata in Trondheimsgatan e quella era la voce di sua madre, ma in cortile non riusciva a vederla.

«Dove sei?»

«*Aquí, estupida!*»

Sua madre stava battendo i tappeti dietro l'area dei giochi. Sembrava una hippie, con quei pantaloni a scacchi e la maglietta troppo larga con un cuore rosso sul petto. Aveva i capelli sciolti e tinti da poco, e portava un paio di sandali col tacco.

«*Vas a ir a una fiesta?*»

«Macché.» Sua madre si tirò la maglietta in modo leggermente teatrale. «Sono solo vecchi stracci. Sapessi quanto pesano questi tappeti» disse riprendendo a battere.

«Non basta passare l'aspirapolvere?»

«No, si meritano proprio una bella ripassata» rispose

sua madre ridendo, ma facendosi subito seria, come se le fosse tornato in mente qualcosa.

Osservò Micaela dalla testa ai piedi, chiaramente insoddisfatta. Le tirò indietro la frangia e la guardò negli occhi, in qualche modo delusa.

«Ho sentito che il tuo professore vuole che tu te ne vada.»

«Non è vero.»

«Sicura? Ho appena parlato con Dolores.» Dolores era la mamma di Vanessa. «Dice che stai per traslocare. Non capisco come tu sia riuscita a mandare tutto a rotoli così in fretta, era la cosa migliore che ti era capitata da...»

Sembrava non venirle in mente nient'altro di buono che le fosse capitato, e Micaela si chiese se fosse il caso di ripetere per la centesima volta che non era la fidanzata di Rekke, ma non ne aveva voglia. Era furiosa che la notizia si fosse già diffusa, e per di più in una versione distorta.

«Non c'è niente di deciso» disse. «Ma mi sono stufata, è sempre depresso e prende troppe pillole.»

«Capita anche nelle migliori famiglie» disse sua madre, e non c'erano dubbi su quale famiglia avesse in mente. Simón, l'altro fratello di Micaela, non era pulito da quando aveva quattordici anni.

«La fai facile, tu» ribatté lei.

«Facile? Dopo quello che ho passato? Devi stargli accanto e aiutarlo, e già che ci sei cerca anche di essere un po' più in tiro. Mettiti un bel vestito che evidenzi le forme e smettila di nasconderti dietro la frangia. E perché non provi un paio di scarpe col tacco? Con quelle sembri una nanerottola.»

«Mamma, non ce la faccio.»

«Una donna deve...»

«Ma tu non ti definivi femminista, fino all'altro giorno?» la interruppe Micaela.

«Sono socialista, bella mia, socialista, e credo che dobbiamo aiutarci l'un l'altro. Dio santo, un uomo come lui.

Una persona di valore. Di uno così bisogna prendersi cura, e comunque potresti anche presentarci, prima che sia troppo tardi. Credo che gli starei simpatica, la psicologia mi è sempre interessata. Sai che una volta ho incontrato Erich Fromm?»

«Forse gli sarai arrivata vicino.»

«Sì, forse. Però ho letto i suoi libri. Avrei un sacco di cose interessanti da dire.»

«Ne sono sicura» rispose Micaela, con un'improvvisa urgenza di andarsene. Passare a trovarla era stata un'idea stupida.

«Te ne vai già?»

«Ho parecchie cose da fare.»

«Anche troppe, a sentire Lucas.»

Micaela le lanciò un'occhiata irritata.

«In che senso?»

«Niente, niente. Ti sto solo riferendo cosa dice Lucas. Secondo lui ti stai mettendo nei pasticci.»

«Forse mi piace mettermi nei pasticci.»

«Adesso sembri proprio tuo padre.»

«Ed è così grave?»

«Lucas vuole solo il tuo bene. Se sapessi quanto è gentile, negli ultimi tempi. Natali ha davvero un'ottima influenza su di lui, non mi stupirebbe se presto mi facessero diventare nonna, per quanto possa sembrare incredibile» aggiunse gettando indietro i capelli in modo civettuolo.

«Piantala.»

«In che senso, piantala? Credo che tu sia ingiusta con lui. Dice che ficchi il naso e fai un sacco di domande scomode.»

Micaela alzò gli occhi al ballatoio da cui era precipitato suo padre, sedici anni prima.

«Si direbbe che tu non stia più dalla mia parte.»

Sua madre posò il battipanni e le andò incontro a braccia aperte.

«Tesoro, come puoi pensare una cosa del genere? Come ti è saltato in testa? Sono sempre dalla tua parte, solo non voglio che tu ti faccia male. Io e Lucas siamo preoccupati per te.»

«Siete preoccupati per voi» borbottò Micaela evitando l'abbraccio. Ormai non si sentiva a casa né lì né da Rekke.

II

Il sottosegretario agli Esteri Magnus Rekke, nella cabina armadio della sua casa in Ulrikagatan, infilò un completo nero in una custodia di Huntsman & Sons, per poi provare lo smoking e il farfallino davanti allo specchio. Era diretto ad Arromanches, in Normandia, per il sessantesimo anniversario dello sbarco, il che non lo attirava particolarmente. La Seconda guerra mondiale non era più soltanto storia, era diventata una vera e propria barba: ormai conosceva a memoria praticamente ogni battaglia.

La cerimonia però sarebbe stata una specie di notte di Natale. Ci sarebbero stati tutti: Bush, Blair, Chirac, Schröder e perfino il suo amico segreto Putin, per non parlare della regina d'Inghilterra. Non aveva intenzione di perdersi un solo secondo.

Peccato che lo smoking gli andasse stretto. Due settimane prima, per il Polar Music Prize, gli calzava alla perfezione. Possibile che fosse ingrassato in così poco tempo? Bah, doveva piantarla con quella merda di birra e ricominciare a bere vino, tanto l'importante era evitare di restare sobrio.

Quando gli squillò il cellulare si chiese dove fosse finito. Frugò tra maglioni e camicie e alla fine lo trovò nella tasca di un paio di pantaloni grigi che aveva appena provato. A quel punto però aveva smesso di squillare, meglio così. Dio santo... la telefonata era di Hans. Il fratellino era risorto dal regno delle ombre, quindi.

Lo richiamò.

«Sei vivo?»

«*Morituri te salutant*» rispose Hans.

«Ho una macchina che mi aspetta per portarmi ad Arlanda, cerca di essere sintetico» proseguì Magnus, tutto contento di fare l'uomo dai mille impegni mentre la stella della famiglia, il piccolo genio della mamma, sprofondava nelle nebbie della droga in Grevgatan.

«Ti chiamo un'altra volta» disse Hans, sulla difensiva.

Magnus ebbe un moto di disprezzo.

Non inizierai a leccarmi il culo anche tu, adesso?, pensò.

«Se fai il bravo ti concedo cinque minuti.»

«Gentile da parte tua» rispose Hans, quasi senza traccia di ironia. «Sai qualcosa del nuovo ragazzo di Julia?»

Quindi è una questione di famiglia, pensò Magnus.

«Solo che non viene dalle solite famiglie nobili di Djurgården» rispose. «Ma non ho dettagli, e credo non ne abbia nemmeno Lovisa.»

«Capisco» disse Hans, ancora remissivo, o forse sinceramente preoccupato. Poi però cambiò tono e argomento. «Mi sono appena ricordato che negli anni Novanta hai contribuito a rovinare Axel Larsson.»

«Perciò è alla mia brutalità di un tempo che sei interessato.»

«Piuttosto a cosa ti ha permesso di esercitarla.»

«Axel Larsson si meritava di andare in rovina.»

«Ah, davvero?» rispose Hans acido, irritando ulteriormente Magnus che si domandò se il fratello avesse intenzione di prendere le difese di Larsson.

«Negli anni Ottanta comprava immobili, opere d'arte e azioni di fabbricanti d'armi come una specie di Creso. Ma poi quando abbiamo nazionalizzato la Nordbanken, nella primavera del 1990, saltò fuori che era indebitato fin sopra le orecchie. Ti ricordi cosa si diceva all'epoca?»

«No.»

«Se hai un debito di un milione di corone, è un problema tuo. Se lo hai di cento milioni, è la banca a essere nei pasticci. Se lo hai di qualche miliardo, è il culo dello stato a bruciare. E noi eravamo esattamente in quella situazione. La Nordbanken si stava dissanguando per i crediti cattivi, siamo stati costretti a usare la mano pesante, anche se non mi vergogno di ammettere che ci ho provato un certo gusto. Larsson si è presentato davanti al consiglio di amministrazione tutto agghindato da fighetto, con il gel nei capelli e le spalle imbottite che andavano negli anni Ottanta, convinto di avere tutto sotto controllo. Noi però eravamo preparati e gli abbiamo dato un ultimatum: o cedi alla banca le proprietà immobiliari e gli investimenti in azioni, o apriamo la procedura per bancarotta fraudolenta. È impallidito e ha fatto il diavolo a quattro, ma ha finito per firmare. Quando se n'è andato sembrava più basso di dieci centimetri.»

«Devi esserti divertito da impazzire.»

«Solo un pochino. Più che altro mi sono sentito un bravo funzionario statale che faceva gli interessi dei contribuenti.»

«Mah, la banca è fallita comunque.»

«Per risorgere sotto un'altra denominazione, come sai anche tu. E non c'è motivo che ti preoccupi per Larsson. Pare che abbia ripreso a frequentare il Riche e a ordinare bottiglie di Dom Pérignon per le sue accompagnatrici bionde. Perché ti interessa quello stronzo?»

«Perché il patrimonio di Larsson non è finito tutto in mano allo stato, vero? Non era coinvolto anche un certo fondo ungherese?»

Magnus si slacciò i pantaloni dello smoking.

«A cosa ti riferisci?»

«Ho scoperto per caso qualcosa che avresti dovuto dirmi quattordici anni fa.»

«Cosa?»

«Che c'era di mezzo anche la società di Gabor Morovia, la Cartaphilus.»

Magnus iniziò a sudare. Cazzo, pensò facendo una smorfia allo specchio. Poi però si riprese, riuscendo anche a sembrare sarcastico.

«Ha per caso a che fare con il tuo vecchio gatto?»

«In un certo senso» rispose Hans.

«Non posso certo dire di essere un esperto legale» proseguì Magnus. «Ma il reato di *incenerimento doloso di gatto* non dovrebbe essere caduto in prescrizione, dopo tutti questi anni?»

«Non fare il cretino.»

«O la tua esperienza professionale ti porta a concludere che chi da bambino dà fuoco agli animali, da adulto invade la Polonia?»

«Qualcosa del genere. Ma più che altro mi interessano i fatti. Gabor odiava la nostra famiglia – non del tutto a torto, sono costretto ad ammetterlo. Perché avete collaborato come buoni amici?»

«Direi piuttosto come due lupi che si contendono la preda. E comunque non l'ho mai incontrato di persona. Ama restare nell'ombra.»

«Ma quando esce allo scoperto, qualcuno si fa male.»

«Ah, piantala» disse Magnus. «Ormai Gabor è un uomo d'affari scaltro e pragmatico, nient'altro» concluse, pur sapendo che non era del tutto esatto.

«Suona quasi rassicurante» commentò Hans.

«Vero? Adesso però devo proprio scappare, mi spiace.»

Guardò l'orologio come per confermare a se stesso quelle parole.

«Ti ricordi di Claire Lidman?» proseguì Hans.

«Non mi pare» mentì di nuovo Magnus.

«Credo che sia stata lei a preparare il piano di ristrutturazione del debito con il quale avete fottuto Axel Larsson.»

«Ah, sì» finse di ricordare all'improvviso Magnus. «Ma non è morta in un'esplosione a San Sebastián?» Bruciata viva come il tuo gatto, pensò, ovviamente senza dirlo.

«Proprio così» rispose Hans. «Un personaggio interessante, anche se non ho ancora capito bene da che parte stava.»

«Dalla nostra, ovviamente. Dalla mia.»

«Ma certo.»

«Vuoi per caso insinuare qualcosa di diverso?»

«Non mi sognerei mai di farlo, caro fratello. E ora va' pure. Mi spiace di averti innervosito.»

«Non sono nervoso» ribatté nervosamente Magnus.

Ma ormai Hans aveva già riattaccato. Magnus rimase davanti allo specchio in smoking, a domandarsi come avesse fatto il fratello, appena riemerso dal regno degli inferi, a mettere il dito nella sua piaga più dolorosa. Forse però la cosa aveva una sua logica: solo le storie più terribili riescono a far risorgere i morti.

12

Dio santo, è stata davvero dura, pensò Julia.

Ma per fortuna adesso era tutto fantastico. La parte peggiore era stata la mamma, ovviamente. Non faceva che martellarla con Lydia che aveva ottenuto un posto a Yale. E non bastava Lydia, c'era tutta una serie di sue amiche che erano entrate in ottime università o erano semplicemente figlie fantastiche, mentre lei – inutile dirlo – non combinava niente di buono. Si limitava a studiacchiare storia dell'arte senza nessuna ambizione.

Era una vergogna sotto ogni punto di vista. O forse no? Secondo suo padre invece era la cosa giusta da fare: prima ci si costruisce una cultura generale umanistica, poi ci si specializza. Eppure la mamma, la nonna e quel buffone di suo zio sottosegretario le stavano sempre addosso, e così le vecchie angosce si ripresentavano: sarebbe diventata una delusione per tutti? Alla maturità non aveva preso un gran voto, e non aveva nemmeno una passione particolare. Sembrava condannata alla mediocrità. Chissà se possedeva almeno un briciolo dello sguardo acuto di suo padre. Forse aveva ereditato solo i suoi demoni, e in quel caso: congratulazioni, ti sei aggiudicata il primo premio, Julia!

Di viso era piuttosto carina, ed era già qualcosa. Ma le cosce... Dio, erano enormi, per non parlare della pancia. Si disse che doveva iniziare a rinunciare alle calorie inutili come quelle della colazione, e si ritrovò a pensare a Christian. Non faceva altro che mangiare e sparare stronzate. A parte forse guardare porno in rete... Quand'era stata l'ultima volta che le aveva fatto un complimento? Secoli prima.

Lo avrebbe piantato comunque, ma il processo aveva subito una rapida accelerazione. Glielo aveva detto lunedì, anche se in pratica la loro relazione era morta alle dieci di mattina del martedì precedente, una giornata iniziata male come la maggior parte delle altre.

Stava scendendo lungo Storgatan, sentendosi sola e fallita come al solito. Era anche preoccupata per suo padre: era messo davvero male, e l'unica cosa buona che gli era successa negli ultimi tempi – Micaela Vargas che si era trasferita da lui – rischiava di finire. Era chiaro che lei non lo sopportava più, e non aveva tutti i torti. Però... non poteva avere un po' di pazienza? Non erano tutti forti come lei. Non erano tutti cresciuti con la consapevolezza che bisogna lottare, se non si vuole affondare.

A parte quello, era una mattinata grigia e piovigginosa. C'era una manifestazione in Strandvägen, qualcosa a proposito di Israele, le sembrava di aver capito. Aveva mal di testa e mal di pancia, e niente lasciava presagire che stesse per succedere qualcosa di fantastico. E invece mentre passava davanti all'Eriks Bakficka aveva sentito una voce alle sue spalle: «Ehi, scusa.»

Si era voltata e aveva visto un uomo sui trentacinque anni, in jeans grigi e camicia blu. Aveva i capelli corti, un paio di Ray-Ban spinti sulla fronte e un fisico muscoloso. Un figo notevole, era stato il suo primo pensiero. Eppure il sorriso che le rivolgeva era cauto, quasi timido.

«Sì?»

«Stavo pensando di comprare delle tende» aveva detto l'uomo.

«Delle tende?» aveva ripetuto Julia. Era quasi comico

sentirlo parlare di *tende*, non si accordava con il personaggio. L'avevano notato entrambi, e la cosa aveva creato un contatto immediato, un po' come se avessero condiviso una battuta.

«Se stai cercando il negozio di tessuti, è dall'altro lato di Narvavägen, ma non penso che sia già aperto.»

«È ovvio che non è il mio campo» aveva risposto lui sorridendo di nuovo.

Julia aveva fatto un passo nella sua direzione, scoprendo con imbarazzo di essere più alta di lui. Odiava la sua statura. Ma se n'era già dimenticata: lo sguardo dell'uomo la faceva sentire sicura di sé.

«Begli occhiali» gli aveva detto.

Lui se li era abbassati sugli occhi e aveva fatto una faccia buffa, come se imitasse l'eroe di un film d'azione. Julia aveva riso e l'aveva osservato meglio. Anche solo il modo in cui muoveva le mani faceva sembrare Christian un ragazzino indifeso.

«Sai una cosa?» aveva detto lui, per poi esitare, come se all'improvviso fosse diventato veramente timido.

«Cosa?»

«Sei terribilmente carina.»

Non era preparata a quella frase. Una parte di lei avrebbe voluto liquidare il tizio come un arricchito che faceva il duro, ma in lui c'era qualcosa di esitante, di insicuro, che la metteva a proprio agio. E poi aveva un'aria familiare, quasi che lo avesse già visto da qualche parte, o conoscesse qualcuno che gli assomigliava ed era una brava persona.

«Grazie» aveva risposto, resistendo all'impulso di guardare da un'altra parte.

Sperava almeno di non essere arrossita.

«Forse sono stato stupido a dichiararlo così a bruciapelo.»

Julia aveva cercato qualcosa di intelligente da dire.

«Magari ce ne fossero di più, di stupidi del genere.»

L'uomo aveva riso.

«Allora continuerò così.»

Julia si era guardata i piedi infilati in un paio di ballerine logore.

«Certo che le mie scarpe lasciano un po' a desiderare.»

«Le trovo fighissime.»

«Non ci starebbe male un po' di tacco.»

«Ce ne occupiamo subito» aveva ribattuto lui, come se volesse comprarle immediatamente un altro paio di scarpe.

Julia non ricordava bene cosa fosse successo dopo. Sapeva solo che invece che all'università era andata a fare una passeggiata con lo sconosciuto.

La sera l'aveva invitata a cena al Riche. A differenza di Christian, non aveva parlato solo di se stesso. Era sinceramente interessato a lei, e non gliene fregava niente se non frequentava un'università prestigiosa. Le aveva chiesto cosa voleva *lei*, e sembrava del tutto indifferente al fatto che fosse una *Rekke*. Anzi, dava l'impressione di non aver mai sentito nominare la sua famiglia. Vedeva solo lei, non i suoi antenati. A un certo punto l'aveva interrotta dicendo: «Sei stupenda.» E lei si era sentita percorrere da qualcosa che non provava da tempo. Un accenno di felicità.

Con il suo magnetismo, il suo modo di dedicarle tutta la sua attenzione, quell'uomo le aveva fatto capire quanto era stata vuota e triste la sua vita fino ad allora. Lei che con Christian era sempre così silenziosa, quella sera aveva chiacchierato a più non posso, come se avesse una riserva inesauribile di parole.

Da allora i giorni erano volati, e lei aveva la sensazione di danzare per le strade. Non che fosse tutto così semplice. Mangiava ancora troppo e aveva ancora le cosce troppo grosse, ma si sentiva di nuovo speciale, non aveva più paura di essere una delusione.

Finalmente qualcuno mi vede davvero, pensava.

Micaela si era già allontanata quando sentì i passi della madre alle spalle. Per un attimo sperò che volesse scusarsi, ma qualcosa le fece dubitare che avesse in mente quello.

«*Cariño.*»

«Sì, mamma. Cosa c'è?»

«Hai saputo che ci hanno aumentato l'affitto? E la lavastoviglie va cambiata, lascia una polverina bianca su tutto. E quella fantastica macchina del caffè che mi ha regalato Lucas...»

Micaela tagliò corto e mise mano al portafoglio. Aveva due pezzi da cinquecento corone. Uno lo diede a lei.

«*Muchas gracias.* Ma davvero non è facile, tesoro» riprese la madre. «So che dipingere non è una necessità, è ovvio, ma significa molto per me, e ho talento, lo dicono tutti. Se sapessi quanto costano i colori...»

Micaela sospirò e le diede anche l'altro pezzo da cinquecento, imprecando a denti stretti. Perché non ci pensava Lucas? Lui di soldi ne aveva in abbondanza, soldi sporchi, guadagnati sul futuro dei ragazzini, e se ne vantava pure. Maledetto idiota. Un uomo d'affari, si definiva. Uno spacciatore, avrebbe dovuto dire, uno che punta la pistola alla gola di chi non obbedisce.

Più ci pensava, più si incazzava, e non solo perché aveva un fratello criminale. Aveva la sensazione di essere l'unica a voler sapere la verità, non solo sulle attività attuali di Lucas, ma anche su chi era stato quando lei era una bambina.

Sua madre, Vanessa e Simón, l'altro fratello, incasinato anche lui ma molto più debole, vivevano delle briciole che Lucas gettava loro e volevano solo chiudere gli occhi e andare avanti, come tutti gli altri a Husby. A nessuno importava della verità, nessuno era disposto a rischiare di rovinarsi la vita. Ma lei non aveva intenzione di arrendersi solo perché gli altri la guardavano storto.

Avrebbe smascherato Lucas, sperando di trovare qualcuno disposto a testimoniare in tribunale. Ma era ovvio che sarebbe stato un casino. Sarebbe scoppiata una vera e propria guerra in famiglia. Forse però era esattamente quello che voleva.

La realtà era che le piaceva mettersi nei pasticci, come aveva detto a sua madre. Voleva che succedessero delle cose, che ci fossero dei cambiamenti, anche se c'era un prezzo da pagare. Forse era per quello che ce l'aveva tanto con Rekke. La sua passività la provocava, era come vedere un purosangue che si sdraia sull'erba e si rifiuta di alzarsi. Uno spreco insopportabile, sapendo quanto avrebbe potuto ottenere.

Solo pochi mesi prima, i suoi occhi erano in grado di vedere con una chiarezza incredibile. E non era tutto. A volte il suo corpo dinoccolato si metteva improvvisamente in guardia, come se fosse sotto attacco, irrigidendosi in una posizione di difesa che sembrava venirgli stranamente naturale.

Sembrava quasi che si preparasse a un violento corpo a corpo, e questo non quadrava con l'immagine che si era fatta di lui. Era un pianista e un professore di psicologia, un intellettuale, non un campione di taekwondo. Eppure... a volte qualcosa si metteva in moto dentro di lui, una sorta di esplosività latente. Gli avrebbe chiesto spiegazioni quando fosse tornato a essere quello che era.

Micaela raggiunse la fermata della metro e scese. Le pareti erano tappezzate di manifesti del nuovo film di Harry Potter. Qualcuno dall'altra parte delle scale mobili le gridò: «Piantala di indagare su tuo fratello, troia di una poliziotta!»

Sembrava la voce di Hugo, ma non ne era sicura e non si voltò a controllare. Le squillò il cellulare e ne approfittò per estraniarsi, sperando che fosse Rekke che si sentiva meglio. Invece era una donna di una certa età, che si presentò in tono formale come Rebecka Wahlin. Per un attimo Micaela non riuscì a inquadrarla, poi ricordò: era una collega di Claire Lidman alla Nordbanken. Ci aveva già parlato, ma non ne aveva ricavato granché, come dagli altri dirigenti della banca. Quasi che la crisi finanziaria degli anni Novanta avesse scatenato comportamenti che preferivano dimenticare.

«La disturbo?»

«No.»

«Ho ripensato a una cosa che non le ho detto.»

«Cioè?»

«Poco prima di sparire, Claire aveva incontrato un uomo che l'aveva spaventata.»

«Chi?»

«Preferisco non parlarne al telefono. Può passare da me? Sto in Linnégatan, a Östermalm.»

Anche se aveva deciso di abbandonare l'indagine, parlare con quella donna non le avrebbe fatto perdere molto tempo. E poi non aveva niente in programma, malgrado fosse venerdì sera. In quel periodo la sua vita era messa così, confinata in una specie di limbo.

Disse a Rebecka Wahlin che sarebbe arrivata da lei nel giro di quaranta minuti e salì sulla metro, senza accorgersi degli occhi ostili che la osservavano.

13

Era chiaro che Magnus stava mentendo. Quello che Rekke non riusciva a capire era su cosa. Era troppo intontito dai farmaci per arrivarci, ma sinceramente non gli interessava poi tanto. Era stato solo un attacco di curiosità, niente di più. A preoccuparlo sul serio era Julia.

Chiamò Lovisa, la sua ex moglie, che rispose al secondo squillo. Sentendo la voce, si rese conto che lei proprio non gli mancava. Se mai, quella di cui sentiva la mancanza era Micaela. Mentre Lovisa blaterava della casa di Djursholm e di una pompa di calore da cambiare, si disse che forse era il caso di darsi una regolata.

«La signora Hansson si prende cura di te?»

«In modo esemplare» rispose lui. «Volevo solo chiederti... Non ti pare che Julia sia dimagrita un po' troppo?»

«Ma no, anzi, trovo che stia benissimo. Sta solo attenta al peso, e poi ha un nuovo ragazzo.»

«Lo conosci?»

«Non ha voluto presentarmelo, immagino che i suoi genitori non siano esattamente del nostro giro. Ma la cosa non mi preoccupa. È una ragazza ragionevole, ed era da molto che non la vedevo così solare.»

Sei una vera analfabeta, quando si tratta di leggere le persone. *Sta solo attenta al peso.* Ma va' al diavolo, pensò Rekke.

«Chiamo il dottor Richter» disse. «Vorrei che le parlasse.»

«Non eri così anche tu alla sua età? Attratto da gente di tutti i tipi.»

«Ti riferisci a qualcuno in particolare?»

«Quella Ida Aminoff, per esempio.»

Le vene sul dorso della mano di Rekke diventarono più evidenti.

«È morta» disse.

«Lo so. Ma ha rischiato di trascinarti con sé nella rovina, no?»

Metà della sua vita gli passò davanti agli occhi.

«Forse» mormorò.

«Sei sempre stato un caso disperato, Hans.»

«Meno male che c'eri tu a darmi il buon esempio.»

«A proposito, come va con la domestica con cui ti sei messo?»

Rekke si portò una mano alla fronte.

«Non è una domestica e non stiamo insieme.»

«Che peccato. Con lei, a quanto ho sentito, non devi preoccuparti dell'eccessiva magrezza. Magnus me l'ha descritta in modo molto efficace. Una sudamericana, con sangue indio, addirittura.»

«Mi domando...» iniziò Rekke, sforzandosi di sembrare quasi calmo.

«Cosa?»

«Sei sempre stata così stupida e piena di pregiudizi, o sei peggiorata da quando non subisci più la mia cattiva influenza?»

Riattaccò pentendosi delle sue parole, almeno per un secondo. Poi sentì montare la rabbia e stava quasi per richiamare e dirle che Micaela era una persona migliore di lei e di tutti i suoi amici messi insieme. Ma sarebbe stato infantile, e comunque dopo un attimo venne distratto da altri pensieri.

Non solo Ida Aminoff, il grande amore della sua giovinezza, o forse l'ossessione della sua vita, a cui ripensava per la prima volta dopo tanti anni, ma anche quello che Magnus aveva detto e non detto su Gabor Morovia. Ricordi e riflessioni si riversarono su di lui, come se fosse crollata una diga, e all'improvviso, innescata dalla rabbia, gli venne un'idea. Il primo sprazzo di iniziativa da un'eternità, un piccolo miracolo. Perciò: grazie, Lovisa.

Avrebbe incontrato il finanziere Axel Larsson, e magari anche bevuto un bicchiere di champagne insieme a lui. Le crisi e le separazioni vanno festeggiate, e quale compagnia poteva essere più indicata di un pagliaccio come quello?

Micaela scese dalla metro a Karlaplan, pensando a tutto e a niente ma alla fine comunque a Lucas. Quante cose non aveva capito, quando era piccola: i soldi che suo fratello diceva di guadagnare facendo il buttafuori in centro, i ragazzi più giovani che lo guardavano con ammirazione, e forse anche con timore, le sparatorie nel quartiere, i tipi che andavano a bisbigliargli all'orecchio.

Alcune di quelle cose avevano a che fare direttamente con lei, come l'incidente di Jojje Moreno.

Jojje era un suo compagno di classe. Gli altri lo consideravano uno sfigato, ma lei lo trovava simpatico, e commovente per quel suo disperato bisogno di piacere. Di sicuro non era uno stupido. Era bravo in matematica, sapeva tutto su balene e delfini e, anche se balbettava e faceva fatica a guardare negli occhi le persone, con quelle giuste diventava un gran chiacchierone. Un paio di volte erano usciti insieme. Niente di serio, lei non era né innamorata né particolarmente attratta da lui, però provava un senso di vicinanza, un desiderio di aiutarlo. Un venerdì o un sabato sera, quando avevano sedici anni, Jojje l'aveva portata in Lofotengatan. Avevano bevuto parecchio. Lui ripeteva di volerle mostrare qualcosa, ma in Lofotengatan non c'era niente da vedere. All'improvviso l'aveva spinta contro un muro. Lei gli aveva detto di darsi una calmata, e lui aveva perso la testa e le aveva strappato i jeans e le mutandine. Lei gli aveva mollato una ginocchiata ed era scappata di corsa, mentre lui le urlava: «Scusami, Micaela, è stato uno sbaglio.»

Era rientrata a casa zoppicando, perché le erano scesi i jeans ed era caduta malamente. In realtà non era successo niente di grave, ma il dolore all'anca non passava e lei, invece di andare semplicemente al pronto soccorso, aveva commesso l'errore di raccontare tutto a Lucas.

«Nessuno può trattarti così» aveva detto suo fratello, e quelle parole le avevano fatto piacere. Qualche giorno dopo, però, Jojje si era presentato a scuola ingessato e con un occhio nero. La versione ufficiale era che era caduto dal tetto del garage in Bergengatan, e in un primo momento lei ci aveva creduto. Ci avevano creduto tutti, o avevano fatto finta.

È un imbranato, dicevano. Uno sfigato del cazzo. Ma a poco a poco era cambiato qualcosa. Nessuno osava pomiciare con lei nei fine settimana. Nessuno osava nemmeno avvicinarsi. Qualche tempo dopo, Jojje e sua madre se n'erano andati da Husby e lei ci era rimasta più male di quanto volesse ammettere. Ovviamente avrebbe dovuto affrontare la situazione e andare a cercare l'amico. Invece aveva continuato a raccontarsela, come preferiva fare in quegli anni. Anche se inconsciamente aveva capito. Suo fratello, il suo angelo custode, il suo padre putativo, aveva riempito di botte Jojje e terrorizzato la madre, e di sicuro aveva compiuto azioni peggiori per motivi peggiori.

Micaela si toccò l'anca che le faceva ancora male, sul serio o per un dolore fantasma. Poi svoltò a destra in Linnégatan, cercando di scrollarsi di dosso il disagio lasciatole dalla visita a Husby, senza riuscirci, e si diresse a passo veloce verso la casa di Rebecka Wahlin con la sensazione di essere seguita.

14

Axel Larsson non poteva crederci: un Rekke voleva offrirgli da bere. Il solo nome gli faceva ancora vedere rosso. Devi essere fuori di testa, aveva avuto voglia di gridare al telefono. Piuttosto mi faccio un bicchiere con il diavolo in persona. Ma il tizio – il fratello del sottosegretario agli Esteri – aveva accennato ad alcuni interessi in comune, e la cosa lo aveva incuriosito, malgrado tutto, visto che anche i fratelli possono essere nemici. Ecco perché stava per incontrarlo all'Hotel Diplomat.

Aveva appuntamento lì alle sette per una cena con il direttore finanziario della Carnegie, avrebbe preparato lo stomaco con un paio di bicchieri insieme a quell'idiota di Rekke. Tra l'altro gli era sembrato un po' brillo. Ma chi se ne frega, pensò. Anche lui non disdegnava una bella sbronza. Si era appena comprato un pacchetto di azioni della Nokia, le cui quotazioni non potevano che salire. L'affare l'aveva fatto sentire vivo quasi come un tempo, e lungo Strandvägen si ritrovò a guardare avidamente le vetrine e le ragazze che passavano.

Non mi merito forse un'avventura, una piccola follia?, si chiese. Sì, decisamente, si rispose infilandosi nella hall. Il portiere lo accolse con un inchino e gli indicò un tavolo vicino alla finestra, a cui era seduto un uomo alto e magro, dinoccolato, con una camicia scura e il profilo vagamente aquilino.

«Il signor Rekke, suppongo.»

«Esatto. Quale onore» disse l'uomo porgendogli la mano.

«Non esageriamo» rispose lui magnanimo.

L'uomo aveva le dita insolitamente lunghe. Sembrava stanco, come se non dormisse da una settimana. Aveva gli occhi lucidi e pareva non aver fatto grandi sforzi per rendersi presentabile: era spettinato e aveva la camicia abbottonata storta. Perché diavolo dovrei perdere tempo con un fallito del genere?, pensò Larsson. Bah, consideriamola un'opera buona.

«Hans, vero?» chiese.

«Sì, esatto» rispose l'uomo strizzando gli occhi e passandosi una mano tra i capelli, come se si fosse appena svegliato.

«Si sente bene?» chiese Larsson, già stufo della situazione.

«Non troppo male» rispose l'uomo. «Non mi capita tutti i giorni di bere insieme a una leggenda della finanza. Mi permetta di offrirle qualcosa alla sua altezza.»

Che leccaculo, pensò Larsson guardandosi attorno in cerca di una ragazza di suo gusto, possibilmente bionda e giovane, meglio se cercatrice d'oro, incline a non disdegnare un uomo ricco della sua età.

«Che ne dice di un Roederer Cristal dell'86?» proseguì l'uomo.

«Benissimo.»

«Ha appena concluso un buon affare.»

Larsson lo guardò stupito.

«Cosa glielo fa pensare?»

«Lo vedo dalla sua postura, dal modo vorace e libidinoso con cui si guarda attorno. Inoltre tamburella con le dita in tre quarti, mi ricorda i cavalli al galoppo che non vedono l'ora di arrivare trionfanti al traguardo. Cos'ha comprato?»

«È confidenziale.»

«Davvero? Non sarebbe un bene per lei, se noi meno esperti la imitassimo e facessimo salire le quotazioni?»

«I dilettanti farebbero meglio a restarne fuori.»

«Ha ragione. Anche se alcuni dilettanti sono abbastanza saggi da sapere di non sapere.»

«Sta dicendo che il futuro è incerto» osservò Larsson.

«Non solo incerto, sconosciuto. Ma ovviamente mi rimetto al giudizio degli esperti.»

«Fa bene. Però di champagne se ne intende.»

«Per niente» rispose l'uomo. «È tutta scena, in genere bevo solo per calmarmi i nervi. Ma andiamo al punto.»

«Mi diceva che abbiamo degli interessi in comune.»

«Esatto. Abbiamo entrambi dei conti in sospeso con la Cartaphilus, se non mi sbaglio.»

Larsson rimase di stucco. Un gran numero di ricordi sgradevoli si risvegliarono all'improvviso.

«Non è un avversario che si possa attaccare impunemente.»

«Perché no?» chiese l'uomo con un sorriso così innocente che a Larsson venne voglia di cancellarlo con un pugno.

«Perché può distruggere chiunque.»

«Meglio evitare, allora. A proposito, ha mai incontrato Gabor Morovia?»

Larsson borbottò qualcosa, guardando nervosamente dalla finestra.

«Scusi?» chiese l'uomo.

«Ero sull'orlo della rovina, all'epoca.»

«Cosa intende?»

«Che difficilmente Gabor Morovia avrebbe perso tempo con uno come me.»

«È così selettivo?»

«Chieda a suo fratello, erano amici per la pelle.»

Brindarono con lo champagne, che intanto era arrivato.

A quel punto l'uomo non sembrava più così ingenuo, e nemmeno così ossequioso. Anzi, sembrava leggergli dentro.

«Ne dubito» riprese. «Nostro padre Harald, di sicuro lo sa, aveva una compagnia di navigazione. Mi piacerebbe poter dire qualcosa di buono su di lui, ma temo che non corrisponderebbe al vero. Era un uomo duro e senza scrupoli, e negli anni Sessanta, grazie a mazzette e attività di cartello, mandò in rovina un suo concorrente, la Morovia Shipping. Il titolare, Sandor Morovia, fu costretto a dichiarare fallimento, un po' come lei, e contemporaneamente fu colpito da una serie di altre disgrazie: la moglie lo lasciò, restò solo con il figlio Gabor e fu costretto a tornare nell'odiata Ungheria comunista. Qualche anno più tardi riuscì a ottenere un lavoro all'ambasciata di Vienna. La nostra famiglia rimase a lungo all'oscuro di questa storia, e la scoprì nel peggiore dei modi. Gabor Morovia ci odiava dal profondo del cuore.»

«Suo fratello non esiterebbe a stringere un patto con il diavolo, se fosse nel suo interesse.»

L'uomo abbozzò un sorriso quasi triste.

«Non ha tutti i torti. Il caro Magnus è una personalità complessa. Ma da qualche parte ha un cuore anche lui, e una lealtà che va oltre la prima vittoria dietro l'angolo. Non stringerebbe mai un patto con Morovia. O almeno lo spero. Cosa sa di lui?»

«Di Morovia?»

L'uomo annuì.

«Che non conviene averlo come nemico.»

«Vero. Ma questo purtroppo lo so già. L'ho incontrato una volta dopo un concerto a Berna.»

«Lei è musicista?»

«Tanto tempo fa ero un pianista. Morovia venne nel mio camerino, affabile come non mai. All'epoca aveva appena preso un dottorato in matematica al Trinity College di Cambridge, giovanissimo naturalmente, e insegnava metodi di valutazione dei derivati alla London School of Economics. Era una specie di bambino prodigio, come saprà anche lei, e quella sera fu sorprendentemente amichevole.»

«Davvero?»

«Purtroppo io non risposi con la stessa eleganza. Quando mi diede il suo biglietto da visita lo strappai in mille pezzi. Perciò la mia domanda è la seguente: come posso rintracciarlo?»

Larsson guardò l'uomo, domandandosi se parlava sul serio. Voleva proprio sfidare Gabor Morovia, o aveva altro in mente?

«Le suggerirei di lasciar perdere.»

«Sono costretto a insistere, purtroppo.»

«Ha un contatto qui a Stoccolma, un'avvocata d'affari, Alicia Kovács. La trova allo studio Adler, non lontano da qui.»

«Possibile che fosse amica della defunta Claire Lidman?»

«Non credo.»

«A proposito, quand'è stata l'ultima volta che ha visto Claire?»

«Non me lo ricordo» rispose Larsson, iniziando a tamburellare con le dita a un ritmo nevrotico che il professor Rekke registrò come un sismografo.

15

Rebecka Wahlin aveva un grande appartamento con libri dappertutto, e Micaela si ritrovò immediatamente meglio disposta nei suoi confronti. Nei primi anni felici dell'infanzia – quando suo padre era ancora vivo – casa loro era un'unica grande biblioteca. Dopo che lui era caduto dal ballatoio, però, Lucas aveva eliminato tutto, malgrado le proteste della mamma.

«Come si orienta fra tutti questi libri?» chiese.

Rebecka era alta ed elegante, sulla sessantina, con una giacca nera su una gonna scozzese. Malgrado il nome svedese era di origini asiatiche, aveva gli occhi scuri, i capelli corvini, corti e pettinati all'indietro, e l'aria di essere abituata a dare ordini. I suoi gesti emanavano autorevolezza.

«Sono divisi per materia» rispose. «Lì ci sono le biografie degli uomini politici, qui a sinistra i libri di economia, e qui i romanzi. Lì i gialli e qui...» Fece qualche passo verso il soggiorno. «Qui ci sono i miei libri sugli scacchi.»

«Libri sugli scacchi?» ripeté Micaela.

«Sì» rispose Rebecka. «Ho sempre giocato. Ogni tanto anche con Claire, e perdevo, ovviamente.»

«Perché ovviamente?»

Rebecka rise, dirigendosi verso le due poltrone bianche del soggiorno, sistemate davanti a una coloratissima marina. Micaela restò a guardare lo scaffale con i libri sugli scacchi. Qualcosa la tratteneva.

«Perché con Claire si perdeva, punto. Si perdeva sempre. Era molto al di sopra di noi giocatori normali, ma vinceva con classe, e glielo perdonavo quasi sempre.»

Micaela riuscì a staccarsi dallo scaffale e andò a sedersi di fronte a Rebecka. Ma faceva fatica a concentrarsi, c'era qualcosa che sembrava volerla trascinare di nuovo verso i libri.

«Posso offrirle qualcosa?» chiese Rebecka.

«No, grazie» rispose lei. «Al telefono ha accennato...»

Non sapeva bene cosa dire, anche perché si era tirata fuori dal caso Lidman.

«... a un uomo che faceva paura a Claire» concluse.

«Esatto. All'epoca non ne ho parlato con nessuno, nemmeno con la polizia.»

Micaela alzò gli occhi.

«Sta dicendo che ha taciuto delle informazioni?»

«Più che altro non avevo capito che potevano essere rilevanti, e dopo la morte di Claire mi sembrava inutile parlarne. E forse volevo anche risparmiare Samuel.»

«Risparmiarlo da cosa?»

«Da altra sofferenza. Erano una coppia particolare. Molti non capivano cosa Claire trovasse in lui. C'era uno squilibrio evidente: lei aveva i soldi, la bellezza, l'intelligenza, la carriera, mentre Samuel...»

«Già, Samuel cos'aveva?»

Rebecka rise di nuovo, in modo più spensierato.

«Il fisico. Aveva i suoi muscoli e il suo sguardo gentile, ed esercitava una forza di attrazione potentissima, è chiaro. Devo essere sincera, la sentivo anch'io. E poi era molto premuroso e affettuoso con Claire. Cucinava, teneva in ordine la casa, si occupava di tutte le cose pratiche. Era anche un bravissimo falegname. Ma soprattutto...»

Esitò.

«Sì?»

«Claire aveva bisogno di un uomo gentile, dopo quello che aveva passato.»

«Cos'aveva passato?»

«È proprio di questo che volevo parlarle.»

«Lei non crede che si fosse stancata di Samuel?»

«È possibile che il suo amore la stesse soffocando, ma non credo che sia per questo che se n'è andata» disse alzandosi. «Perché non beviamo qualcosa? È venerdì sera, e questa storia non si può raccontare a mente lucida.»

«D'accordo. Lei cosa prende?»

«Del rosso, preferibilmente un bordeaux.»

«Va bene anche per me.»

Rebecka andò in cucina. Micaela fu tentata di tornare davanti allo scaffale che la attirava come un magnete, ma liquidò l'idea come un impulso irrazionale e restò dov'era.

«Secondo lei perché se n'è andata?» riprese quando Rebecka arrivò con una bottiglia e due bicchieri.

Julia chiuse gli occhi, nuda nel suo letto in Karlaplan. Era felice, per la prima volta da non sapeva quanto, forse mille anni. Sembrava che tutti i suoi problemi fossero stati spazzati via da una folata di vento. D'accordo, doveva mangiare un po' meno e smettere di essere così perbenino, ma ci stava lavorando. Aprì gli occhi e chiese: «Sono un po' noiosa, vero?»

Lui rise, come se noiosa fosse l'ultimo aggettivo che gli veniva in mente, e lei gli si avvinghiò addosso per la gratitudine.

«Vorrei essere un po' più pazza» riprese.

«Cosa te lo impedisce?»

Già, cosa?, pensò. Forse avrebbe dovuto cominciare subito con le follie, per esempio mettendosi a cavalcioni su di lui, mordendolo sul collo come un vampiro, seducendolo in un modo per nulla noioso. Invece rimase sdraiata a guardargli il petto. Aveva un'aria così adulta e maschia, con quei lineamenti marcati e i muscoli ben disegnati, che le venne l'impulso di coprirsi.

Però non voleva apparire pudica, visto che voleva essere più pazza, quindi iniziò ad accarezzarlo distrattamente sul ventre. Lui le sorrise, calmo e rassicurante come al solito, ma un attimo dopo si irrigidì, di colpo. Una notifica sul cellulare. Julia si rese conto che le altre volte doveva averlo tenuto sempre spento, perché non aveva mai sentito quella suoneria. Quando lui si voltò verso il comodino, restò a fissargli la schiena come stregata.

Sulla scapola c'erano delle lunghe unghiate. Era stata lei? Per forza, chi altri avrebbe potuto lasciargliele?

Lui piegò il collo in avanti e contrasse i muscoli.

«È successo qualcosa?» gli chiese Julia.

Nessuna risposta. Quando tornò a voltarsi aveva lo sguardo assente, e Julia dovette di nuovo resistere all'impulso di coprirsi. Aveva bisogno di qualche parola gentile, ormai era diventata dipendente dai suoi complimenti.

«Mi trovi abbastanza magra?»

Lui sembrò non sentire nemmeno. Era ancora immerso in quello che aveva letto sul cellulare, e Julia fu costretta a ripetere la domanda prima che i suoi occhi si illuminassero come piaceva a lei.

«Sei perfetta.»

Tornò a sdraiarsi accanto a lei e la accarezzò più volte dall'ombelico al collo, fermando poi la mano esattamente nel piccolo incavo tra le clavicole. Julia inspirò a fondo. Qualcosa di primitivo, di arcaico, si risvegliò in lei, qualcosa che allo stesso tempo la eccitava e le faceva paura.

«Hai mai...»

Non sapeva esattamente cosa voleva chiedergli, ma poi pensò alla sua schiena. Aveva un messaggio per lei, quella schiena.

«Hai mai fatto del male a qualcuno?» concluse, stupita delle proprie parole.

«Lo fanno tutti» rispose lui, portando la mano sul collo e fissandola negli occhi con uno sguardo che – Julia se ne rese conto in un istante di improvvisa lucidità – esprimeva una totale mancanza di limiti.

«Io no» rispose Julia.

«Davvero?» ribatté lui. «Come sta Christian?»

«Non molto bene, immagino.»

«Vedi?»

Julia cercò qualcosa di profondo da dire, per fargli capire che non era come le altre ragazze con cui era stato.

«Forse dobbiamo fare del male a qualcuno per essere liberi.»

Lui sorrise, come se fosse una cosa a cui non aveva mai pensato, e che proprio per questo lo divertiva.

«Forse» rispose accarezzandole delicatamente i capelli. Lei avrebbe voluto chiedergli di fermarsi per la notte. Ma lui doveva sempre andare da qualche parte, quindi non lo fece. Però lo strinse più forte, lo abbracciò stretto. Non voleva che la lasciasse, mai.

16

Rebecka Wahlin si sedette sulla poltrona bianca con un bicchiere in mano e l'aria sognante, come se volesse rimandare il racconto, o parlare di qualcos'altro.

«Mi spieghi meglio» la incalzò Micaela.

«Axel Larsson» disse Rebecka. «Cosa sa di lui?»

«Parecchie cose.»

«Però è troppo giovane per ricordarsi delle sue vicende negli anni d'oro, no?»

«Forse.»

«Frequentava lo Studio 54 di New York e poteva permettersi di comprare dei Matisse e dei Picasso. Era il prototipo dello yuppie, dell'uomo di successo che fa la bella vita. Alla fine degli anni Ottanta valeva almeno sette o otto miliardi di corone. Ma l'intera equazione si basava sul presupposto che i prezzi degli immobili e delle opere d'arte continuassero a salire. Quando il mercato crollò, nell'autunno del 1990, rimase incastrato. E non da solo, purtroppo.»

«Anche diverse banche rischiarono di fallire.»

«Soprattutto noi della Nordbanken. I tassi erano alti, prestare denaro era talmente remunerativo da farci girare la testa, e all'improvviso eravamo schiacciati dai crediti inesigibili. Tentammo di salvare il salvabile, ma sembrava non bastare mai, e alla fine di quella primavera passammo sotto il controllo dello stato. Eppure ci illudevamo di essere noi quelli che se ne intendevano di mercato, non le pappemolli intellettuali del ministero delle Finanze. Quanto ci sbagliavamo. A un certo punto Magnus Rekke si presentò a una delle riunioni del direttivo.»

Micaela trasalì.

«Davvero?» disse.

Pensò a quando era arrivato in Grevgatan e l'aveva presa per una donna delle pulizie, guardandola come se non valesse una cicca.

«Era piuttosto giovane all'epoca, e non lavorava ancora per Kleeberger agli Esteri» proseguì Rebecka. «Però era già un astro nascente al ministero delle Finanze, entrava in gioco quando il ministro non voleva sporcarsi le mani.»

«Posso immaginarlo.»

«Se non ricordo male, Magnus aveva saputo da un collega di Bonn che Axel Larsson era indebitato anche con un fondo ungherese, la...»

«Cartaphilus» intervenne Micaela.

«Esatto, Cartaphilus. Un nome curioso. A ogni modo, quella società si rivelò essere un big player della finanza.»

«Così ho sentito» disse Micaela, ricordando che Rekke le aveva fatto alcune domande in proposito.

Era stata una delle ultime volte che lo aveva visto reattivo. L'aveva guardata con un'aria inquietante e le aveva chiesto più dettagli. Dopodiché era tornato a chiudersi in se stesso, sempre cupo.

«Il debito di Larsson con la Cartaphilus era ingente quanto quello nei nostri confronti» proseguì Rebecka bevendo un sorso di vino. «E la cosa non aveva senso. Perdemmo completamente la fiducia che gli avevamo accordato fino a quel momento: non era solo propenso al rischio, ma anche completamente privo del senso della misura, come se avesse deciso di scavarsi la fossa con le sue mani. Quando poi saltò fuori che aveva investimenti occulti in Nobel Industrier, Saab e Airbus, decidemmo di collaborare con la Cartaphilus in vista di una ristrutturazione del debito – di una spartizione del bottino, per dirla più chiaramente.»

«E Claire ebbe un ruolo importante in tutto ciò?»

«Può ben dirlo. Fin dal primo momento Magnus Rekke la scelse come interlocutrice privilegiata.»

«E perché, secondo lei?»

«Per tutta una serie di ragioni, ma soprattutto perché sembrava sapere molto più di noi sulla Cartaphilus, e forse anche perché noi preferivamo essere coinvolti il meno possibile. La responsabilità sarebbe stata di Claire e dell'amministratore delegato della Nordbanken, William Fors, o Wille, come lo chiamavamo. Lui e Claire avrebbero incontrato i rappresentanti della Cartaphilus, ed è a proposito di questo che l'ho chiamata» proseguì Rebecka, svuotando il bicchiere.

Rekke uscì dall'Hotel Diplomat strizzando gli occhi nella luce del tramonto. Cos'aveva in comune con Axel Larsson? Niente, supponeva. Però aveva ottenuto un nome, un contatto, e magari sarebbe bastato per ripartire.

Lui e Gabor Morovia si erano incontrati anche da adulti. O quasi. Lui aveva poco più dell'età di Julia, ed era follemente innamorato di Ida Aminoff. Era nel suo camerino in un teatro di Berna dopo aver suonato i concerti per pianoforte di Ravel, quando gli avevano annunciato che un giovanotto voleva vederlo. Lui aveva detto di no, non se la sentiva, ma il giovanotto si era presentato lo stesso: se l'era ritrovato sulla porta con un mazzo di fiori in mano. Quando aveva detto di non aver mai sentito suonare Ravel con tanta espressività, Rekke aveva ringraziato e chiesto con chi aveva l'onore.

Non aveva dovuto aspettare la risposta. Il giovanotto aveva fatto due passi avanti nel suo doppiopetto grigio a cui si aggiungeva un vistoso foulard rosso, con il respiro leggermente sibilante, un sol che si abbassava a un fa diesis. Rekke era balzato in piedi come per parare una mossa di judo. Gabor però non ci aveva badato: si era limitato a consegnargli i fiori e a porgergli la mano, che Rekke non aveva potuto evitare di stringere.

«Questa sì che è una visita inaspettata» aveva detto.

«Penso che dovremmo dimenticare il passato e diventare amici.»

«Davvero?»

«Ho sentito che suonare magnificamente non è la tua unica dote» aveva aggiunto Gabor indicando i propri occhi. «Si dice che sai anche osservare, invece di guardare senza vedere come tutti gli altri.»

«Non saprei» aveva risposto Rekke, cercando di avere una visuale completa del camerino.

«Pare che tu riesca a leggere i luoghi e le persone.»

«E che tu sia un mago dei numeri.»

Gabor aveva fatto un altro passo avanti. Aveva ancora la stessa esplosività di un tempo, come se in meno di un secondo potesse trasformarsi in una creatura elastica e aggressiva.

«Mi interessano gli schemi, i segnali d'allarme che precedono i cambiamenti improvvisi.»

Rekke aveva posato i fiori per avere le mani libere.

«Sembra un interesse legittimo» aveva detto.

«Soprattutto fruttuoso. Chi li sa prevedere ha il futuro nelle sue mani.»

«Ah sì?» aveva commentato Rekke. Era indietreggiato di un paio di passi e aveva afferrato la caraffa posata accanto allo specchio, senza sapere bene perché. Poi aveva riempito due bicchieri d'acqua e ne aveva offerto uno a Gabor.

«Purtroppo non ho altro.»

«Mi accontento di averti visto. Eccoti il mio biglietto da

visita. Ho fondato una società, e un uccellino mi ha detto che ti sei stancato della vita da concertista.»

Rekke aveva preso il biglietto, osservando le mani di Gabor, la posizione delle gambe e del busto, e quasi automaticamente, per puro istinto di sopravvivenza, aveva immaginato tutta una serie di possibili scenari di lotta.

«Ah sì?»

«Trovi che la musica manchi di *claritas*, e avresti voglia di fare altro. Forse potremmo collaborare.»

Lo sguardo di Rekke continuava a seguire il profilo di Gabor, dai muscoli delle spalle alle pieghe della fronte.

«Il problema è che non dimentico tanto facilmente. È una mia caratteristica. Le cose mi restano in mente, quasi fossero incise a fuoco.»

«La maledizione del talento.»

«Può essere anche un impaccio. Una difficoltà ad andare oltre.»

«Ne dubito.»

Rekke aveva abbassato gli occhi sul biglietto da visita ed era trasalito.

«E questo nome?»

«Una specie di ispirazione.» A quel punto Rekke aveva perso il controllo.

Aveva afferrato Gabor e lo aveva spinto contro il muro con una forza e una velocità che avevano stupito anche lui. Il volto del suo avversario sembrava risplendere, come se fosse stato scagliato in uno stato di coscienza aumentato.

«Era solo un gatto, Hans. Un gatto. Posso risarcirti profumatamente.»

«Sparisci» aveva sibilato Rekke, afferrando Gabor per il bavero con tanta violenza da strappare il tessuto.

Poi lo aveva buttato fuori dal camerino con un paio di movimenti bruschi che doveva essersi preparato inconsciamente. Gabor pur barcollando era rimasto in piedi, apparentemente senza perdere la calma. Anzi, sembrava quasi trasformato: era diventato più alto, più grosso, e i suoi occhi come la volta precedente avevano cambiato colore, da verdi erano diventati quasi neri.

«Sparisci» aveva ripetuto Rekke.

«Se insisti. Ho sentito che stai con Ida Aminoff. Bella preda, siamo in molti ad averci fatto un pensierino.»

Rekke si era avvicinato di un passo a Gabor, pronto a gettarsi su di lui se fosse stato necessario.

«E allora?»

«Volevo solo congratularmi» aveva proseguito Gabor. «E raccomandarti di stare attento.»

«Cosa intendi?»

«Solo che è una ragazza che ama le droghe e il rischio. Sarebbe un peccato se le capitasse un incidente.»

«Se la tocchi io...»

«Tu cosa?» aveva chiesto Gabor con una sicurezza inquietante, come se avesse il pieno controllo della situazione, e ne godesse.

Invece di rispondere, Rekke si era limitato a fulminarlo con lo sguardo, e a quel punto Gabor se n'era andato. Il ritmo dei suoi passi si era inciso per sempre nella memoria di Rekke, tanto da tornargli in mente ad anni e anni di distanza mentre usciva dall'Hotel Diplomat, simile al minaccioso preludio di una catastrofe. Cosa doveva fare?

Niente, si rispose. Ho una figlia, ho degli amici, ho ciò che potrebbe diventare una vita. Lascerò in pace quello stronzo. Si avviò verso Grevgatan pensando a Micaela, alla luce nei suoi occhi che gli faceva desiderare di essere una persona migliore.

17

Rebecka Wahlin si versò un altro bicchiere di vino e guardò dalla finestra.

«Claire incontrò una rappresentante della Cartaphilus» riprese poi. «Si chiama Alicia Kovács, è ungherese ma vive a Stoccolma da molti anni. La conosco di sfuggita e mi sembra una persona a posto. È un'avvocata e una commercialista di prima categoria, mi stupisce che lavori per una società che ha legami sempre più evidenti con la criminalità organizzata. Per loro ovviamente vale tanto oro quanto pesa, li rende presentabili. Conosceva già Claire, e fu lei a proporre che incontrasse il titolare. E subito scoppiò un putiferio.»

«In che senso?»

«All'epoca non sapevamo nemmeno chi fosse. La società era intestata a una fondazione svizzera e il nome del titolare non era pubblico. Ma quando iniziammo a raccogliere informazioni su di lui scoprimmo diverse cose interessanti. Sembrava avere un potere quasi ipnotico sulle persone e un'abilità diabolica nelle trattative, perciò si immagini la nostra preoccupazione. Considerate le somme in gioco, era fondamentale tenere la posizione, e William Fors insistette per partecipare di persona all'incontro. Ci risposero di no: il titolare avrebbe ricevuto Claire da sola, o non se ne sarebbe fatto niente. Dopo lunghe discussioni, arrivammo alla conclusione che era troppo importante stabilire un contatto diretto, e in fondo Claire non era certo la scelta peggiore. La preparammo al meglio per l'incontro. A me toccò occuparmi dell'aspetto esteriore: doveva apparire all'altezza dei milioni di dollari per cui andava a trattare, perciò la portai a fare shopping. Pensavo che sarebbe stato divertente, invece mi accorsi subito che era cambiata. Era di cattivo umore, e la cosa mi preoccupò. Le chiesi se avesse già conosciuto il titolare ma non rispose. Ricordo che ero incuriosita dal nome della società. Voglio dire, chi sceglierebbe quello dell'uomo che fu maledetto da Dio?»

«Maledetto da Dio?»

«Avevo fatto qualche ricerca, scoprendo che Cartaphilus è un altro nome di Ahasverus, l'uomo che secondo la leggenda impedì a Gesù di riposarsi sui gradini della sua casa.»

«Curioso.»

«Sì, e un po' sospetto. Sa cosa rispose Claire? È un uomo malvagio. *Malvagio*. Suonava così... antiquato che provai a riderci sopra, ma lei non stette al gioco e cambiò argomento. Disse che sarebbe andata all'incontro in bici.»

«In bici?»

«Sì, si muoveva sempre così, e anche quella volta rifiutò di usare la limousine della banca.»

«Quando è successo?»

«Sei o sette settimane prima della sua scomparsa. Era un giovedì, mi pare. Non volle fare un ultimo punto della situazione con noi, preferì prepararsi da sola, e non ci disse nemmeno dove sarebbe avvenuto l'incontro. Aspettai per tutta la sera che mi raccontasse com'era andata, ma non mi chiamò. La vidi il giorno dopo: indossava una maglia a maniche lunghe e camminava a fatica.»

«Cos'era successo?»

«Disse di aver bevuto troppo ed essere caduta dalla bici. Niente di grave, secondo lei, ma io non ero convinta. Poi si concentrò sul piano di ristrutturazione concordato con il titolare del fondo. Ci furono molte discussioni, e tutto il resto passò sullo sfondo. Alcuni sostenevano che aveva pescato la paglia più corta, ma erano più che altro chiacchiere dovute all'invidia. In realtà era un piano aggressivo ed elegante. Lavorammo alacremente ai dettagli dell'accordo che Fors e Magnus Rekke avrebbero dovuto proporre ad Axel Larsson, e io...»

«Aspetti un attimo, restiamo su quello che mi ha appena raccontato» la interruppe Micaela. «Claire era stata vittima di un'aggressione, secondo lei?»

Rebecka bevve un altro sorso di vino, improvvisamente a disagio.

«Mah... non saprei. Lei minimizzò, e si riprese in fretta.»

«Al telefono mi ha detto che era spaventata.»

«Avevo quella sensazione, sì.»

Micaela ripensò al racconto di Samuel Lidman. Non aveva accennato al fatto che Claire fosse spaventata nelle ultime settimane. L'unica stranezza che aveva riportato era che aveva mal di stomaco e si chiudeva spesso in bagno.

«L'ha raccontato alla polizia?»

«Ho detto che pensavo fosse successo qualcosa di sgradevole, durante l'incontro con il titolare della Cartaphilus. Ma non avevo dettagli, e temo che Lindroos non mi abbia presa sul serio.»

«Idiota» borbottò Micaela.

«Sono d'accordo.»

«In seguito avete scoperto chi era il titolare del fondo?»

«Sì.»

Rebecka sembrava di nuovo in imbarazzo.

«Può dirmelo?»

«Si chiama Gabor Morovia.»

«Ha esitato a fare il suo nome» constatò Micaela.

«Sì, forse» rispose Rebecka, ridendo nervosamente.

«Era davvero malvagio, quindi?»

«Mi pare un'esagerazione. È un grosso investitore con amici importanti in tutto il mondo.»

«Il che non dimostra il contrario.»

«Forse ha ragione. Non ci sono molte sue foto in giro ed è difficile trovare informazioni su di lui in internet. Una volta Fors ci ha fatto sentire una conversazione telefonica che aveva registrato, e devo ammettere che mi ha fatto venire i brividi. Sembrava impossibile dire di no a una voce del genere.»

«In che senso?»

«Non so come spiegarglielo. So solo che quella voce mi aveva turbata. Come se avesse cercato di attirarmi in una stanza buia.»

«Suona drammatico.»

«Forse sto solo esagerando.»

Micaela rifletté un attimo.

«Può dirmi qualcos'altro su Claire?»

Rebecka ci pensò.

«Non proprio.»

«Non è una buona risposta da dare alla polizia» osservò Micaela.

«D'accordo, c'è una cosa che non ho detto a nessuno perché penso sia solo una mia fantasia.»

«La ascolto.»

«Claire era un po' ingrassata, appena prima della sua scomparsa. Mi ero convinta che fosse incinta.»

«Sta scherzando?»

«No. Qualche tempo prima mi aveva confidato che lei e Samuel volevano un bambino e che stava pensando di interrompere la pillola, perciò un giorno sono stata un po' invadente. Le ho chiesto se potevo farle gli auguri, indicando la pancia. Lei però l'ha presa male, e io ho pensato di averla ferita. Anche se a posteriori mi sono chiesta...»

«Se non fosse davvero incinta?»

«Sì.»

«Di qualcuno che non era Samuel?»

«Sì. E mi sono chiesta se con la sua educazione cattolica avrebbe abortito, trovandosi in una situazione del genere.»

Micaela annuì e si alzò, come se all'improvviso avesse fretta.

«Si potrebbe quasi ipotizzare...» iniziò, senza finire la frase.

«Uno stupro?»

«Forse» rispose Micaela. «Ne ha parlato con Samuel?»

«No, non ne ho avuto il coraggio.»

Che cazzo, pensò Micaela. Poi ringraziò e se ne andò. Mentre scendeva, chiamò Samuel Lidman.

18

Quando squillò il cellulare, Samuel Lidman si era appena cosparso le mani di magnesite. Era nella palestra di Hälsingegatan, il suo territorio. La frequentava dal giorno dell'inaugurazione e all'epoca non c'era ancora lo spogliatoio femminile, all'ingresso c'era un cartello che diceva LE CATTIVE RAGAZZE NON SONO LE PEGGIORI e le pareti erano tappezzate di poster di Arnold Schwarzenegger e Frank Zane.

Era un mondo al maschile, e di quel mondo Samuel era il re.

Gli altri lo fissavano come stregati quando si allenava alla panca, otto ripetizioni con centosessanta chili, e nello spogliatoio lo guardavano ammirati mentre si spalmava il linimento sulle giunture doloranti. Niente a che vedere con il mondo esterno, dov'era roso dal senso di inferiorità, malgrado i suoi novanta chili di muscoli perfettamente definiti. Lì in genere si sentiva una nullità, ma in palestra era nel suo elemento naturale, perciò quel giorno rispose al telefono senza preoccuparsi di disturbare chi aveva accanto.

Quasi subito però abbassò la voce e uscì in corridoio. Micaela Vargas, la giovane poliziotta che viveva con il professor Rekke, gli aveva fatto una domanda che l'aveva scosso nel profondo. Riteneva possibile che Claire fosse stata aggredita durante l'incontro con il titolare della Cartaphilus? Rispose di no, davvero non gli sembrava credibile. Poi però tornò col pensiero a quella notte. Era a letto ad aspettare Claire. Sapeva che era andata a un incontro importante, forse decisivo, anche se non conosceva i dettagli perché lei si nascondeva sempre dietro il segreto bancario. Attorno all'una o all'una e mezza aveva sentito la porta che si apriva e lei che entrava in punta di piedi e si chiudeva in bagno. Sentendola singhiozzare, si era alzato e le aveva chiesto se era tutto a posto. «Sono caduta dalla bici» gli aveva risposto lei.

Gli era sembrato credibile. Claire si muoveva sempre in bici, anche con i tacchi e in abito da sera, e la mattina dopo in effetti aveva visto che la ruota davanti era storta e aveva perso un paio di raggi. Niente sembrava indicare che qualcuno le avesse fatto del male intenzionalmente, almeno non nei primi giorni. Poi però gli era venuto il dubbio. Almeno per una settimana non gli aveva permesso di toccarla e aveva lamentato soprattutto dolori di stomaco che non quadravano con la caduta dalla bici. E una sera, dopo essere rimasta in bagno particolarmente a lungo, aveva borbottato qualcosa di inquietante.

«Scusami.»

«Perché?» aveva chiesto lui.

«Perché sono andata a quell'incontro.»

Nonostante avesse insistito, non era riuscito a farle dire altro. Ma dopo qualche giorno l'incidente sembrava dimenticato e tutto era tornato alla normalità. Fino alla catastrofe.

«Perché me lo chiede?»

«Voglio solo capire se le era successo qualcosa di grave» disse Micaela.

«Ha saputo altro della foto?»

Micaela rimase in silenzio.

«No» rispose poi. «Ha mai provato a contattarlo?»

«Chi?»

«Il titolare della Cartaphilus.»

«Un paio di volte all'inizio, ma mi hanno detto che potevo scordarmelo. Tutti sostenevano che non aveva niente a che fare con la scomparsa di Claire.»

«Tutti chi?»

«La polizia e i capi di Claire.»

«Strano che ne fossero così sicuri.»

Micaela riattaccò e uscì in strada, immersa nei suoi pensieri. Non era solo l'incontro di Claire con Morovia a occuparle la mente. Qualcosa che aveva visto o intuito a casa di Rebecka Wahlin le offuscava lo sguardo come un velo fastidioso davanti agli occhi, ma non riusciva a capire cosa. L'unica certezza era che aveva fame. Decise di fermarsi da qualche parte per mangiare e riflettere su tutta la faccenda. Svoltando a destra, vide una limousine che aspettava in Ulrikagatan e una Porsche nera che usciva da un garage di fronte alla Oscarkyrka.

Che quartiere assurdo, pensò. Vanessa aveva ragione: Östermalm non faceva per lei. In quelle strade si sentiva senza pelle. Le tornò in mente Jonas Beijer, il suo ex collega della sezione reati gravi di Solna. Lui non si sarebbe sentito fuori posto, in quel mondo, ma avrebbe capito il suo disagio e sarebbe riuscito a tirarle un po' su il morale. Forse poteva chiamarlo per sfogarsi un po'. L'idea la fece sentire subito meglio. Stava per metterla in pratica quando si sentì chiamare.

«Micaela!»

Si voltò verso Narvavägen e vide una sagoma familiare. Era Julia, la bella, giovane Julia, che le andava incontro mostrando qualcosa di nuovo e tormentato nei movimenti. Con i jeans strappati e un giubbottino di pelle che le arrivava alla vita, aveva perso l'aria da brava ragazza. O meglio, sembrava una brava ragazza che volesse darsi arie da dura, senza grande successo. Sembrava anche essersi vestita in tutta fretta: era spettinata, come se si fosse appena svegliata, o avesse appena fatto l'amore. Aveva la camicia fuori dai jeans e sembrava dimagrita.

Micaela aveva sempre invidiato tutto quello che vedeva in Julia: la sua eleganza, la sua bellezza, l'istruzione che aveva praticamente succhiato col latte materno, la figura snella e lo sguardo acuto che ricordava il padre. Adesso però la trovava diversa, e per la prima volta si chiese se stesse davvero bene. Ma ricacciò indietro la domanda. Julia era davvero l'ultima persona di cui doveva preoccuparsi. La salutò con un abbraccio.

«Come stai?» le chiese.

«Bene.»

Micaela la guardò negli occhi.

«Sei raggiante» disse.

O almeno ti sforzi di apparire tale, pensò.

«Sì, forse» rispose Julia arrossendo leggermente.

«Non sarai mica innamorata?»

«Più o meno.»

«Fantastico» commentò Micaela senza particolare entusiasmo, forse perché si era fatta un'idea del fortunato.

Si intuiva dal nuovo look e dallo sguardo di Julia. Ne aveva incontrati anche lei, di ragazzi del genere: tipi fighi che ti guardano e ti fanno venire voglia di essere un'altra, una che a loro piacerebbe di più.

«Chi è?»

«È una storia molto recente, ti racconterò» disse Julia. «Ma posso chiederti una cosa?» aggiunse guardandola come se le fosse venuto in mente un pensiero inaspettato.

«Certo.»

«Cosa vuol dire se un ragazzo se ne va all'improvviso, tipo da un secondo all'altro, promettendoti che torna subito?»

Micaela la guardò, stupita della domanda, e del fatto che Julia, che era capace di trarre le sue conclusioni molto meglio di tanta gente, lo chiedesse a una che non sapeva niente del contesto.

«Può voler dire qualsiasi cosa.»

Julia sembrò riflettere.

«Certo, è ovvio. Era una domanda stupida.»

«No, per niente. Dove stai andando?»

«Volevo solo fare una passeggiata e riflettere un po'.»

Micaela avrebbe potuto offrirsi di accompagnarla, ma preferì evitare perché aveva qualcosa che le ronzava in testa.

«E tu?» disse Julia. «Stai andando da papà?»

Micaela scosse la testa.

«Non ti sarai già stancata di lui?» chiese Julia, guardando verso Strandvägen.

Puoi giurarci che mi sono stancata di lui, pensò Micaela.

«Ho solo altri programmi» rispose.

«Ha bisogno di te.»

«Sa cavarsela da solo.»

«È che si è messo in testa un sacco di assurdità. Vede minacce dappertutto, è addirittura arrivato a pensare che il mio nuovo ragazzo, che è così gentile...»

Julia non concluse la frase.

«Sono preoccupata» disse invece. «Ha bisogno di aiuto.»

Non sono una cazzo di infermiera, pensò Micaela.

«C'è la signora Hansson.»

«Certo, certo, ma con te si dà una regolata. Gli fai bene, si vede, e a volte penso che...»

«Cosa?»

«Niente. Devi arrivarci da sola. Ma sarei davvero più tranquilla se gli dessi un'occhiata» proseguì Julia.

«Più tardi» disse Micaela un po' troppo secca. Poi però abbracciò Julia e le assicurò che sarebbe andato tutto bene con il suo nuovo ragazzo.

Dopodiché si allontanò senza una meta, e senza accorgersi che qualcuno la seguiva a dieci metri di distanza.

19

Rekke era al computer, in cerca di informazioni su Axel Larsson. Intendeva leggere ogni singola parola scritta su di lui, perché si era convinto che quel pallone gonfiato si fosse innervosito, quando il discorso era finito su Claire Lidman.

Non solo per il tamburellare nevrotico delle dita sul tavolo. Sul viso gli era passata tutta una serie di microsegnali di menzogna, tra cui un accenno di vergogna nello sguardo, che si era sforzato di reprimere, e un rapido spasmo della bocca. Possibile che Larsson le avesse fatto del male?

Non ne era sicuro. Non riusciva più a leggere le persone. Ormai aveva il cervello in pappa. Come se non bastassero gli oppiacei, lo champagne lo aveva tirato su per un secondo per poi buttarlo ancora più giù. Andò a bagnarsi il viso con l'acqua fredda. Gli fece bene per un secondo, non di più.

Poi la nebbia che gravava sul mondo tornò. Davanti agli occhi gli danzavano macchie indistinte di colori, che solo poco alla volta diventarono immagini riconoscibili. Rivide Micaela che si lanciava verso di lui sul marciapiede della metro, Micaela che lo guardava come se lui l'avesse profondamente delusa.

Decise di chiamarla per chiederle scusa e dirle che stava meglio. In fondo aveva bevuto champagne con un ex miliardario e cercato di ottenere informazioni su un vecchio nemico, un segno di dinamismo buono quanto un altro. Però non trovò il cellulare, e nemmeno il portafoglio. Guardò sotto i cuscini e le coperte, andò a controllare nel frigo e perfino nell'immondizia. Dio santo, cosa gli stava succedendo?

Era stanco di se stesso, stanco di tutto. Si sedette allo Steinway e suonò d'impulso *Un sospiro* di Liszt, un pezzo in cui le mani si incrociavano che un tempo lo divertiva molto. Voleva solo calmare i nervi, eppure dopo un attimo si dimenticò del mondo esterno e si immerse nella musica. Lasciò che il dolore e la stanchezza si riversassero nelle note e si abbandonò totalmente, dondolando avanti e indietro con tutto il corpo. Per questo ci mise un po' ad accorgersi che suonavano alla porta. Avrebbe preferito far finta di niente, ma si alzò borbottando un: «Che cazzo.» Poi andò ad aprire, e per alcuni secondi non capì cosa stesse succedendo.

Micaela camminava lungo Storgatan, sorda e cieca alla città. Non stava più pensando a Rekke o a Julia, e nemmeno a cosa Gabor Morovia poteva aver fatto a Claire Lidman. Pensava allo scaffale con i libri sugli scacchi di Rebecka Wahlin. Qualcosa l'aveva colpita, aveva la sensazione sempre più pressante che tra quei libri si nascondesse qualcosa di importante. Si voltò di scatto, spinta da un impulso improvviso, e vide Hugo Pérez. Cosa ci faceva lì?

Si erano incrociati poco prima a Husby, e Östermalm davvero non era il suo territorio, ma lei era talmente immersa nei suoi pensieri che non le parve strano incontrarlo di nuovo, e in un quartiere diverso. Si limitò a guardarlo storto e a borbottare un: «Idiota.»

Hugo – il pagliaccio sghignazzante della sua adolescenza – reagì come uno spacciatore di coca gonfio di adrenalina. La spinse violentemente contro un muro, colpendola al viso con una mano. Lei si ribellò e riuscì a liberarsi, mentre lui bofonchiava qualcosa.

«Come?»

«Piantala di indagare su tuo fratello, tanto non testimonierà nessuno. Stai solo creando problemi alla tua famiglia» disse Hugo.

«Non sono affari tuoi.»

«Se insisti, qualcuno a cui vuoi bene rischierà di farsi male.»

«Cosa stai dicendo?»

«È la verità. Non immagini cosa potrebbe succedere» borbottò.

A quel punto Micaela perse il controllo. Lo spintonò verso il centro della strada, ma vide che un passante sulla quarantina si preparava a intervenire.

«Tutto a posto» disse. «È solo un attaccabrighe.»

Poi tornò a voltarsi verso Hugo, che era di nuovo simile a quello che ricordava: forse non il pagliaccio di una volta, ma almeno un tizio senza l'aria minacciosa.

«Sono una poliziotta, hai presente? E tu stai minacciando me e i miei. Posso sbatterti in galera, per una cosa del genere.»

«Ti sto solo avvisando.»

Questo la fece infuriare ancora di più. Ricominciò a spintonarlo, facendogli perdere l'equilibrio.

«Perché non me lo dice in faccia Lucas?» sibilò.

«Lui non sa niente.»

«Mi prendi per stupida? Ti ammazzerebbe, se ti beccasse a fare una cosa del genere senza la sua autorizzazione.»

«Ti sto solo dicendo di lasciarci in pace.»

«Lasciar*vi* in pace? *Voi* chi? Andate affanculo, pensate forse che questo mi fermerà? Anzi, vi starò addosso più di prima» disse Micaela, per poi dargli un ultimo spintone e allontanarsi verso Karlaplan.

Non riusciva a crederci. Quel patetico idiota l'aveva seguita fin lì? E a chi si riferiva con quel *qualcuno a cui vuoi bene*? Non a sua madre, né a Simón, che dipendeva in tutto e per tutto da Lucas e obbediva a ogni suo cenno. Non a Vanessa o a Malika, entrambe più o meno innamorate di lui. Probabilmente erano solo stronzate, una dimostrazione di forza, però... all'improvviso le venne la nausea. Fino a che punto si sarebbe spinto? Era in gioco la sua vita. Doveva parlare con Lucas, subito. Provò a chiamarlo, ma lui non rispose. Certo, era troppo vigliacco. Si guardò attorno imprecando ad alta voce.

L'intero quartiere era talmente tranquillo da sembrare quasi una provocazione, pieno di gente ordinata in camicie a maniche corte e vestiti leggeri. Sembrava di essere in un altro secolo. Non c'era un edificio con meno di cento anni sulle spalle, e su tutto incombeva la sagoma della Oscarkyrka, con il suo campanile nerastro e le finestre gotiche. Narvavägen era affiancata da controviali con alberi ben curati, e qua e là si vedevano vecchiette eleganti o ragazzine ordinate con i loro cagnolini e le loro borse di marca. Era un altro mondo, rispetto a Husby, e Micaela non aveva la più pallida idea di dove andare. Un attimo prima era stata sul punto di tornare da Rebecka Wahlin per dare un'altra occhiata ai libri, ma ora ribolliva di rabbia e di paura e non gliene fregava più niente di Claire Lidman.

Era una faccenda chiusa. Claire era morta, il resto era solo frutto della fantasia e dei pii desideri del vedovo. L'unica cosa che contava, in quel momento, era ciò che aveva borbottato Hugo. *Qualcuno a cui vuoi bene rischierà di farsi male.* Si fermò di botto. Non poteva trattarsi di Rekke? No, era impossibile. Avrebbero potuto prendersela con qualche poveraccio dei sobborghi, ma con uno come lui, con i suoi contatti e la sua posizione, non avrebbero mai osato. Ne era certa.

Fu comunque più volte sul punto di tornare indietro per verificare che stesse bene, senza riuscire a decidersi. Alla fine si limitò a chiamarlo, continuando a camminare. Rekke non rispose, né al fisso né al cellulare. Starà smaltendo i sonniferi, si disse sbucando in Linnégatan. Un giovane con una giacca azzurra la fissava quasi spaventato.

«Cazzo hai da guardare?» sibilò tastandosi il labbro.

Si ritrovò con le dita sporche di sangue. Chi se ne frega, pensò. Il problema non era un labbro spaccato, e nemmeno cosa pensavano gli snob di Östermalm. Il problema erano le minacce di Hugo. Rivide Lucas che estraeva la pistola nel bosco di Järvafältet, Lucas che metteva paura alla gente solo con uno sguardo. Era davvero un tipo pericoloso, anche se lei ci aveva messo parecchio ad accorgersene.

All'improvviso si ritrovò di nuovo sotto casa di Rebecka Wahlin. Il portone era imponente, decorato da un intaglio con dei soldati. Era indecisa se salire o meno. Alla fine suonò il campanello.

«Chi è?»

«Sono ancora Micaela Vargas. Ho dimenticato di chiederle una cosa. Posso salire?»

«Come? Ah, certo» rispose Rebecka aprendole il portone.

In quel momento la richiamò Lucas. A giudicare dalla voce, lo si sarebbe detto il fratello più amorevole del mondo.

20

Rekke strizzò gli occhi nella luce dell'ingresso. Probabilmente si aspettava di vedere qualcun altro, e per un attimo rimase imbambolato sulla soglia. Davanti a lui c'era una donna elegante, sulla quarantina, in un tailleur di sartoria. Un tipo non appariscente ma interessante, con un sorriso nervoso e occhi scuri e vivaci, che però erano lucidi di pianto e davano un'impressione contraddittoria.

Rekke non riusciva a capire se la donna avesse bisogno di aiuto o se invece fosse lì con intenzioni più offensive. Forse la seconda. Dalla postura decisa e dai gesti risoluti si capiva che era una persona di potere, con un'educazione superiore, abituata ad assumere e licenziare gente, anche se per qualche ragione il motivo della visita sembrava turbarla.

«Il professor Rekke, suppongo» disse porgendogli la mano.

«Non nella sua forma migliore, purtroppo» rispose lui.

«Mi spiace coglierla di sorpresa, ho provato a chiamarla ma non ha risposto al telefono. Sono Alicia Kovács.»

«Il mio cellulare è sparito, e anche la mia memoria. Il suo nome però mi suona familiare.»

«Rappresento la Cartaphilus. Ho saputo da Axel Larsson che sta cercando il mio principale» proseguì la donna.

Rekke sentiva che doveva stare in guardia, ma non era

in condizione di farlo. Aveva bisogno di bere un po' d'acqua e bagnarsi di nuovo il viso, perciò le chiese di aspettare un attimo e sparì. Quando tornò sfoggiava un largo sorriso e teneva la schiena dritta.

«Le chiedo scusa» disse. «Sono onorato, soprattutto per la rapidità.»

«Seguo il principio di non rimandare a domani quel che si può fare oggi.»

«Ah sì?» rispose lui distratto. «Una virtù, anche se ammetto di non praticarla troppo spesso. *In dubio non est agendum.* Di fronte al dubbio è meglio esitare. A ogni modo, benvenuta, anche se temo di doverle dare una delusione. Come nemico al momento non costituisco una grande sfida.»

Lanciò un'altra occhiata alla donna, cercando di capire cosa potesse volere. Gli sembrava di percepire una sottile minaccia, in lei. Le spalle e le mani erano contratte e gli occhi, che poco prima erano lucidi e suggerivano emozione o agitazione, ora erano fissi. Aveva chiaramente di fronte un'intelligenza complessa, dal punto di vista razionale ma anche emotivo.

«Nemico? No, no, il mio principale...»

«Le chiedo di nuovo scusa» la interruppe. «Non sopporto le formalità... Non potremmo chiamarlo semplicemente Gabor? O professor Morovia, se preferisce? Principale è una parola così noiosa e burocratica...»

«Ma certo» rispose la donna. «Il professor Morovia mi ha anticipato che lei è una persona eccezionale, capace di vedere ciò che gli altri non vedono.»

«Come uno psicotico.»

«Ah, non mi fraintenda, non l'ho mai sentito parlare di nessuno con altrettanto rispetto. Poco fa, sentendola suonare – era Liszt, vero? – avrei tanto voluto lasciarmi andare e sprofondare nella musica. Era bellissimo.»

«Molto gentile. E porti i miei omaggi a Gabor. Ci uniscono tanti ricordi. Le mie ustioni, tra gli altri» disse portandosi una mano al petto.

«Quelle del professor Morovia sono più profonde.»

Non capendo a cosa si riferisse, Rekke fu tentato di chiedere spiegazioni. Poi però lasciò perdere e la guidò verso la cucina.

I suoi tacchi rimbombavano inquietanti, bam, bum, bam – do, sol, do – mentre lei per la seconda o terza volta si tastava la tasca della giacca. Rekke suppose che ci fosse qualcosa che aveva paura di perdere, ed ebbe la sensazione che non fosse per nulla contenta del suo incarico anche se quando aveva accennato alle ustioni si era scaldata, mostrando un'aggressività quasi voluttuosa.

«Bella casa» osservò la donna.

«Se non avessi chi mi aiuta, sarebbe in rovina. A differenza sua, madame, rimando qualsiasi cosa, perfino i più semplici lavoretti. Ma la ringrazio. Posso offrirle un bicchiere di vino? Ho un ottimo Corton-Charlemagne. Non che sia un esperto, mio fratello mi ritiene un barbaro, in questo campo.»

«No, grazie. Sarò breve. Il professor Morovia mi ha chiesto...»

La donna si passò una mano sulla nuca. Nei suoi occhi erano ancora visibili le tracce delle lacrime, e Rekke fu sul punto di consigliarle di cambiare datore di lavoro. Anche se non doveva essere facile liberarsi di uno come Morovia.

«Cosa le ha chiesto? Ma si accomodi» disse indicando una delle sedie attorno al tavolo. «Ammiro il suo coraggio, sa? Si vede che le costa molto essere qui. Beva qualcosa, insisto. Se non il vino almeno un po' d'acqua.»

Si alzò, prese una bottiglia di Ramlösa e gliene versò un bicchiere.

«Grazie» disse Alicia bevendone un sorso. «E ovviamente ha ragione, a volte alcuni incarichi non sono semplici come si vorrebbe» proseguì con un sorriso, bello e triste.

«Allora condividiamo un fardello. Non è venuta a portarmi buone notizie, vero?» disse Rekke sedendosi a sua volta.

«No» rispose la donna. «Vede, ho un incarico pendente che il professor Morovia mi ha assegnato parecchi anni fa, appena mi ha assunta.»

«Sentiamo.»

Anche se avrebbe dovuto preoccuparsi per se stesso, Rekke provò l'impulso di consolarla.

«Ho promesso al professor Morovia che non appena lei si fosse fatto vivo, o avesse mostrato l'intenzione di mettersi in contatto con noi, le avrei consegnato un oggetto.»

Rekke la osservava concentrato, consapevole che stava per succedere qualcosa di fondamentale.

«Perché aspettare una mia mossa?» chiese. «Di solito ama prendere l'iniziativa.»

«Ma trova più elegante rispondere.»

«È sempre così narciso?»

«Credo che il messaggio sia che sfidarlo ha un prezzo.»

«Vediamo qual è questo prezzo.»

Alicia Kovács infilò la mano in tasca e posò sul tavolo una collana di perle con un ciondolo d'oro. Rekke la osservò attentamente. Poi vide tutto nero e credette di perdere il contatto con il suolo. Non è possibile, pensò. Non è possibile.

Magnus Rekke era sull'aereo di stato con un bicchiere di vino rosso in mano. Era immerso in un rapporto dei servizi segreti sulla lotta al terrorismo nei sobborghi di Stoccolma, un testo astratto e verboso, perciò ben presto si mise a guardare fuori dal finestrino, verso il piazzale dell'aeroporto. Un aereo con le insegne dell'Arabia Saudita decollò proprio accanto a loro. Il primo ministro era in ritardo e Magnus era impaziente e irrequieto. Si voltò verso Kleeberger, il ministro degli Esteri, che era seduto di fronte a lui ed esaminava il programma del giorno dopo.

«Mi ha chiamato mio fratello» disse.

Kleeberger sollevò un sopracciglio. Diventava sempre nervoso, quando si parlava di Hans.

«Cosa voleva?»

«Era interessato a una vecchia storia di quando ero alle Finanze. Ricordi Axel Larsson?»

«Come dimenticarlo?»

Kleeberger continuò a scorrere il programma. Una hostess gli servì un vassoio con il pranzo e lui ringraziò senza alzare gli occhi.

«Allora ricorderai anche che all'epoca non riuscimmo a ottenere quanto avevamo sperato. I pezzi migliori del suo portafoglio se li accaparrò un fondo d'investimento ungherese vicino al Cremlino» proseguì Magnus.

«Esatto» confermò Kleeberger, alzando finalmente lo sguardo.

«Avevamo stretto un accordo, ma siamo rimasti con la paglia più corta in mano.»

«Sì, non fu il massimo. Ma perché questa storia dovrebbe interessare tuo fratello?»

Magnus si chiese quanto fosse il caso di raccontare. Avrebbe fatto meglio a tenere la bocca chiusa, in fondo c'era in gioco la sua testa, ma non riusciva a trattenersi.

«Credo si stia chiedendo se abbiamo subito pressioni, o avuto contatti con la criminalità organizzata.»

«Ahi.»

«Più che altro perché il titolare del fondo è un suo nemico personale. Gabor Morovia, ex matematico e noto donnaiolo.»

Kleeberger all'improvviso sembrava spaventato, o almeno Magnus ebbe quell'impressione, che però passò in fretta.

«Ah» si limitò a dire il ministro degli Esteri.

«Lo conosci?»

Kleeberger bevve un sorso di vino.

«È difficile non conoscerlo. Si dice che abbia un debole per le vendette plateali e i giochi intellettuali, soprattutto gli scacchi. È una specie di genio, no?»

«Sì, forse» ammise Magnus, sempre restio ai complimenti.

«Come mai tuo fratello ce l'ha con lui?»

Magnus avrebbe preferito non aggiungere altro, ma ormai aveva attirato l'attenzione di Kleeberger e doveva stare al gioco.

«Si sono conosciuti da ragazzini» disse. «E si sono incrociati anche in seguito, quando Hans aveva poco più di vent'anni e stava con Ida Aminoff.»

«Ida» mormorò Kleeberger con aria sognante.

«La conoscevi anche tu?»

«Sì, facevamo parte dello stesso giro di amici. Suo padre Werner era ambasciatore a Mosca e le nostre famiglie si frequentavano. Incredibilmente dotata. Ricordo i suoi quadri e le poesie che leggeva in qualche piccolo teatro del centro. Ero un po' innamorato di lei, come chiunque altro, anche se mi faceva paura.»

«Faceva paura a tutti, nella nostra famiglia» confermò Magnus. «Sembrava che per vivere avesse bisogno di rischiare.»

«Sì, in un certo senso era così.»

«Hans però era pazzo di lei. Ida è stata il suo grande amore, in confronto Lovisa è stata solo un matrimonio di convenienza. A ogni modo, dopo un concerto a Berna Hans ha rivisto Morovia, che pare l'abbia minacciato. Tre o quattro settimane dopo, Ida è stata trovata morta, come certamente saprai, nell'appartamento di suo padre in Torstenssonsgatan.»

«L'ho vista a Stoccolma, la sera prima che morisse» disse Kleeberger.

«Eri al matrimonio a Djurgården?»

«Sì, c'erano tutti. Anche tu, forse?»

Magnus avrebbe preferito rispondere che era in viaggio all'altro capo del mondo, invece fu costretto ad annuire.

«Faceva girare la testa a tutti» proseguì Kleeberger. «Ma per lei gli uomini erano solo un gioco.»

«C'era anche Wille Fors» aggiunse incautamente Magnus.

Kleeberger lo guardò sorpreso.

«Il futuro amministratore delegato della Nordbanken?»

«Proprio lui.»

«Stai dicendo che le due storie sono collegate?»

Su questo non dirò nemmeno una parola, pensò Magnus.

«Erano coinvolte le stesse persone. E Wille, che all'epoca era solo un moccioso viziato, aveva già lo stesso atteggiamento verso i soldi» rispose.

«Cioè pensava che sono fatti per essere spesi?»

«O buttati dalla finestra, o anche bruciati, se questo lo faceva apparire figo agli occhi di qualche idiota. Quella sera perse il portafoglio e accusò Ida di averglielo rubato. All'alba tornò in centro insieme a lei, sperando di recuperarlo e magari di accompagnarla a casa.»

«Voleva andare a letto con una che secondo lui l'aveva derubato?»

«Era completamente fuori di testa.»

Kleeberger sembrava interessato. Anche un po' troppo, per i gusti di Magnus.

«Stai dicendo che William Fors ha a che fare con la morte di Ida?»

«No, no» si affrettò a rispondere Magnus. «Anche se Hans ebbe qualche dubbio. Non accettò la versione della polizia e si lanciò anima e corpo in un'indagine personale. A volte mi domando...»

Esitò.

«Cosa?»

«... se il suo debole per i delitti irrisolti non sia iniziato lì.»

«Però non arrivò da nessuna parte, o mi sbaglio?»

«No. La sua carriera di detective iniziò con un fallimento, e fu una circostanza fortunata, da un punto di vista pedagogico. Lo guarì dalla presunzione e lo spinse a essere ancora più accurato.»

«Ma qualcosa avrà pur scoperto, con il suo occhio di falco.»

«Scoprì un sacco di cose, ovviamente, però non riuscì a mettere insieme i pezzi del puzzle. Forse stava troppo male.»

Per fortuna, aggiunse tra sé.

«Ci ho pensato spesso, in realtà» proseguì.

«Hai pensato a cosa?»

«A quanto fosse strano che avesse lasciato perdere. È stato il grande dolore della sua vita, la cosa peggiore che gli sia mai successa, e lui che non sopporta che le cose rimangano senza una spiegazione se la lascia alle spalle così... No, ho sempre pensato che prima o poi sarebbe tornato a occuparsene.»

«E adesso lo sta facendo?»

«O forse ha in mente qualcos'altro, chi lo sa. Nel peggiore dei casi darà la caccia a Gabor Morovia. E andrà a finire male.»

Kleeberger, sarcastico e preoccupato allo stesso tempo, guardò Magnus.

«Per te o per lui?»

«Per lui» rispose Magnus, reprimendo l'impulso di gettare il vino rimasto nel bicchiere addosso al suo capo.

21

Micaela scese dall'ascensore un piano più in basso perché Rebecka Wahlin non ascoltasse la telefonata. La calma inaspettata di Lucas la faceva incazzare ancora di più.

«Come puoi aver organizzato una cosa del genere?»

«Calmati, sorellina.»

«Non chiamarmi sorellina.»

«D'accordo, Micaela. Ti assicuro che non ho incaricato nessuno di seguirti. Hugo dev'essere preoccupato per se stesso. Ha una condanna con la condizionale, lo sai.»

«È stata proprio una furbata, allora, mettere le mani addosso a una poliziotta.»

«Chi ha mai detto che è furbo? È un idiota, era così anche a scuola, no?»

«Non avrebbe mai osato fare una cosa del genere, senza la tua benedizione.»

«Dici?»

«Ne sono sicura.»

«Be', ascoltami perché te lo spiegherò una volta sola...»

Lucas tacque e l'atmosfera si trasformò nel giro di un secondo. Il gelo riempì il vuoto lasciato dalla sua voce.

«Ti ascolto.»

«Sei *tu* che minacci me, sorellina, e non posso limitarmi ad abbassare la testa. Ho la mia vita. Ti conviene piantarla, o andrà a finire male. Male, hai capito? Siamo una famiglia, vediamo di restare uniti. Non è poi così difficile.»

Micaela perse il controllo.

«Sei un criminale, Lucas. Vendi droga ai bambini e terrorizzi la gente. Sei tu che rovini tutto» ribatté, sapendo benissimo che dire una cosa del genere al telefono era un'ulteriore provocazione.

«Fai attenzione, sorellina. Fai attenzione.»

La conversazione era finita. Micaela si sentì come se non avesse più sangue in corpo, come se avesse ricevuto un pugno allo stomaco. Quando tornò a respirare normalmente, si rese conto che non aveva una sola speranza contro Lucas. Il gelo della sua voce e la durezza delle sue parole le avevano fatto venire voglia di mollare tutto. Come si era infilata in quella situazione? Ma ormai non poteva farci niente. Doveva solo tenere duro e affrontare una cosa alla volta.

Salì da Rebecka Wahlin. Al piano inferiore una porta si chiuse di scatto. Sulle scale c'era odore di detersivo e di fritto. Fece un respiro profondo e suonò il campanello, mentre vecchie immagini di Lucas le passavano davanti agli occhi.

Cosa le aveva detto Gabor? Che aveva una sensibilità divina nelle dita, che pareva capace di rendere vivi i tasti. Che nessuno suonava come lui, nessuno. E in realtà quando le note del pianoforte l'avevano raggiunta sulle scale Alicia aveva creduto di essere strappata via da se stessa. Avrebbe voluto mollare tutto e mettersi a piangere sulla sua vita. Ma era una professionista, grazie a Dio: si era controllata, e ora sedeva di fronte all'uomo di cui aveva tanto sentito parlare.

Era stranamente attraente, malgrado la sua trasandatezza. Le sarebbe piaciuto chiedergli di suonare ancora, o di raccontarle perché avesse smesso con la musica. Ma di sicuro non era la situazione adatta. Mentre sfiorava la collana con mani tremanti, Rekke sembrava completamente fuori di sé.

Tra le sue dita era ancora più bella. Le era sempre piaciuta moltissimo. In tutti quegli anni, ogni volta che aveva aperto la cassaforte negli uffici di Strandvägen per riporre o prelevare qualcos'altro – documenti o registrazioni – aveva approfittato per prenderla e ammirare la finezza della lavorazione e la luminosità delle perle.

Alla collana era appesa una lemniscata d'oro, il simbolo dell'infinito. Alicia sapeva che quel gioiello era appartenuto a una ragazza trovata morta nel suo letto dopo una lunga notte di baldoria, a Stoccolma. Sapeva anche che Rekke era innamorato di lei e che Gabor aveva qualcosa a che vedere con la sua morte, eppure non si era aspettata una reazione del genere.

«Sta bene?» chiese.

Rekke era lontanissimo, in un altro mondo. Alicia ebbe l'impulso di afferrargli le mani affusolate, ma non era per quello che era lì, perciò lasciò che continuasse a far scorrere la collana tra le dita mormorando parole incomprensibili.

«Era stato lei a regalargliela?»

«Cosa?»

«Era stato lei...» ripeté Alicia.

«Ero giovane» rispose Rekke.

Poi si passò la collana fra le dita, una perla alla volta, come un monaco che sgrana un rosario.

«Il simbolo dell'infinito» proseguì Alicia, sfiorando a sua volta il ciondolo. «Aveva in mente qualcosa di specifico?»

«In mente?»

«Sì.»

«Non lo so» rispose Rekke. «L'infinito mi affascinava, all'epoca. In una prospettiva infinita accade tutto quello che deve accadere, compreso il fatto che io sia vivo e rifletta sull'infinito, e ami una ragazza con gli occhi così neri da farmi quasi perdere la ragione. Forse avevo in mente qualcosa del genere. Ma ero in una fase maniacale, ed ero innamorato. Doppiamente folle, si potrebbe dire.»

«Sembra molto costosa.»

«Costava quanto una casa in riva al mare, e c'era qualcosa di osceno in quel valore esorbitante, qualcosa che mi faceva vergognare. Era una follia, una mancanza di misura che in realtà non mi appartiene, e ora...»

Tacque e nascose il viso tra le mani. Alicia non ritenne di invitarlo a continuare, o di rispondergli perdendosi in ragionamenti filosofici. Rekke sembrava parlare più a se stesso che con lei, perciò si limitò a chiedere in tono professionale: «Il professor Morovia voleva sapere se aveva qualcosa da riferirgli.»

Rekke si voltò verso di lei con gli occhi lucidi e le vene degli avambracci improvvisamente evidenti, borbottando una frase che lei non riuscì a capire. Per un attimo le era sembrato che fosse qualcosa come: Gli dica che lo distruggerò. Ma doveva essersi sbagliata, perché quando gli chiese di ripeterla lui disse: «Lo ringrazi. Mi ha restituito qualcosa di prezioso.»

«La collana?»

«La determinazione. La forza che ci fa risorgere dalla tomba.»

«Capisco» concluse Alicia alzandosi. «La lascio ai suoi pensieri. Se vuole dire altro al professore, si faccia sentire.»

Si alzò anche Rekke.

«Sì» disse. «Anche se in realtà mi domando...»

Alicia faceva fatica a guardarlo negli occhi.

«Cosa?»

«... se è solo una risposta alla mia apertura, o se è l'inizio di una nuova partita.»

«Immagino che ce lo dirà il tempo» rispose Alicia.

«Sono davvero dispiaciuta, se le abbiamo procurato un dolore.»

Rekke mosse un passo verso di lei.

«Non si dia pena. Se il suo dono mi ha dato la verità, soffro volentieri. E comunque farò meglio a ridimensionare la mia naturale tendenza alla franchezza.»

Alicia deglutì.

«Cosa intende?»

«Se ciò che è iniziato è davvero una delle partite di Gabor, non devo svelare le mie mosse in anticipo» rispose. «Lei è un personaggio sfuggente, madame Kovács, e interessante. Si comporta da amica, ma porta notizie ferali. È una tattica che usa spesso, quella di accarezzare con una mano dagli artigli nascosti? *Ex ungue leonem.*»

«Faccio solo quello che devo fare» rispose lei, con l'impellente desiderio di andarsene.

Invece restò lì in piedi, mentre Rekke tirava fuori la bottiglia di Corton-Charlemagne di cui aveva parlato e se ne versava un bicchiere.

«Posso offrirle comunque da bere?» chiese. «Anche lei sembra aver bisogno di un lenitivo, e la cosa le fa onore. Per chi prova rimorso c'è sempre speranza.»

Alicia distolse lo sguardo.

«Grazie, ma devo proprio andare.»

«Capisco.»

Gli tese la mano, ma poi la ritrasse e si limitò a salutarlo con un cenno del capo mentre si avviava verso la porta. Non fece in tempo ad andare lontano. Dopo un paio di passi un rumore di vetri infranti la costrinse a voltarsi. Dalla mano di Rekke colavano sangue e vino, mentre il gambo del bicchiere rotolava sul pavimento tra i frammenti di vetro. Lui sembrava non essersi accorto di niente.

«Dio santo» esclamò Alicia.

«Cosa c'è?» mormorò Rekke.

«La sua mano.»

«Mi scusi» rispose lui dando un'occhiata alle dita insanguinate. «Sono stato maldestro, e i bicchieri sono troppo sottili, telefonerò per protestare. Non si preoccupi, mi arrangio da solo. Vada pure, e si prenda una pausa. È sabato, no? Io devo...»

Alicia avrebbe voluto di nuovo toccarlo, ma si controllò e se ne andò rivolgendogli un altro cenno di saluto. In ascensore ebbe la sensazione che fossero le sue mani a essere insanguinate, non quelle di Rekke. Ma come tante altre volte in cui aveva dubitato dei suoi incarichi, ritrovò la forza nel ricordo di suo figlio Jan. Uscì e si affrettò verso la macchina parcheggiata in Riddargatan.

22

Rebecka Wahlin aprì la porta e la guardò in un modo che le diede subito fastidio. Cos'hai da guardare?, avrebbe voluto urlarle. Invece si ricordò del labbro e capì.

«Ho incontrato un idiota, non è niente» disse.

Entrò nell'appartamento e si piazzò davanti allo scaffale, fissandolo senza sapere cosa cercava. Rebecka si mise al suo fianco, a disagio.

«Voleva chiedermi qualcos'altro?»

«No, in realtà no» rispose Micaela continuando a esaminare i libri.

Per quanto si sforzasse, non riusciva a vedere altro che immagini di Lucas che le scorrevano nella mente.

«Mi sono sbagliata» borbottò poi.

«Su cosa?»

«Non lo so esattamente» disse come se volesse scusarsi.

Rebecka si era rifatta il trucco e aveva cambiato la camicetta.

«Sta uscendo?»

«Pensavo di bere qualcosa con un'amica.»

«Capisco» disse Micaela, cercando di ritrovare la concentrazione. «È interessante quello che ha detto poco fa, sulla possibilità che Claire sia stata aggredita.»

«Non sono sicura che si sia trattato di un'aggressione.»

«Ma qualcosa doveva essere successo, no? Ha detto lei stessa che sembrava spaventata.»

«Sì, spaventata e rabbiosa. Credo che provasse un profondo disprezzo per il titolare della Cartaphilus.»

«Non sa perché?»

«So solo che ai tempi della London School of Economics Morovia insegnava lì e aveva raccolto attorno a sé un gruppetto di studentesse. Claire e Alicia Kovács erano due di loro. Probabilmente avevano nutrito per lui un'ammirazione sconfinata, prima di scoprire che aveva anche altri lati.»

«Che lati?»

«Negativi, immagino. Spietati.»

«Capisco» commentò Micaela, sorpresa di sentirne parlare solo in quel momento.

«Conosce qualcun'altra di quel gruppetto?»

«Claire una volta aveva nominato una certa Sofia che viveva in Spagna.»

«A San Sebastián, per caso?»

«No, credo che non ci fosse nessun collegamento, ed è possibile che mi sia confusa. Forse non viveva in Spagna, ma sono quasi sicura che si chiamasse Sofia.»

«Non è una vergogna che la pista di Morovia non sia stata seguita meglio?»

«Forse è stata seguita più che bene.»

«Ma non da voi della banca?»

Rebecka scosse la testa.

E neanche da quel cretino di Lindroos, pensò Micaela. All'improvviso aveva voglia di andarsene, ma il suo sguardo tornò allo scaffale con i libri sugli scacchi. Qualcosa c'era: un libro dal dorso azzurro attirò la sua attenzione.

Doveva essere lo stesso che l'aveva colpita in precedenza, ma adesso non era più uno stimolo passeggero sulla retina. Lo prese di scatto, senza sapere bene cosa si aspettava. E appena vide la copertina capì. Si infilò freneticamente la mano in tasca per prendere la foto. Ma la foto non c'era più.

Osservò con grande attenzione la parola *Love* in nero sul fondo biancoazzurro. Sembrava lo stesso *Love* del libro che aveva in mano la donna della foto. L'unica differenza era che ora Micaela poteva vedere la copertina per intero.

Il titolo era *Sicilian Love*. Sotto c'era un disegno: un uomo robusto, con il naso sporgente e i capelli ricci, e una giacca lunga o un cappotto. Sembrava essere l'autore del libro, piuttosto che un personaggio fittizio. Ancora più sotto c'era una scritta: *Chess Tournament, Buenos Aires 1994*.

«Che libro è?»

«Perché le interessa?» chiese Rebecka.

«Mi risponda, per favore.»

«Cosa posso dirle... Non l'ho letto con grande attenzione, è un po' sopra il mio livello. L'autore è il gran maestro Lev Polugaevsky, per molti anni tra i migliori al mondo. Un campione della difesa, soprattutto di quella siciliana.»

«Non me ne intendo granché» la interruppe Micaela.

«La difesa siciliana è la miglior risposta all'apertura 1.e4 del bianco. Polugaevsky la padroneggiava al punto che per il suo sessantesimo compleanno venne organizzato un torneo in suo onore a Buenos Aires, in cui tutte le partite dovevano essere siciliane. Lui però non partecipò, perché stava morendo per un tumore al cervello. Penso che non abbia nemmeno finito di scrivere il libro.»

«È qualcosa che Claire avrebbe potuto leggere?»

«È uscito dopo la sua morte, perciò no. Altrimenti... oh sì, sarebbe stato il tipico libro da Claire.»

«In che senso?»

«Non solo amava questa roba da nerd – perdonami, Claire!» proseguì Rebecka rivolgendo uno sguardo al cielo. «Giocava spesso con il nero, e prediligeva la difesa siciliana. Avrebbe divorato questo libro. Ma perché me lo chiede?»

«Perché...»

Micaela esitò.

«Sì?»

«La donna della foto, quella che assomiglia a Claire, ha questo libro in mano.»

«Ah però!»

«Esatto, ah però! Anche se non significa necessariamente...»

Micaela abbassò lo sguardo sulle sneaker bianche.

«No, certo che no» rispose Rebecka pensosa.

«La donna della foto, comunque, aveva una lesione al ginocchio e un elegante cappotto rosso.»

«Gli elementi iniziano a essere tanti, intende?»

«Sì» rispose Micaela voltandosi verso la porta. «Devo parlare con...»

Si interruppe.

«Devo andare» concluse.

«No, aspetti.» Rebecka la fermò. «Deve spiegarmi di cosa si tratta. Crede davvero che Claire sia viva?»

«Non lo so. La ringrazio di avermi ricevuta. Posso prendere il libro?»

«Può prendere tutto quello che vuole, basta che mi tenga al corrente.»

«Glielo prometto. Ma anche lei non deve...» esitò un attimo. «... non deve tenermi nascosto niente.»

«Non lo farò» rispose Rebecka, all'improvviso seria.

Micaela annuì e la salutò. Ciò che aveva scoperto poteva significare una cosa sola: Claire Lidman era viva, per quanto sembrasse inverosimile. Doveva parlarne con Rekke. Era impaziente di vederlo, per la prima volta da parecchio tempo. Come le era venuto in mente di andarsene da Grevgatan? Era un tossico depresso, ma quando si risvegliava alla vita – e con quella scoperta l'avrebbe fatto di sicuro – non c'era nessuno come lui. All'improvviso non vedeva l'ora di raggiungerlo. Uscì in strada e si mise a correre.

Lungo il tragitto si domandò se non fosse il caso di chiamare Kaj Lindroos. Ma quell'idiota di sicuro se n'era già andato a casa, e magari era già sbronzo. Arrivò in Grevgatan 2B, talmente concentrata sulla copertina del libro e su cosa avrebbe detto a Rekke che entrò in ascensore senza accorgersi del sangue sulla maniglia.

23

Durante la cena, Axel Larsson prestò poca attenzione al direttore finanziario della Carnegie, e non solo perché ormai era vaccinato contro le chiacchiere da venditore sui nuovi lanci in borsa. Era scombussolato. Dopo l'incontro con Rekke, aveva chiamato Alicia Kovács. Faceva parte del loro vecchio accordo. La sua schiavitù, come diceva quando era di cattivo umore.

La Cartaphilus l'aveva risparmiato a condizione che diventasse gli occhi e le orecchie della società in Svezia. Doveva riferire qualsiasi voce, qualsiasi pettegolezzo che potesse influenzare l'andamento della borsa o rivelare qualcosa di importante sul mondo della finanza, e lo faceva con grande coscienziosità. Raramente otteneva qualche reazione: tutte le notizie che riportava, si trattasse pure di grosse fusioni o acquisizioni, venivano accolte con indifferenza. Perciò aveva esitato prima di telefonare. L'informazione non sembrava poi così interessante, anche se riguardava Gabor Morovia in persona.

Invece si era rivelata materiale esplosivo. Non che Alicia glielo avesse confermato apertamente. Si era limitata ad ascoltare con simulata indifferenza, come al solito, ma lui non ci era cascato.

Si era accorto che era diventata nervosa, anche se non ne capiva il motivo. Non si spiegava perché alla Cartaphilus avrebbe dovuto importare qualcosa di un perdente come Rekke, che non riusciva nemmeno ad abbottonarsi correttamente la camicia. Eppure non aveva mai ottenuto una reazione del genere. Anzi, Alicia lo stava addirittura richiamando.

«Scusa, ma devo proprio rispondere» disse al direttore. «Pronto.»

La linea era disturbata.

«Ciao, Axel. Morovia vuole parlare con te, te lo passo.»

Larsson rabbrividì. Morovia? Ci aveva parlato una volta sola, e senza sapere bene cosa stava dicendo. Una situazione ridicola, aveva avuto paura come un bambino, pur non essendo esattamente l'ultimo arrivato. Sarebbe stato difficile trovare un pezzo grosso a cui non le avesse cantate. Con Morovia però era diverso, ed era una magra consolazione non essere il solo: conosceva gente che bisbigliava il suo nome, come se fosse pericoloso pronunciarlo ad alta voce.

«Chi l'avrebbe detto che prima o poi ci saresti tornato utile.»

Sentendo la sua voce, Larsson ebbe una reazione puramente fisica. Si alzò e uscì per parlare indisturbato.

«Mi fa piacere» rispose. «Faccio del mio meglio.»

Non gli importava di apparire sottomesso. Gli bastava uscire indenne dalla conversazione, possibilmente senza essere costretto a eseguire qualche ordine.

«Ho un interesse particolare per il professor Rekke» proseguì Morovia.

«Davvero?» chiese Larsson stupito.

Non avrebbe mai pensato che il tizio che aveva incontrato meritasse tanta attenzione.

«Già, lo si potrebbe definire il pallino di tutta una vita. Ti sei fatto un'idea di cosa volesse?»

«Contattarti. Credo...» Esitò un attimo, ma poi provò un improvviso desiderio di veder scorrere il sangue.

«Ce l'ha con te. Si è definito tuo nemico.»

Morovia rise.

«È stato così esplicito? Strano, di solito ha un debole per gli eufemismi e le citazioni latine.»

«Ha parlato di Claire Lidman.»

«Ho saputo che si interessa a lei. Me l'ha detto un uccellino.»

«Sembrava quasi insinuare...» Larsson esitò di nuovo. «Sembrava insinuare che le avessimo fatto del male.»

Morovia restò un attimo in silenzio.

«Davvero? Be', presto gli chiariremo le circostanze.»

Larsson non capì di quali *circostanze* stesse parlando Morovia, ma non osò chiedere.

«Ah, okay» si limitò a commentare.

«Già» proseguì Morovia, come se stesse riflettendo. «Non è possibile nascondere qualcosa a Rekke. È una delle sfide con lui. Vede al di là delle cortine di fumo. Non si arrende finché non è arrivato al cuore delle cose. Come dicevo, Axel, ho apprezzato che finalmente tu ti sia reso utile. Abbi cura di te.»

Larsson impietrì, temendo si trattasse di una minaccia. Chiuse la telefonata, e decise invece di prenderla come un gesto amichevole, un segno di premura nei suoi confronti. Lui e Morovia erano chiaramente dalla stessa parte, contro quegli stronzi dei fratelli Rekke. Tornò al tavolo un po' più allegro di prima.

Visto che nessuno andava ad aprire, Micaela entrò. La porta non era chiusa a chiave. Si diresse verso la cucina. Una sedia era di traverso come se qualcuno si fosse alzato di scatto o l'avesse scostata bruscamente. Sul tavolo c'erano una bottiglia di vino aperta e un bicchiere d'acqua pieno a metà. La tovaglia rossa era stazzonata e sotto la mensola delle spezie c'era una bottiglia grande di Ramlösa, con accanto un rotolo di carta rovesciato. Mentre si avvicinava al fornello con la grande cappa metallica, sentì qualcosa scricchiolare sotto i piedi. Un rumore inquietante, quasi avesse calpestato qualcosa di prezioso.

Era un sottile frammento di vetro, probabilmente di un bicchiere da vino. Accucciandosi per guardare meglio, Micaela vide alcune macchie di sangue sul parquet. Rimase un attimo concentrata, poi guardò dappertutto, ma Rekke non c'era.

Provò a chiamarlo, e sentì il suo cellulare squillare da qualche parte. Mise tutto a soqquadro, e finalmente lo trovò sotto un cuscino del divano in soggiorno. Mentre girava per la casa aveva notato tracce di sangue anche sui tasti del pianoforte, e si era maledetta per aver lasciato solo Rekke. Come aveva potuto essere così egoista? Il problema era che la faceva uscire di testa. Ma cosa gli era successo?

Chiamò la signora Hansson, che non aveva idea di dove fosse finito. Allora uscì e provò a cercarlo a Djurgården: era lì che andava, quando era scosso. Era venerdì sera, c'era un sacco di gente in giro, e sulla banchina nei pressi del ponte vide alcuni studenti con i berretti bianchi e le facce allegre.

Di Rekke però nessuna traccia. Di solito era facile riconoscerlo, e non solo per l'altezza. Si muoveva a un ritmo diverso da quello degli altri, come una creatura estranea in un mondo in cui tutti erano diretti da qualche parte, tranne lui. Ma Micaela non lo vedeva da nessuna parte, e iniziava a essere preoccupata sul serio. Temeva che qualche scagnozzo di Hugo e Lucas lo avesse affrontato. Non esagerare, era solo un bicchiere rotto, si disse. Poi pensò a Jonas Beijer. Aveva pensato di chiamarlo per bere una birra insieme. Poteva farlo, e parlarne con lui.

Jonas rispose al primo squillo.

«Ciao, da quanto tempo! Mi sei mancata.»

In altre circostanze Micaela sarebbe stata contenta di

quell'entusiasmo, ma in quel momento lasciò perdere le formule di cortesia e andò dritta al punto.

«Ho paura che sia successo qualcosa a Rekke.»

Jonas ci rimase male. Era come tutti gli altri, si sentiva minacciato dalla sua amicizia con Rekke. Come se potesse allontanarla dal mondo normale a cui tutti loro appartenevano.

«È sparito e c'è del sangue sul pavimento» proseguì Micaela.

«Stai dicendo che dovremmo muoverci?»

«Non lo so» rispose lei. Ed era davvero indecisa.

Nel frattempo aveva imboccato il sentiero che attraversava il piccolo parco verso Nobelgatan. All'improvviso vide Rekke seduto su una panchina lungo la riva, con il viso tra le mani.

«Lascia stare, forse è tutto a posto. Ti richiamo» disse a Jonas.

«Aspetta un attimo» fece in tempo a sentire, ma ormai aveva riattaccato.

Rekke indossava una camicia scura fuori dai jeans e un paio delle sue vecchie Church's che la signora Hansson doveva aver ripulito. Era pallido e spettinato, e sulle ginocchia aveva qualcosa che sembrava una collana di perle. Non alzò lo sguardo nemmeno quando Micaela gli fu accanto.

«Riconosco questo passo» si limitò a dire.

«Ancora la mia vecchia frattura all'anca?»

«No» rispose lui. «L'energia e il ritmo della tua camminata, in ottave puntate.»

Micaela tentò un timido sorriso. La voce di Rekke era roca e agitata, ma nelle sue parole c'era una traccia di giocosità, un accenno del modo in cui si divertiva nelle giornate buone.

«L'umore influisce parecchio, la preoccupazione. Sei stata in cucina, vero?»

«Perché me lo chiedi?»
«Mi era sembrato...»
Alzò la testa. Su una guancia c'era del sangue. Micaela pensò che venisse dalla mano destra, ferita. Gli occhi erano irrequieti, ma più vigili.
«... di sentire un frammento di vetro sotto la tua scarpa sinistra» concluse.
Micaela alzò il piede e controllò. Non vide niente.
«Non mi pare» disse.
«Allora me lo sono immaginato.»
«Però ci sono stata. Cos'è successo?»
Lui la guardò e si asciugò la guancia con un gesto goffo. Nell'insenatura davanti a loro passò un cigno quasi inquietante nella sua maestosità, che sembrava parte di una minaccia incombente.
«Sono finito al tappeto per un attimo» disse Rekke con un sorriso, come se non volesse preoccuparla.
Micaela provò un'inaspettata tenerezza nei suoi confronti. Avrebbe voluto abbracciarlo, per farsi perdonare tutte le cose brutte che aveva pensato.
«Cos'è successo?» ripeté.
Rekke le osservò il viso.
«E *a te* cos'è successo?» ribatté.
Sembrò quasi sul punto di tendere una mano per accarezzarla, ma nemmeno lui compì il gesto.
«Niente.»
«Come no, mia piccola spartana. Niente.»
«Non dire sciocchezze. In che senso sei finito al tappeto?»
Rekke sollevò la collana, che rifulse nella luce della sera. Era bella da togliere il fiato, ma aveva anche qualcosa di sinistro.
«Una volta, moltissimi anni fa, comprai questa collana agli Champs-Élysées a Parigi. Era decisamente troppo costosa, ma ero in una fase maniacale e quella stessa sera la

regalai a una ragazza dalle spalle sottili e dagli occhi neri. Vedo ancora la scena. Sapevo benissimo che quella ragazza non mi avrebbe portato altro che guai, ma ero ciecamente innamorato, e forse all'epoca i guai me li andavo a cercare.»

«Ho appena detto più o meno la stessa cosa di me a mia madre.»

«Davvero?»

«Sì, ma è un'altra storia. Va' avanti.»

«La ragazza si chiamava Ida Aminoff. Cantava come un angelo e scriveva poesie che mi strappavano il cuore dal petto. Però abusava di alcol, anfetamine e tranquillanti, e voleva portarmi sui tetti o sui parapetti dei ponti, cosa che mi terrorizzava e allo stesso tempo...»

«Ti attirava?»

«Sì, purtroppo. In un certo senso mi aspettavo che le succedesse qualcosa di terribile. Avrei dovuto aiutarla di più. Ma a essere sincero... non ero assolutamente in grado di farlo. Anzi, era lei che trascinava me, mi ha iniziato a una dipendenza di cui soffro ancora.» A conferma delle sue parole, tirò fuori dalla tasca un blister. «Però mi spinse ad abbracciare la vita, a cominciare a viverla.»

«Insomma, eri innamorato.»

«Oh sì, avevo completamente perso la testa. Non potevo vivere senza di lei, e la convinsi a seguirmi in tournée in giro per l'Europa. Solo a Helsinki, la sua città natale, non mi accompagnò, per non dover vedere i suoi parenti che di sicuro sarebbero venuti a sentirmi suonare. Tornò a Stoccolma, e io senza di lei mi sentivo come se mi avessero tagliato un braccio. Non dormivo la notte, continuavo a cercarla nel letto con la mano. Proprio in quei giorni ci fu un matrimonio della Stoccolma bene, con una grande festa in una villa a Djurgården. Tutti quelli che conoscevo erano invitati. Anche lei, che mi chiamò nel bel mezzo della festa, mi disse che era stufa di quelle chiacchiere vuote e di quegli idioti pieni di sé, che aveva voglia di dare scandalo. Le consigliai di andarsene. Ti amo, le dissi. Anch'io ti amo, così tanto che ho paura, mi rispose lei. Ho paura di rovinare tutto.»

«Cosa intendeva?»

«Più o meno ciò che disse, immagino. Distruggeva tutto quello che aveva ottenuto o raggiunto. Le avevo regalato la collana perché lei aveva buttato nella Senna un gioiello tempestato di diamanti ereditato dalla nonna. Voleva sempre mandare all'aria tutto, specialmente ciò che rischiava di renderla felice. Insomma, avevo un brutto presentimento. La mattina dopo non rispose al telefono. Iniziai a chiamare tutti i suoi amici e parenti, uno dopo l'altro. Alla fine mi rispose suo padre, e mi disse che era morta. L'avevano trovata nel suo appartamento di rappresentanza in Torstenssonsgatan a Östermalm. Crollai, fui sul punto di farla finita anch'io. Ma anche questa è un'altra storia.»

«Ho sentito qualcosa in proposito.»

«La maggior parte degli indizi suggeriva che fosse morta per overdose, e la polizia si accontentò di quella spiegazione. Però c'erano anche degli elementi sospetti. Un piccolo segno sul collo, dove avrebbe dovuto esserci il fermaglio della collana, per esempio.»

«Non la indossava più?»

«No, era sparita, evidentemente qualcuno l'aveva rubata. Ma quei poveri idioti della polizia – e uno ancora più idiota, io – pensarono che l'avesse gettata via in un accesso d'ira, o venduta per protesta. Secondo un testimone aveva minacciato di buttarla nella baia di Djurgårdsbrunn, durante la serata. Ovviamente avrei dovuto respingere quell'ipotesi – c'erano parecchie incongruenze nelle parole del testimone – e invece la accettai. In fondo confermava l'immagine che avevo di me stesso.»

«In che senso?»

«Mi ero convinto che Ida non solo era morta, ma mi aveva anche in qualche modo tradito.»

«Credevi che avesse rovinato il vostro amore.»

«Sì. Non riuscivo a vedere le cose con chiarezza. Avevo solo voglia di fuggire. Adesso però...»

«Hai riavuto la collana.»

«Già.»

«Perciò non l'aveva buttata nella baia.»

Rekke annuì e chinò la testa, affranto. Il suo sconforto però durò solo un paio di secondi. Quando alzò gli occhi, il suo sguardo esprimeva determinazione.

«Credi che sia stata uccisa?»

«Sì, e sono piuttosto sicuro che chi mi ha restituito la collana volesse farmelo sapere.»

«Di chi stiamo parlando?»

«Gabor Morovia. È il titolare del fondo d'investimento che hai nominato qualche giorno fa, Cartaphilus.»

Micaela si irrigidì.

«Dici sul serio?»

«Purtroppo sì. Avevo drizzato le orecchie già quando avevo sentito che ne parlavi al telefono, ma poi...»

Rekke tacque, facendo scorrere la collana tra le dita.

«... hai iniziato a dubitare delle tue deduzioni, anche se erano corrette» concluse Micaela al posto suo.

«Dici?»

«Sì, lo hai fatto anche con la storia della lesione al ginocchio della donna nella foto.»

«Stai dicendo che avevo ragione?»

«Prima rispondimi. Perché hai cambiato idea?»

«Perché mi ero convinto che Samuel Lidman avesse accennato a quella lesione parlandoci della moglie. Perciò credevo di essermi lasciato influenzare, di non aver osservato la foto senza preconcetti.»

Mentre rifletteva su quelle parole, Micaela controllò di nuovo la suola sinistra, trovando effettivamente un minuscolo frammento di vetro. Anche se non era sicura che provenisse dalla cucina di Rekke, glielo mostrò come un trofeo.

«Vedi? Hai più ragione di quanto tu stesso sia disposto a credere.»

«A volte» rispose lui, immerso nei suoi pensieri.

Forse avrebbe dovuto lasciarlo parlare della collana e di Morovia, ma moriva dalla voglia di raccontargli cos'aveva scoperto.

«Credo che la donna della foto sia davvero Claire Lidman.»

«Risorta dal regno dei morti.»

«Il libro che tiene in mano sembra un romanzo d'amore, ma in realtà è questo» proseguì porgendogli il libro.

Rekke lo fissò.

«Lev Polugaevsky» mormorò poi. «L'ho incontrato una volta a Praga, però gli scacchi non mi hanno mai appassionato quanto crede la gente. Mi ha sempre affascinato di più la vita fuori dalla scacchiera. Ma perché questo libro dovrebbe confermare che la donna è Claire?»

«Perché era un'appassionata scacchista e giocava spesso con il nero, e con la difesa siciliana.»

«Ah» disse lui. «In effetti è interessante. Hai la foto, per caso?»

Micaela esitò un attimo. «No» ammise poi.

La delusione di Rekke le fece mandare un'altra maledizione a Kaj Lindroos.

«A ogni modo, sappiamo che Morovia ha incontrato Claire, e che lei era spaventata. Forse è stata addirittura violentata» riprese. «Penso che tutto questo abbia a che fare con la sua scomparsa.»

Rekke la guardò, preoccupato, come se fosse stata lei e non Claire a incontrare Morovia.

«Ah» si limitò a dire, per poi restare in silenzio.

Anche Micaela si perse nei suoi pensieri, fino a quando

Rekke si alzò, malfermo sulle gambe e ancora pallido, ma più determinato. Le parve che borbottasse qualcosa, forse: «*Claritas, claritas.*» Ma doveva aver capito male, perché non era stata fatta chissà quale chiarezza. A ogni modo, lui aveva qualcosa in mente. Si alzò anche lei, proponendogli di tornare a casa, e lui non la sentì nemmeno.

«Mi è venuta un'idea» disse, con lo sguardo fisso sull'acqua. «O meglio, due.»

Micaela non poté fare a meno di sorridere. Quanto le erano mancate quelle parole. Le riaccendevano dentro qualcosa che si era spento. Prese sottobraccio Rekke e insieme si incamminarono verso Grevgatan, mentre il sole iniziava a calare sulla città.

24

Julia svoltò in Fredrikshovsgatan appena in tempo per evitare la graziosissima e ambiziosissima Lydia, fresca di ammissione a Yale. Era già qualcosa. Proprio non ce la faceva a incontrare le sue vecchie amicizie, con le loro stronzate snob sulle vacanze e le feste fantastiche che avevano in programma per l'estate. Era innamorata di un uomo al di sopra di cose del genere, e *lui* era innamorato di lei. Continuava a ripeterglielo, e lei glielo leggeva negli occhi e lo sentiva dal modo in cui la toccava. Solo... perché spariva all'improvviso, ogni volta?

Quel giorno, per esempio, era stato tutto fantastico come sempre, fino a quando lui aveva ricevuto un sms e aveva detto che doveva andare. Doveva solo sistemare una cosa, poi sarebbe tornato. Si era vestito senza degnarla di uno sguardo, come se all'improvviso si fosse dimenticato di lei, e uscendo aveva lasciato un vuoto che l'aveva risucchiata nei vecchi pensieri negativi.

Non avrebbe mai combinato niente, non aveva chance rispetto a quelle come Lydia. Le mancavano l'ambizione e il talento. Come se non bastasse, quando gli aveva chiesto se era abbastanza magra lui aveva esitato. Era sempre più convinta di essere destinata al fallimento, per quello era andata a fare una passeggiata. Voleva consumare un po' di calorie e recuperare il controllo, e in effetti stava già meglio.

Tornando verso l'appartamento in Karlaplan però sentì montare di nuovo il disagio e l'ansia. C'era qualcos'altro che non riusciva a identificare, in lui. A volte sembrava quasi trasformarsi in qualcuno che non era affatto gentile e comprensivo e la guardava più come un oggetto che come una persona. La sensazione che aveva avuto osservandogli la schiena – che avesse fatto del male a qualcuno – le tornò in mente e le fece quasi passare la voglia di rientrare. Controvoglia, salì in ascensore. Mi sto immaginando tutto, si disse. Eppure non riusciva a togliersi dalla testa quella sensazione, quei segni sulla schiena che magari era stata lei a lasciare. Chiuse gli occhi avvertendo un brivido. Quando li riaprì era arrivata al piano. Scese dall'ascensore e trasalì: c'era un'ombra che le andava incontro, e teneva in mano un oggetto. Un'arma, pensò.

Rekke si sedette sul divano del soggiorno con uno strofinaccio attorno alla mano, e Micaela ripensò alla prima volta che l'aveva incontrato. Era estate. Lei e tutta la banda di sbirri erano andati a trovarlo nella grande villa di Djursholm dove viveva. Avevano bisogno del suo aiuto per far confessare un sospettato, ma niente era stato come avevano pensato. Lui aveva smontato il caso pezzo per pezzo, e loro avevano dovuto rilasciare il sospettato. Una vera e propria umiliazione. Non che Rekke fosse stato sgradevole o arrogante. Semplicemente si era dimostrato... migliore. Più ricco e sofisticato di loro, e più intelligente.

Quella volta si era resa conto che la rabbia e l'invidia dei suoi colleghi erano quasi palpabili, e nemmeno lei ne era del tutto esente. Sembrava quasi che Rekke con tutta la sua persona sottolineasse ciò che a loro mancava. Eppure... era proprio per quello che era lì, un anno dopo. Perché quell'incontro aveva risvegliato in lei anche altro: il desiderio di chiarezza, per esempio, quella chiarezza che caratterizzava le osservazioni di Rekke.

Aveva intravisto qualcosa di cui ancora non sapeva di avere bisogno e nei mesi successivi, a ogni affermazione stupida, priva di logica, si era chiesta cosa avrebbe detto Rekke. Così lui era rimasto nei suoi pensieri, e allo stesso tempo era diventato irraggiungibile, come un'altezza reale.

E poi... le era caduto il cielo sulla testa. L'aveva visto alla stazione della metro, sul punto di gettarsi sotto un treno. Una persona migliore avrebbe provato compassione e simpatia. Lei invece si era infuriata all'idea che uno come lui, uno che aveva avuto tutto dalla vita, potesse anche solo pensare di uccidersi, e glielo aveva urlato in faccia. Aveva fatto una piazzata all'uomo che credeva inavvicinabile, e da allora aveva oscillato tra la delusione e l'ammirazione.

Guardò dalla finestra: fuori, in Strandvägen, ferveva il venerdì sera. Rekke era accasciato sul divano con la gamba sinistra che saltellava nervosamente. Aveva l'aria strapazzata e leggermente frastornata, nonostante gli occhi vigili e attenti.

«Che idee ti erano venute?» gli chiese.

Rekke si girò verso la finestra.

«Ripensavo al mio vecchio amico Herman Camphausen.»

«Perché proprio a lui?»

«Posso offrirti qualcosa?» disse Rekke, cambiando argomento. «Per farmi perdonare questo periodo difficile, o anche solo per festeggiare il fatto di essere di nuovo qui a parlare di una vecchia indagine?»

Micaela sorrise. «Perché no?»

«Cominciamo con un bicchiere di vino, quello che non sono riuscito a bere prima» disse lui agitando la mano fasciata. «Poi ci facciamo portare qualcosa da mangiare.»

«Buona idea.»

Rekke sparì in cucina e ricomparve con la bottiglia che era sul tavolo.

«Non è più fresco, spero vada bene lo stesso.»

Micaela alzò le spalle, come a dire che non poteva importargliene di meno.

«Herman e io ci conosciamo fin da bambini» riprese Rekke. «Lui è un chitarrista classico e un bibliofilo. Colleziona libri rari, in particolare di storia. E anche lui ha incontrato Gabor Morovia e ne è rimasto molto colpito, nessuno di noi aveva avuto una carriera scolastica altrettanto veloce.»

«Quindi vi conoscete di persona» disse Micaela.

«Purtroppo sì» proseguì Rekke. «Per il povero Herman significò che il suo libro più prezioso, una prima edizione di fine Settecento di *Declino e caduta dell'impero romano* di Gibbon, quattro volumi rilegati in pelle comprati a un prezzo astronomico, un bel giorno sparì. E ricomparve carbonizzato davanti alla casa della sua famiglia. L'episodio ci unì, ci diede un nemico comune.»

«Quindi già all'epoca avevi dei conti in sospeso con Morovia?»

«Sì. Il mio gatto Ahasverus...»

Micaela si irrigidì.

«Avevi chiamato il tuo gatto Ahasverus?»

«Lo so, è una scelta pomposa per un bambino. Ma lasciamo stare. Quello che volevo dire è che io e Herman ci perdemmo di vista per alcuni anni, ma poi ci ritrovammo a un ricevimento all'ambasciata francese a Vienna. Herman fu così reticente nel rispondere alle mie domande che sospettai fosse entrato nei servizi segreti. Questo accadeva dieci anni fa, forse anche di più. La Russia era la nuova migliore amica dell'Occidente, e il mondo intero sembrava avviato verso l'abbraccio sicuro della democrazia liberale, perciò gli chiesi se lui e le altre spie si sarebbero messi tutti a scrivere thriller o a lavorare come consulenti, visto che la guerra fredda era finita. Mi rispose – lo ricordo perfettamente – che sebbene la Russia si fosse avvicinata all'Occidente molte cose erano rimaste com'erano sotto il comunismo. Il Kgb esisteva ancora, anche se con una sigla diversa, e niente lasciava intendere che fosse diventato più morbido o più umano. Anzi, si era alleato con la criminalità organizzata. Fu in quel contesto che nominò Gabor Morovia.»

«In che termini?»

«Disse che era vicino ai servizi segreti russi, soprattutto alla sede di San Pietroburgo, e che li stava aiutando a saccheggiare il paese e a nascondere le loro fortune in Svizzera o a Londra. Avevo il dente avvelenato, perciò gli dissi: Incastralo, allora. Ma Herman si limitò a scuotere la testa imbarazzato.»

«Perché?»

«Perché non riuscivano a ottenere risultati. Mi spiegò che era difficile incastrare Morovia. Era praticamente impossibile convincere le persone a testimoniare, a farsi avanti, le poche che osavano sparivano o venivano uccise. Nemmeno i programmi di protezione dei testimoni servivano, chi ha agganci nei servizi segreti trova falle anche in quelli. Lui comunque aveva cercato di garantire la sicurezza di quelle poche, ricorrendo a *metodi creativi*.»

«Okay» mormorò Micaela pensierosa.

«Le sue parole mi sono tornate in mente poco fa, mentre eravamo seduti sulla panchina, e mi hanno sussurrato qualcosa all'orecchio.»

«Cosa?»

Rekke versò altro vino a entrambi.

«Che può esserci una spiegazione logica alla strana resurrezione di Claire Lidman, uscita dalla tomba per entrare in una foto con un libro sugli scacchi.»

«E quale sarebbe?»

«È possibile che Claire avesse informazioni fondamentali su Morovia quindi si trovasse in pericolo, e che le abbiano procurato un'identità protetta.»

«Facendo credere a tutti che fosse morta?»

«Sì, è questo che ho pensato. Che la polizia – forse con l'aiuto dei servizi segreti – abbia colto l'occasione dell'incidente in Spagna per fornirle la copertura migliore che esista. Sono al corrente di un paio di casi del genere, negli Stati Uniti e in Italia.» Rekke bevve un sorso di vino con espressione malinconica. «Certo che per Samuel non è stata la soluzione ideale.»

«In che senso?»

«Di solito si offre protezione anche ai familiari dei testimoni. Si tende a non separare le famiglie, se non ci sono circostanze particolari, o una richiesta esplicita della persona esposta alle minacce.»

«Stai dicendo che Claire non avrebbe voluto Samuel nella sua nuova vita?»

«Mi piacerebbe davvero dare un'altra occhiata alla foto» aggiunse Rekke bevendo un sorso di vino.

Micaela stramaledì per l'ennesima volta Lindroos, domandandosi cosa avesse visto in quella foto, per volerla tenere.

Kaj Lindroos non aveva visto proprio niente, o almeno era così che se la raccontava. Era solo che quella piccola meticcia presuntuosa l'aveva innervosito, facendogli vedere fantasmi dappertutto. Tornando a casa, per esempio, aveva creduto di incrociare un tizio che aveva arrestato per truffa aggravata qualche anno prima, ma che poi era stato assolto per mancanza di prove e aveva minacciato di querelarlo. L'intera città gli sembrava piena di ombre e di fantasmi.

Senza nemmeno guardare la posta sullo zerbino, andò subito verso il frigo e si aprì una Heineken. La birra però non gli diede soddisfazione, aveva bisogno di qualcosa di forte. Passò direttamente alla vodka, senza preoccuparsi di prendere un bicchiere o qualcosa per allungarla. Si limitò a portarsi la bottiglia nello studio. Aveva voglia di telefonare a qualcuno, possibilmente una donna, magari una ex non troppo melensa e di bocca buona, per dimenticare tutte quelle idiozie. Invece la curiosità prese il sopravvento e lo spinse a frugare nei cassetti della scrivania.

Sotto un paio di polizze assicurative trovò due foto di Claire Lidman che avrebbe dovuto restituire a Samuel anni prima. Ne erano girate così tante che aveva potuto tenerle senza problemi, e lo aveva fatto non solo per motivi legati all'indagine. Gli piacevano molto, soprattutto quella di Claire seduta su un divanetto da giardino, con un vestito a pois neri che lasciava abbastanza scoperte le cosce. A volte, quando aveva bisogno di rilassarsi, se la portava in camera e si slacciava i pantaloni. In fondo era un essere umano anche lui, e sinceramente credeva che Samuel non si fosse meritato una donna del genere.

Pensò di confrontarle con quella che aveva requisito alla meticcia e che, prima di lasciare l'ufficio, si era infilato in tasca. Perché no? Di sicuro non ne sarebbe uscito niente. Posò la foto scattata in piazza San Marco accanto a quella di Claire con il vestito a pois e buttò giù una bella sorsata di vodka. Vediamo un po', si disse.

La prima reazione fu di sollievo. La foto era peggiore rispetto a come la ricordava. Era molto sfuocata, e niente sembrava indicare che la donna in rosso fosse Claire. Niente, a parte quella strana sensazione che lo assalì nuovamente. Buttò giù un altro sorso e controllò di nuovo, sperando di convincersi che era un'altra persona. Invece la donna diventava sempre più simile a Claire. Il che lo spinse a fare una cosa che non sarebbe mai riuscito a spiegarsi del tutto, anche se in realtà si trattava semplicemente del senso di colpa per non aver gestito l'indagine come avrebbe dovuto.

Strappò la foto, non in due ma in dieci, venti pezzi. Il senso di colpa però era sempre lì. Di nuovo si ritrovò a pensare al *comisario* Antonio Rivera e alla madre e alla sorella di Claire all'obitorio di San Sebastián; alla sensazione di fretta, e all'odore dolciastro e soffocante del cadavere che aveva avuto la meglio sul suo istinto di poliziotto e l'aveva spinto a uscire dall'obitorio. Avrebbe dovuto osservare con più attenzione. Avrebbe dovuto fare tante cose. Si mise a giocherellare con il cellulare, domandandosi se fosse il caso di chiamare quelli della scientifica. Loro avevano sicuramente esperti in grado di effettuare analisi del genere, no? Però non poteva mica consegnare una foto strappata in mille pezzi. Di chiamare il *comisario* Rivera non se la sentiva, e la madre di Claire era morta.

C'era sempre la sorella, quella con la quinta di reggiseno o giù di lì. Perché non provare con lei? Ormai era tornata a vivere a Stoccolma. Bevve ancora un po', abbandonandosi ai sogni a occhi aperti. Avrebbe potuto chiedere qualche giorno di ferie e andare a Venezia a cercare Claire. Magari l'avrebbe trovata al bar di un albergo, con un dry martini. E a quel punto...

Sbuffò, spruzzando la scrivania di vodka e saliva. Doveva piantarla di giocare allo 007. Salute!, si disse buttando giù un'altra sorsata, per poi comporre il numero. Forse non era del tutto sobrio, ma era un professionista, se si trattava di nasconderlo.

«Salve, scusi se la disturbo di venerdì sera. Sono il commissario Lindroos» disse promuovendosi di grado chissà per quale motivo.

«Salve, Kaj. Da quanto tempo» rispose la sorella. «È successo qualcosa?»

«No, no» disse lui. «O forse sì. Siamo venuti in possesso di una foto recente che potrebbe essere di Claire, ma probabilmente è un falso allarme. Volevo chiederle...»

«Mi sta prendendo in giro?» lo interruppe la donna.

«Assolutamente no» rispose lui. «Ho ripensato spesso all'identificazione a San Sebastián, chiedendomi se mi avevate taciuto qualcosa.»

«Dio santo, ha bevuto?»
«No di certo.»
«Di che foto sta parlando?»
«Di una normale foto delle vacanze» disse, cercando goffamente di rimettere insieme i pezzi in cui l'aveva strappata.
«E perché mai avremmo dovuto nasconderle qualcosa? È morta, Kaj. Morta. L'abbiamo vista entrambi, e non capisco come possa chiamarmi un venerdì sera per rivangare questa storia» replicò la sorella con voce concitata.
Forse non era solo agitata, però. Sembrava anche impaurita. Non era solo irritata dalla telefonata di uno sbirro ubriaco ma spaventata, e quella era la risposta alla sua domanda.
L'avevano ingannato, però non sapeva cosa farsene di quell'informazione. Poteva solo svuotare la bottiglia di vodka ed evitare altre telefonate idiote. E forse provare ad appianare le cose con la sorella. Non sarebbe stato un bene, se si fosse lamentata di lui con Lars Hellner o qualcuno dei suoi superiori.
«Mi spiace se sono stato indiscreto. Ho sempre avuto un debole per lei, Linda. Anzi, le andrebbe di bere qualcosa? In fondo è venerdì sera.»
Sentendo il clic che chiudeva la conversazione, mollò un calcio alla scrivania, facendo finire sul pavimento la bottiglia di vodka.

25

Possibile che Claire abbia subito violenza durante l'incontro con il titolare del fondo d'investimento ungherese?, si domandò Samuel.

Il solo pensiero lo mandava su tutte le furie. Nessuno conosceva Claire come lui, una cosa del genere non avrebbe mai dovuto sfuggirgli. Era vero che quella notte era tornata a casa un po' malconcia, ma gli aveva descritto nei dettagli la dinamica della caduta dalla bici, e secondo la polizia c'erano anche dei testimoni. Era stato un incidente, nient'altro. Ne era convinto, o quasi.

A posteriori era ovvio che non la conosceva poi così bene. Claire lo aveva lasciato senza un perché, quindi dovevano esserci un sacco di altre cose di cui lui non si era accorto. A volte gli era venuto il dubbio che avesse una relazione con il titolare del fondo, o almeno che ci fosse qualcosa tra loro. Prima dell'incontro era in preda a un'eccitazione difficile da interpretare, ma non aveva voluto dirgli niente in proposito, malgrado le sue insistenze. «Non posso, amore» si era limitata a rispondere. «Proprio non posso.» Dopo, si era chiusa in un silenzio inquietante. Non era riuscito a farsi spiegare niente, e non aveva saputo granché nemmeno in seguito, da Lindroos. Il poliziotto gli aveva riferito che l'uomo d'affari era stato controllato, interrogato e scagionato, e lui aveva lasciato perdere anche se non era del tutto convinto.

Aveva solo chiamato una collaboratrice del fondo che lavorava a Stoccolma, una certa Kovács, se non ricordava male. Era stata talmente gentile e disponibile che si era lasciato tranquillizzare come un idiota, in particolare quando lo aveva richiamato per dirgli che le era spiaciuto non vederlo al funerale. «Quindi lei ci è andata?» le aveva chiesto. «Ma certo, Claire ci era stata di grande aiuto» aveva risposto la donna, aggiungendo un sacco di salamelecchi. Come l'aveva rintracciata? Non se lo ricordava più, ma la ex collega di Claire, Rebecka Wahlin, doveva avere di sicuro il suo numero. Poteva telefonarle. Doveva assolutamente fare qualcosa, non riusciva a restare seduto ad aspettare. Perciò si alzò e prese il cellulare.

L'ombra si mosse verso Julia. Quando fu abbastanza vicina, lei vide che aveva davvero qualcosa in mano: un mazzo di fiori.

«Piccola, scusa se prima me ne sono andato. Non ti lascerò più» le disse con un sorriso a trentadue denti.

Era quasi troppo per lei, che gli si strinse al petto. Dei *fiori*. Che gesto incredibilmente gentile. Aveva avvertito la sua delusione ed era corso dal fiorista. Nessuno dei ragazzi che conosceva avrebbe mai fatto una cosa del genere. Guardò prima i fiori, poi lui, e provò la stessa sensazione che le dava sempre: quando erano insieme, il mondo scompariva.

«Sono bellissimi» disse.

«Dovresti riceverne tutti i giorni» rispose lui.

Julia lo baciò, poi andò in cucina a prendere un vaso in cui metterli. Lui la abbracciò da dietro. Sapeva di dopobarba e di qualcosa di più acre. Di *uomo*. Julia si voltò e gli piantò le dita nella schiena, quella stessa schiena che poco prima le aveva messo in testa dei pensieri strani. Sorprendendosi da sola, disse: «Usa le maniere forti.»

Se ne pentì subito dopo, ma non perché non lo volesse

davvero. Il desiderio l'aveva assalita come una corrente emanata dal corpo di lui, dal suo odore, un'irradiazione improvvisa e contraddittoria, ma si vergognava di essersi esposta tanto. Lui la guardò.

«Parli sul serio?»

Julia annuì coraggiosamente, e a quel punto vide un'espressione nuova sul volto di lui. Con uno sguardo vuoto, le strinse i polsi fino a bloccare la circolazione. Un attimo dopo era sopra di lei sul letto. Malgrado qualche istante di panico, Julia tremava per l'eccitazione, o almeno cercò di convincersi che fosse quella la causa. E più tardi, dopo aver urlato per il dolore oltre che per il piacere, decise di sfogarsi e buttare fuori tutte le idiozie che le aveva messo in testa suo padre, tutte le assurdità che le erano venute in mente solo perché si sentiva triste e abbandonata.

«Mio padre pensa che non mi faccia bene stare con te.»

Lui per un secondo sembrò preoccupato, poi minimizzò: «È quello che pensano tutti i padri. Nessuno è mai abbastanza in gamba per le loro bambine.»

Julia si tastò il polso indolenzito.

«Sì, ma lui è diverso. Da un piccolo dettaglio trae ogni genere di conclusione.»

«Una specie di detective, insomma.»

«Esatto. La gente pensa che sia un genio, ma in realtà non capisce niente, te lo assicuro. Può tirar fuori le cose più assurde» proseguì Julia, mentre lui la ascoltava con interesse, proprio come piaceva a lei.

Gli raccontò della depressione e dell'abuso di farmaci. Lui le accarezzò i capelli e le disse che anche il suo era stato così: un debole che passava il tempo sui libri senza combinare niente di buono. Aveva dovuto prendere in mano lui la situazione.

Julia restò colpita al sentire che avevano esperienze simili. Era convinta che venisse da un mondo completamente diverso dal suo. Per tutta la sera andò avanti a parlare, costruendosi una sorta di vita alternativa, un racconto in cui si liberava gradualmente dell'influenza del padre per finire tra le braccia del suo nuovo eroe, che si chiamava Lucas e l'avrebbe protetta da tutti i mali.

Alicia Kovács chiuse la portiera dell'auto e si avviò verso la villa in cui abitava, a Lidingö. Per lei era stata l'ennesima giornata di lutto, per questo si era emozionata sentendo Rekke suonare in un modo che avrebbe commosso un angelo. Le aveva risvegliato dentro un mondo perduto, anche se ovviamente non avrebbe dovuto lasciarsi trascinare: non poteva permettersi di abbassare la guardia.

Aveva iniziato a piovere e soffiava un vento forte dal mare. Alicia disinserì l'allarme ed entrò. Le capitava ancora di stupirsi di quel lusso. I mobili erano di pregio, e uno solo dei quadri appesi alle pareti costava più di quanto sua madre avesse guadagnato in una vita intera. Lei però aveva pagato con la sua anima, come ricordava spesso a se stessa.

Si tolse la giacca e le scarpe e andò in cucina, dove prese dalla cantinetta refrigerata una bottiglia simile a quella che le era stata offerta a casa di Rekke. Poi si sedette sul divano da cui si vedeva il giardino e svuotò d'un fiato il primo bicchiere.

Non riusciva a togliersi dalla testa il professore, con i suoi penetranti occhi azzurri e le mani eleganti, dalle dita lunghe. Rekke le ricordava molto Gabor, anche se era il suo esatto contrario. Forse era il tipo di persona che un tempo aveva sperato diventasse Gabor: un intellettuale profondo e sensibile, in grado di elaborare i propri lutti e non solo di rispondere ai colpi, di vendicare le proprie delusioni.

Alicia sapeva meglio di chiunque altro che da piccolo Gabor era stato abbandonato dalla madre e aveva perso tutti i privilegi che pensava gli fossero dovuti. Sapeva che secondo lui la famiglia Rekke era la causa delle sue disgrazie, e che niente sarebbe mai riuscito a vendicare quell'ingiustizia. Sapeva che per lui era essenziale – vitale, addirittura – essere sempre la persona più intelligente, e che l'unico che gli aveva conteso sul serio quel primato era Hans Rekke. Era per questo che Gabor lo odiava e lo ammirava al tempo stesso.

Quello che invece non sapeva, e che la preoccupava non poco, era cosa avesse in mente Gabor per Rekke. Il fatto che avesse aspettato a consegnargli la collana poteva essere un buon segno. Gabor non era sempre spietato, a volte si limitava a giocare con i suoi avversari. E poi, se non ci fosse stato Rekke a sfidarlo, non avrebbe sentito la mancanza di un avversario non tanto da distruggere quanto da sconfiggere intellettualmente?

Gabor era entrato nella sua vita nei primi anni Ottanta, ammaliandola con il fascino e l'acume che lo caratterizzavano. All'epoca erano in tre, tre studentesse brillanti e leali, di quella lealtà che spesso le brave ragazze dimostrano nei confronti dei loro maestri e mentori. Ma senza che se ne accorgessero i confini erano stati spostati sempre un po' più in là, e loro si erano ritrovate immerse in una realtà che avrebbe dovuto essere loro estranea. Però si erano abituate, o almeno *lei* lo aveva fatto. Il gioco aveva perfino iniziato a piacerle. Anche se poi... Era lei che era rimasta incinta, era lei la vincitrice, eppure non era sicura di aver avuto scelta.

Squillò il telefono. Alicia lo ignorò e si massaggiò i piedi, bevendo un altro bicchiere di vino. Fuori, in lontananza, passò un treno. Le venne voglia di ascoltare un po' di musica, forse qualcosa di Liszt, *Sogno d'amore*, per esempio, le era sempre piaciuto. Squillò di nuovo il telefono, e questa volta rispose. Magari era Gabor... e invece no, era Samuel Lidman, tra tutti i fantasmi del passato. Non poteva essere un caso. Anche quella telefonata doveva essere una conseguenza dell'indagine di Rekke.

«Buonasera» disse. «Quanto tempo è passato, Samuel. Come sta?»

«Ho avuto il suo numero da Rebecka Wahlin» disse lui in tono febbrile.

«Ah, me la saluti tanto.»

«Lo farò» riprese lui. «Ho saputo che conosceva Claire da molto tempo.»

Alicia capì che doveva stare in guardia.

«È vero» ammise. «Il mondo è piccolo. Avevamo frequentato gli stessi corsi alla London School of Economics.»

«Eravate amiche?»

«In un certo senso. Ma non era facile trascinarla in giro per i locali. Era molto ambiziosa, studiava sempre.»

«Ma vi sarà capitato di fare qualcosa insieme, no?»

«A volte andavamo a correre, e una volta l'ho accompagnata da un medico, per il ginocchio. Di sicuro sa anche lei che le dava problemi.»

«E a scacchi non giocavate?»

Vuole arrivare da qualche parte, pensò Alicia, anche se non capiva dove. Simulò una risatina divertita.

«No, santo cielo, non avrei mai osato. Era una campionessa.»

Che non aveva la minima possibilità contro Gabor, pensò.

«Perché me lo chiede?» aggiunse.

«Perché...»

Samuel disse una cosa talmente assurda che dovette farsela ripetere.

«Scusi?»

«La bara che è stata sotterrata conteneva un altro corpo.»

«Di cosa sta parlando?»

«Claire è viva, ne ho la prova» disse Samuel.

Alicia si sentì gelare.

«Non capisco.»

«Eppure è così» proseguì lui. «E continua a giocare a scacchi con la difesa siciliana.»

«La difesa siciliana» balbettò Alicia.

Quelle parole avevano suscitato un ricordo sgradevole, ma lei riprese in fretta il controllo. Cercò di raccogliere i pensieri mentre Samuel le raccontava qualcosa su una strana foto saltata fuori chissà dove, e ricordò ciò che Gabor continuava a ripetere dopo l'incidente: «Non mi piacciono né il modo né il momento in cui è morta.»

«Crede davvero che la donna della foto sia Claire?» chiese.

«Ne sono sicuro.»

Che assurdità, pensò Alicia. In effetti era risaputo che, con la morte di Claire, Samuel Lidman era uscito di testa. Eppure le sue parole la turbavano. Gabor non era l'unico a pensare che l'incidente di San Sebastián fosse avvenuto proprio nel momento più opportuno. Lei stessa all'epoca si era chiesta se non fosse tutta una macchinazione per incastrarli. Ma poi gli anni erano passati senza che succedesse niente, e quel timore era svanito. Però era possibile che Gabor sapesse qualcosa di più, qualcosa che le aveva nascosto come alcune delle donne con cui la tradiva.

«Potrei vedere la foto?» chiese.

«Ovviamente» rispose Samuel, con un velo di incertezza che la rassicurò un pochino.

A ogni modo, non intendeva correre rischi.

«Che ne dice di venire nei nostri uffici in Strandvägen domani mattina alle nove?»

«D'accordo, perfetto» rispose lui quasi speranzoso.

Alicia bevve un altro bicchiere di vino. Povero te, se dovessi avere ragione, pensò.

26

Mentre mangiavano quello che aveva preparato la signora Hansson – filetto di merluzzo al burro, patate novelle e ratatouille – Micaela raccontò a Rekke tutto ciò che sapeva. Lui ascoltò in silenzio, per poi alzarsi e mettersi a camminare avanti e indietro per la cucina.

«Se ho ragione...» iniziò.

«Cioè se Claire Lidman ha davvero una nuova identità?»

«Sì. Credi che Lindroos ne fosse al corrente?»

«Direi proprio di no.»

Rekke la guardò.

«Perché ne sei così sicura?»

«Perché la nostra indagine gli dà fastidio. Non sarebbe così, se fosse al corrente di un grande piano segreto.»

«Mi sembra una conclusione sensata» disse Rekke. «Però è strano che abbia voluto tenere la foto.»

«Sono stata un'idiota a lasciargliela.»

«Credi che abbia riconosciuto Claire e si sia spaventato?»

«È molto presuntuoso» rispose Micaela. «Teme tutto ciò che può metterlo in cattiva luce.»

«Quindi era spaventato.»

Micaela annuì. Si era resa conto che ormai parlavano di Claire come se davvero fosse ancora viva.

«Ne sei convinto?» gli chiese.

Rekke si fermò e la guardò.

«Credo che sia un'ipotesi da approfondire. E sì, ho i miei motivi per interessarmi a questa storia.»

«La collana.»

«Sì, la collana» ammise Rekke. «Piuttosto...» proseguì fissandola con un'intensità inquietante. «Mi domando quale sia il tuo ruolo in tutto questo.»

«Il mio ruolo?»

«Non ci si lancia in una partita contro Morovia senza motivo. È un uomo pericoloso.»

«So cavarmela da sola» rispose lei.

Rekke sembrava preoccupato.

«Meglio della maggior parte della gente, è vero. Ma non è detto che sia sufficiente, e preferirei tenerti fuori.»

Micaela valutò se raccontargli di Lucas e Hugo e spiegargli che era già nei casini per conto suo, e concluse che non c'era motivo di scaricargli addosso anche quella preoccupazione. Era un'altra storia. Era la sua vita.

«Ho incrociato Julia» disse invece, cambiando discorso.

Rekke la guardò concentrato.

«Ha conosciuto qualcuno» proseguì Micaela.

«Ti ha detto chi è?»

«Ho l'impressione che si tratti di un bullo, uno più della mia zona che della tua.»

«Non è detto che sia un male» osservò Rekke.

«Certo che no» rispose lei, in qualche modo ferita dalle sue parole, ma poi ripensò al suo sentirsi spaesata sia a Husby che a Östermalm. «Però non è nemmeno una cosa particolarmente positiva» aggiunse.

«È dimagrita» disse Rekke. «Sono preoccupato.»

«Non è grave» lo rassicurò Micaela, anche se non ne era del tutto convinta.

Rekke guardò dalla finestra, come se volesse aggiungere qualcosa. Però non lo fece, e Micaela, visto che il silenzio si prolungava, chiese: «Come procediamo con Claire Lidman?»

Rekke tornò a sedersi.

«Lasciamo perdere. Tra l'altro, non dovresti essere in ferie? Fatti una vacanza, Micaela, pensa ad altro.»

Lei scosse la testa.

«Resto qui.»

Rekke rifletté un attimo.

«Penso comunque che dovremmo lasciar perdere.»

«Perché?»

«Una donna che non vuole essere trovata può avere i suoi buoni motivi.»

«È vero» ammise Micaela.

«E anche se volessimo cercarla non sarebbe facile. Se la foto fosse stata scattata da un'altra parte avremmo potuto supporre che si fosse stabilita lì, ma Venezia...»

«È piena di turisti.»

«Potrebbe vivere in Italia come in Giappone.»

«Però sarebbe divertente provarci.»

Micaela sorrise al pensiero.

«E poi c'è un'altra cosa, in quella foto» proseguì Rekke.

«Cosa?»

«La testa girata, ricordi? Lo sguardo è rivolto a sinistra, come se stesse per voltarsi indietro.»

«E cosa dovrebbe significare, secondo te?»

«Che è con qualcuno. Forse vuole verificare che non sia rimasto indietro, sembra camminare veloce.»

«Interessante» ammise Micaela. «Poi ovviamente resta la domanda centrale, se la tua teoria sulla nuova identità è corretta» proseguì. «Cosa sapeva Claire su Morovia, per ottenere la protezione della polizia e dei servizi segreti?»

Rekke avvicinò la sedia a quella di Micaela.

«Credo che si conoscessero già da prima» rispose.

«Cosa te lo fa pensare?»

«Claire ha studiato alla London School of Economics agli inizi degli anni Ottanta.»

Micaela annuì.

«Non ho trovato molto su Morovia» riprese Rekke. «In internet c'è davvero poco, immagino che abbia incaricato qualcuno di coprire le sue tracce. È estremamente attento e riservato, e forse io non ho cercato con sufficiente impegno. Però so che ha insegnato alla London School of Economics proprio in quel periodo, e so anche che è sempre riuscito a legare a sé le persone dotate, soprattutto le giovani donne con un notevole senso morale. Quasi che si divertisse a farne tanti Albert Speer.»

«In che senso?»

«Speer, architetto e ministro degli Armamenti di Hitler, viene a volte generosamente descritto come *uno di noi*, uno che era destinato a cose buone ma ha avuto la sfortuna di incontrare una persona carismatica e malvagia in un periodo delicato della propria vita. Mi è tornato in mente quando ho incontrato Alicia Kovács.»

«È una donna con un notevole senso morale?»

«Forse lo era. Ma non è come te.»

Rekke la guardò.

«Perché, come sono io?»

«Tu non ti lasceresti plasmare da un'autorità superiore.»

Micaela sorrise. «Sembra un complimento.»

«Lo è.»

Potrei fartene molti altri, pensò Rekke continuando a guardarla, prima con un sorriso, poi sempre più concentrato, come se sul suo viso trovasse conferma qualcosa che aveva già intuito.

Micaela distolse lo sguardo, immaginando cosa poteva vedere.

Rekke pensò di lasciar perdere, ma poi cambiò idea.

«Ti sei scontrata con tuo fratello.»

«Come hai fatto a capirlo?» gli chiese lei.

Se tu sapessi, pensò Rekke. Se solo sapessi.

Julia doveva essersi addormentata. Si svegliò con la sgradevole sensazione di non riuscire a respirare e aprì gli occhi di scatto. Proprio in quel momento Lucas si voltò verso il soggiorno, come se avesse sentito un rumore sospetto. Anche lei tese le orecchie: un autobus passava in Karlaplan, una moto accelerava un po' più in lontananza. Per il resto regnava il silenzio.

Si portò le mani alla gola. Tossì, sputando muco venato di sangue. Devo alzarmi, pensò. Devo uscire sul balcone a prendere un po' d'aria fresca. Però non ci riusciva, aveva bisogno di stare sdraiata e respirare.

«Ho paura» disse quasi senza volerlo, e subito temette di essersi smascherata.

Lucas era stato fantastico per tutta la sera, ascoltandola e dicendo le cose giuste. Però nel suo mondo bisognava essere forti e non lamentarsi. Non serviva analizzare tutto come faceva suo padre, e questo le piaceva molto. Adesso che tutto il suo corpo si ribellava però, non le era facile fare la dura.

«Non mi sento bene» disse.

Lucas si voltò. La cicatrice pallida sulla sua fronte riprese colore. Strizzò gli occhi, e a Julia parve di scorgere uno sguardo quasi da rettile.

«Cos'hai?»

«Mi fa male la gola.»

Lui si chinò su di lei e le posò le mani sul collo, come un medico che le tastasse le ghiandole.

«Dove?»

«Più o meno dove hai le mani» rispose lei, sperando che capisse.

Invece lui premette ancora più forte, o almeno così le sembrò. Quando si staccò, lei ne approfittò per sedersi sul letto. Non capiva cosa stesse accadendo. Possibile che fosse in pericolo? Non erano solo le mani di Lucas attorno al collo, era tutto quanto. C'era qualcosa di strano nella sua reazione, sembrava quasi infastidito.

«Tu come stai?» gli chiese.

«Bene. Perché?»

«Così. Sembri teso.»

«Ho molte cose per la testa.»

«Tipo?»

Le interessava davvero. Sapeva ancora troppo poco, ma lui non rispose, e forse era meglio così, tenuto conto di come si sentiva lei. A ogni modo ci rimase male vedendolo alzarsi senza dire una parola. Poco dopo tornò con una birra in mano, fortunatamente solo per lui. Sarebbe stata una bomba calorica. Però avrebbe potuto chiederle se voleva qualcosa, prima di andare a frugare nel frigo. Aveva la gola secca, e la sensazione diventò ancora più netta guardandolo bere avidamente, quasi con aggressività.

«Ritieniti fortunata di essere figlia unica» disse Lucas.

«Perché?»

«Perché quando un fratello o una sorella ti tradisce, fa male.»

«Qualcuno ti ha tradito?»

Lucas bevve un'altra sorsata di birra. La cicatrice sulla fronte si contrasse, come se fosse viva.

«Puoi ben dirlo.»

«Mi spiace.»

Julia si passò una mano sul collo. Il fastidio alla gola non voleva passare.

«Cos'è successo?»

Lui non rispose. «Non è andata così anche da voi?»

«Cosa intendi?»

«Non mi hai detto che tuo zio Magnus agisce sempre alle spalle di tuo padre?»

«È vero» rispose Julia, anche se non era sicura di aver detto esattamente così.

«E tuo padre lo perdona sempre?»

«Non lo so» rispose Julia. «Però sembra accettare suo fratello per quello che è.»

«Sai cosa dovrebbe fare, invece?»

«Cosa?»

Non ebbe il tempo di reagire. La testa era stata proiettata di lato, la guancia bruciava. La sorpresa era pari al dolore. Le aveva dato un ceffone. Ma perché? Lucas si limitò a sorridere e a bere un'altra sorsata di birra.

«È questo che dovrebbe fare. Rispondere ai colpi. Così Magnus abbasserebbe la cresta.»

Julia era ammutolita.

«Hai capito?»

«Va bene, glielo riferirò» mormorò, portandosi una mano alla guancia.

Poi andò in bagno e rimase lì, seduta, tremante, a domandarsi se fosse il caso di chiamare suo padre. Decise di non farlo. Cos'avrebbe ottenuto, oltre a peggiorare la situazione? E poi non è successo niente, tentò di rassicurarsi. Si è trattato solo di uno scherzo, di una dimostrazione pratica. Si alzò e si guardò a lungo allo specchio, toccandosi la pancia così evidente. Si sentiva brutta e triste, aveva voglia di scappare lontano e non tornare più.

27

«Come sai che ho parlato con mio fratello?»

«Te lo leggo in faccia» rispose Rekke, ripensando a quando aveva guardato negli occhi Lucas e aveva intuito qualcosa di freddo e vuoto. L'intera triade oscura – psicopatia, narcisismo, machiavellismo.

Ma soprattutto aveva notato le reazioni di Micaela alla sua presenza: strizzava gli occhi, irrigidiva le mascelle e le spalle. Da allora capiva sempre se aveva visto il fratello, o soffriva per qualcosa che lui aveva fatto. Lucas lasciava segni sul suo viso e cambiava il ritmo dei suoi passi.

«Inquietante» disse Micaela.

«Per niente. Siamo geneticamente condizionati a reagire alle minacce. Lo hai sfidato, vero?»

Micaela annuì, e lui la osservò. Era molto giovane, ma quando parlava di Lucas il suo sguardo sembrava diventare più vecchio. Rekke intuì che era così da molto tempo, da quando era convinta di ammirarlo.

«Cos'è successo?» le chiese.

«Sono stata un'ingenua» rispose lei. «Per un sacco di tempo ho preferito guardare da un'altra parte. Oggi però so che traffica droga e per spacciarla sfrutta ragazzini non imputabili, e sto cercando di raccogliere le prove. Nelle ultime settimane è diventata una specie di ossessione.»

«C'è qualcosa di particolare che l'ha scatenata?»

Micaela rifletté.

«Forse una scena a cui ho assistito. Una volta ho seguito Lucas fino al bosco di Järvafältet e l'ho visto litigare con un ragazzo. All'improvviso ha estratto una pistola e gliel'ha puntata alla gola. Il ragazzo era terrorizzato. Ma sai qual è stata la cosa peggiore?»

«No.»

«La sensazione che per lui fosse la norma, che lo avesse fatto chissà quante volte. È stato uno shock. Da allora ho iniziato a vedere la mia vita in modo diverso.»

Rekke posò una mano sulla sua e la guardò negli occhi scuri, inquieti e pronti alla lotta.

«È uno schifo» proseguì Micaela. «Quando ero piccola Husby era un posto tranquillo, non l'avrei mai considerata un sobborgo pericoloso. Adesso è invasa da anfetamine, qat, cannabis, ecstasy e quella merda che prendi tu, il fentanyl. Ci sono stati dei morti. Uno aveva solo quattordici anni. Si chiamava Muhammad, se ti interessa saperlo.»

«Mi spiace.»

Micaela ritrasse rabbiosamente la mano.

«Piantala» sibilò. «Sai benissimo in cosa sei coinvolto, anche se le tue dosi te le prescrive un medico.»

«Forse hai ragione.»

«A ogni modo» riprese, già più calma, «da quando ho visto Lucas estrarre quella pistola tutti i pezzi sono andati al loro posto. Invece di restare passiva come avevo sempre fatto, ho deciso di provare a convincere la gente di Husby a testimoniare contro di lui.»

«Una scelta rischiosa, immagino.»

«Già, e per di più sono stata troppo irruente. Mi era scattato qualcosa dentro. Ti ho parlato di mio padre?»

«Lo storico.»

«Esatto. Mi metteva sempre in mano qualche libro, voleva che mi interessassi alle cose del mondo. Lui odiava Husby, la vedeva come un inferno di casermoni tutti uguali, un incubo futurista. Voleva che la lasciassi, che andassi all'università, ci teneva molto. E ci contavo anch'io. Sarei diventata un'accademica come lui, mi sarei trasferita all'estero, o almeno a Lund. E invece, appena finito il liceo...»

«Ovviamente con ottimi voti.»

«In effetti sì... Comunque ho fatto domanda per l'accademia di polizia.»

«E hai scelto di prestare servizio a Husby.»

«Sì. Ogni tanto incontravo i miei vecchi insegnanti, e vedevo la delusione nei loro occhi. Non ero in grado di spiegare né a loro né a me stessa perché me ne andassi in giro in uniforme.»

«Anche se sotto sotto lo sapevi.»

«Sì. Si trattava di Lucas.»

«Volevi fare chiarezza.»

«C'erano sempre troppe domande irrisolte che mi rodevano.»

«Com'era morto tuo padre, per esempio.»

«Sì, forse. Ma certe cose è inutile rivangarle. È impossibile trovare una risposta, dopo tutto questo tempo. Anche con Lucas. Avrei dovuto lasciare che se ne occupassero i miei colleghi. Così ho solo peggiorato la situazione, e adesso mi ritrovo con diversi stronzi alle calcagna.»

«Oltre a tuo fratello?»

«Sì.» Micaela esitò. «Mentre andavo da Rebecka Wahlin mi sono imbattuta in un suo tirapiedi. Hugo.»

«È stato lui a spaccarti il labbro?»

«Mi ha minacciata. O meglio, ha detto che qualcuno a cui tengo molto sarebbe finito male. Ho pensato che potesse riferirsi a te, per questo mi è venuto un colpo quando ho visto il sangue sul pavimento.»

«Anch'io so cavarmela da solo» rispose Rekke con un sorriso.

Poi però si incupì. Aveva di nuovo la sensazione che incombesse un grave pericolo.

28

Non può essere Claire. Di sicuro non è lei.

Senza saperlo, Alicia reagì esattamente come l'ispettore Kaj Lindroos. Lei però era metodica e perfettamente lucida. Prese delle vecchie foto di Claire e le posò una accanto all'altra sulla scrivania.

Provava ancora la stessa punta di invidia. Claire aveva qualcosa che lei e Sofia non avevano. Emanava un'aria di sicurezza quasi mondana, ed era in grado di tenere testa a Gabor e mettere in discussione i suoi ragionamenti. Delle tre, era Claire la stella, quella che tutti si aspettavano fosse la prescelta. Cos'era successo?

Alicia si alzò e restò in ascolto con una mano sul cuore. Le sembrava che dal giardino e dalla strada arrivassero dei rumori minacciosi, come se si stesse preparando qualcosa di sgradevole, un fuoco che l'avrebbe avvolta dai piedi fino a consumarla lentamente.

Sciocchezze, si disse. Gabor si prendeva cura di lei, la amava. Erano uniti da un figlio e da una tragedia. Non sarebbe successo niente, niente. Eppure... Un tempo erano in tre: lei, Claire e Sofia, tre ragazze innamorate di Gabor. Tre giovani felici, ambiziose, convinte di avere davanti un futuro luminoso.

Ora invece lei era l'unica sopravvissuta, o almeno così sperava, anche se formulato in quei termini sembrava un pensiero disumano. Sofia Rodriguez era stata torturata e uccisa nella sua casa a Madrid, che poi era stata data alle fiamme. Claire Lidman era morta tra le fiamme a San Sebastián dopo che un'autocisterna era precipitata da un tornante sulla sua auto. Fuoco, c'era sempre di mezzo il fuoco. Si erano lasciate terra bruciata alle spalle.

Alicia distolse gli occhi dalla finestra e andò in cucina. Voleva aprire un'altra bottiglia di vino per sedare l'ansia, ma cambiò idea: sarebbe stato poco professionale bere ancora. Ripensò a quando avevano visto Claire a Stoccolma, nel novembre del 1990. Ricordava l'atmosfera elettrizzata, le segretarie che correvano avanti e indietro, i documenti, le bozze dei contratti che passavano di mano in mano, Gabor che si sistemava la cravatta e si impomatava i capelli davanti allo specchio. Era una cosa grossa, per lui. Non solo perché aveva l'occasione di mettere le mani sul patrimonio di Axel Larsson, diventando ancora più ricco in un periodo in cui tutti perdevano soldi. Era una cosa grossa perché avrebbe rivisto Claire. Lei era l'anello mancante, quello che lo attirava di più. Niente però era andato per il verso giusto. Quando Claire era arrivata, Gabor l'aveva salutata con un bacio. Ma lei aveva reagito con un evidente disagio fisico, addirittura passandosi una mano sulla guancia. Lo odiava, e non si sforzava di nasconderlo. Alicia aveva capito immediatamente che sarebbe finita male.

Gabor invece aveva fatto finta di niente. Era stato cortese e galante, aveva offerto a Claire dello champagne e le aveva proposto una partita a scacchi, per riscaldarsi prima delle trattative. Claire aveva accettato controvoglia. Alicia aveva seguito la partita da una poltrona lì accanto, e si era accorta subito che Claire era molto migliorata. Aveva giocato una difesa siciliana e resistito a lungo prima che Gabor rovesciasse il suo re con il mignolo. «Hai ancora molto da imparare, prima di battermi» aveva detto.

Lo aveva fatto con un sorriso, in tono quasi affettuoso, ma Alicia aveva percepito chiaramente la minaccia sottintesa nelle sue parole. Poco dopo era successo quello che aveva temuto: Gabor le aveva chiesto di andarsene, voleva restare solo con Claire. Alicia ricordava ancora lo sguardo rassegnato di Claire, i suoi occhi che vagavano per la stanza in cerca di una via d'uscita, e poi la porta che si chiudeva. Ricordava i propri passi giù per le scale, e la gelosia e la paura che aveva provato. Continuava a non sapere altro di quella notte, se non che doveva essere stata terribile.

L'aveva capito dall'ombra sul volto di Gabor la mattina successiva, perciò non si era affatto stupita quando Claire era scomparsa, qualche settimana dopo. Era già tutto scritto. La notizia della sua morte l'aveva fatta piangere, ma non l'aveva colta di sorpresa. Claire aveva suggellato il proprio destino nel momento in cui aveva guardato Gabor con quell'odio gelido. Era quella la realtà in cui si era ritrovata a vivere lei, che a poco a poco aveva finito per accettarla, dando alla luce il figlio di Gabor e vedendo di quanto amore – e di quanta sofferenza – fosse capace anche lui. Gabor era l'uomo più intelligente e interessante che avesse mai incontrato. Le aveva aperto le porte del mondo, facendo sì che la vita le sorridesse come un'unica, immensa promessa.

A una certa distanza dalla riva una barca si muoveva nel buio. Alicia ascoltò di nuovo i rumori che arrivavano da fuori e guardò l'ora. Le dieci e cinque, troppo tardi per telefonare. Le serate di Gabor erano sacre. Al diavolo... le aveva affidato un incarico, e lei aveva diverse domande da fargli. Gabor rispose al primo squillo, cordiale e amichevole. Il Gabor *buono*, quello a cui era legata.

«La settimana scorsa abbiamo dimenticato il compleanno di Jan» le disse subito. «Avrebbe diciannove anni, come certamente ricordi.»

«Non mi pareva che ci fosse molto da festeggiare,

comunque mi sono seduta nel patio con una candela accesa.»

«Hai fatto bene. Hai qualcosa da riferirmi su Rekke?»

Alicia rifletté.

«Ha detto di ringraziarti.»

«Ringraziarmi?»

«Per averlo risvegliato dal suo sonno di Biancaneve» disse, anche se non erano state proprio quelle le sue parole. «È molto malridotto» aggiunse.

«Può essere malridotto quanto vuoi, ma non bisogna mai sottovalutarlo. Ha fatto qualche osservazione?»

Ha visto la mia vergogna, pensò Alicia. *Per chi prova rimorso c'è sempre speranza.*

«Niente di particolare» rispose invece.

«Allora le ha tenute per sé. Legge la gente come un libro aperto.»

Come te, Gabor, pensò Alicia. Proprio come te.

«Lo ammiri?» gli chiese.

«Vede con chiarezza, e questo mi affascina.»

Ma soprattutto lo odi, pensò Alicia.

«C'è qualcosa che dovrei sapere sulla morte di Ida Aminoff?» chiese, quasi trattenendo il respiro.

«Sembrava una ragazza interessante» rispose lui. «Un po' indisciplinata, ma attraente.»

L'hai uccisa tu?, avrebbe voluto chiedergli Alicia.

«Perché mi hai mandata a portargli la collana?» disse.

Gabor rimase un attimo in silenzio.

«Volevo restituirgliela» rispose poi.

«Sul serio, Gabor. Perché?»

«Sapevo che si stava occupando di noi.»

«Davvero?»

«Sì, mi è arrivata una segnalazione, ho verificato e ho trovato informazioni inaspettate. Per il momento è solo un sospetto, ma sto cercando conferme. Ha a che fare con Jan.»

«Ah» rispose Alicia, non osando chiedere altro.

Poi decise di passare al vero motivo della telefonata.

«Mi ha chiamata Samuel Lidman.»

Gabor inspirò a fondo.

«Sul serio? C'era da aspettarselo, immagino. Cosa voleva?»

«Sostiene di avere prove fotografiche che Claire è viva ed è stata a Venezia.»

Gabor restò in silenzio, respirando affannosamente. Quando riprese, nella sua voce non c'era più la gravità, l'odio trattenuto di prima, mentre parlava di Rekke. Sembrava quasi divertito, incuriosito.

«Ma guarda.»

«Sì, una vera follia. A ogni modo, ho appuntamento con lui domani alle nove, per tastargli il polso.»

«Spostalo» disse Gabor. «Vengo a Stoccolma, voglio incontrarlo di persona. Forse...»

Esitò.

«Forse verrò accompagnato.»

Alicia rimase sorpresa. Non perché non sarebbe arrivato da solo – aveva sempre nuove amanti da sfoggiare –, ma perché voleva vedere Samuel di persona. Di solito solo i ricchi e i potenti avevano l'onore di incontrarlo.

«Posso chiederti come mai?»

«Penso che si rivelerà stimolante.»

«Ce la fai per l'una?»

«Penso di sì» rispose.

Poi Alicia chiese con una certa durezza: «Chi è la fortunata, questa volta?»

«Non è come credi, ti spiegherò tutto. Prima però voglio chiederti un'altra cosa.»

Alicia si morse le labbra.

«Ho indagato sulla situazione personale di Rekke, e sono saltate fuori notizie più interessanti del previsto» proseguì Gabor.

«Ah sì?» commentò Alicia preoccupata.

«Pare che Rekke abbia una socia, una ragazza sveglia, a quanto ho capito. Una poliziotta di sani principi, una combattente, non una viziata nata con la camicia come lui.»

Non vorrai prendertela anche con lei?, pensò Alicia.

«Non l'ho vista.»

«Sì, l'avevo capito. La cosa interessante, però, è che ha un fratello con cui è ai ferri corti, che odia Rekke e la sua influenza sulla sorella. Si chiama Vargas, Lucas Vargas. Ho fatto due chiacchiere con lui e mi è sembrato aperto a eventuali suggerimenti» disse Gabor, anche se intendeva che era pronto a lasciarsi comprare.

«Non ti pare che Rekke abbia già sofferto abbastanza?»

«Non quanto noi.»

«Cosa vuoi che faccia?»

«Parla con il fratello. Si è creata una situazione intrigante, io nel frattempo cercherò conferma alle informazioni che ho trovato.»

«Come vuoi, Gabor» disse Alicia. «D'accordo. Ma...»

Non concluse la frase. Si limitò ad augurargli una buona serata e si mise al lavoro. Rimandò l'appuntamento con Samuel Lidman e parlò a lungo con Lucas Vargas, che la sorprese con il suo fascino e il suo umorismo. Le ricordava un pochino Gabor, anche se in una versione primitiva. Poi richiamò Gabor. Mentre parlava, fissava il buio fuori dalla finestra e pensava: Cosa sto facendo, in realtà? Cosa sto facendo?

29

Il cellulare di Rekke vibrò, facendolo sobbalzare. Quando rispose però non c'era nessuno, e la cosa sembrò turbarlo. Chiamò subito Julia. Gli disse che stava dormendo – erano le undici meno dieci – perciò lui si scusò e riattaccò.

«Perché hai chiamato Julia?» chiese Micaela.

«Non lo so nemmeno io.»

«Non riesco a togliermi dalla testa la collana che ti hanno restituito.»

«Eh?»

Rekke giocherellava con il cellulare, come se volesse fare un'altra telefonata.

«La collana.»

«È stata una grande sorpresa.»

«Hai detto che c'erano degli elementi sospetti nella morte di Ida Aminoff.»

«Sì.»

Rekke non sembrava molto loquace.

«Che elementi?» insistette Micaela.

«Un segno rosso sul collo, come ti ho detto, poco sotto l'attaccatura dei capelli.»

«La polizia cosa pensava?»

«Che poteva risalire a quando la collana si era strappata.»

«Strappata?»

«Era una delle ipotesi.»
«A me pare un elemento molto sospetto.»
«Poteva anche esserselo procurato da sola, quel segno. Faceva fatica ad aprirla, il fermaglio era scomodo, e quando era ubriaca perdeva facilmente la pazienza.»
«È stata dichiarata morta per overdose, vero?»
«Sì, per soffocamento da overdose. Aveva alti livelli di oppioidi e anfetamine nel sangue. Oltre a un tasso alcolemico dell'1.6, e tieni conto che era minuta. Una causa di morte verosimile.»
«Ma non certa?»
Rekke rimase un attimo in silenzio, armeggiando con il cellulare.
«Secondo il medico legale sì. Non c'erano segni di lesioni.»
«Ma tu cosa pensavi?» chiese Micaela.
«Non ero del tutto convinto. Però non avevo voce in capitolo.»
«Hai potuto vedere il corpo?»
«Sì, sono rientrato subito da Helsinki e ho insistito per vederlo. Ma è stata una cosa veloce, all'obitorio di Solna. Mi hanno fatto uscire quasi subito.»
«Hai avuto il tempo di notare qualche dettaglio?»
Rekke si voltò verso di lei.
«Forse uno. Mi ero informato un pochino, e ho fatto un gesto irrispettoso. Le ho rivoltato le labbra.»
Sul viso gli comparve una rapida smorfia, come se vedesse davanti a sé il cadavere.
«Sapevo che è molto difficile, quasi impossibile, stabilire che qualcuno è stato soffocato, se al momento dell'omicidio era incosciente o semincosciente. In mancanza di graffi o lividi evidenti, bisogna cercare tracce piccolissime, praticamente invisibili.»
«E non era stato fatto?»
Rekke sorrise, improvvisamente più presente.

«Non con l'attenzione che in seguito sono arrivato a considerare una virtù.»

«E cos'hai visto, sotto le labbra di Ida?»

«Una piccola emorragia nel frenulo superiore. Poteva suggerire dei movimenti disperati della lingua e dei denti, ma era talmente modesta che mi sono lasciato convincere dal medico legale.»

«Anche se in realtà del tutto convinto non eri...»

«Avevo il sospetto che si trattasse di un omicidio mascherato da morte per overdose. Però non avrei potuto dimostrarlo agli investigatori, ed ero troppo disperato e insicuro per insistere.»

«Niente dna?»

«All'epoca non esisteva il test.»

«Nessuna ferita da difesa?»

«Solo dei lividi sulle spalle, che però potevano risalire a qualche ora prima. E segni di lotta nell'appartamento. Un vaso di fiori sul pavimento, rotto. La polizia pensò che fosse stata Ida a rovesciarlo.»

«A parte quello, l'appartamento era in ordine?»

«Più o meno. I vestiti di Ida erano sparsi dappertutto come al solito, ma qualcuno aveva passato l'aspirapolvere da poco e aveva ripulito con cura il comodino e l'abat-jour.»

Micaela lo guardò sorpresa.

«Non riesco a capacitarmi che tu abbia lasciato correre.»

«Eppure è così.»

«E perché l'hai fatto, secondo te?»

«Forse non volevo andare fino in fondo, o non ne avevo la forza. Ma non è impossibile...» Rekke fece una pausa, con un sorriso malinconico. «Non è impossibile che sia andata un po' come con te e tuo fratello.»

«Cioè?»

«Credevo di aver lasciato perdere. E invece ha influenzato tutta la mia vita.»

«In che senso?»

«Ho smesso di fare concerti, ho iniziato a studiare psicologia e mi sono specializzato in tecniche di interrogatorio.»

«Capisco» disse Micaela, bevendo un sorso di vino. «C'era qualche testimonianza che consapevolmente o inconsapevolmente ti aveva lasciato perplesso?»

Rekke si scostò i capelli dalla fronte.

«Sì» rispose. «Ce n'era una in particolare che non mi convinceva per niente.»

«Quale?»

«Quella di William Fors.»

Micaela trasalì. «William Fors della Nordbanken?»

«All'epoca era solo uno studente di economia, ma sì, stiamo parlando della stessa persona.»

«Potrebbe esserci un legame con la scomparsa di Claire Lidman, secondo te?»

«C'è qualcosa che mi disturba nell'apparizione improvvisa della collana. Prima di morire, Ida era andata a un matrimonio a Djurgården al quale partecipavano tutti quelli che conoscevo, mancavo solo io. A quanto pare, Wille fu il peggiore della compagnia: bevve troppo, fece lo spaccone e ci provò. Lei lo prese in giro, e lui la seguì quando tornò a casa. Lei lo mandò a quel paese, ma lui non mollò. A un certo punto si misero a litigare per la collana. O almeno così sostenne lui.»

«Quindi Ida ce l'aveva ancora al collo?»

«Sì. Pare che lui mentre stavano rientrando le abbia detto che era molto bella e chiesto quanto era costata, e pare che lei l'abbia presa male e si sia messa a sbraitare che l'avrebbe buttata nella baia perché non sopportava le smancerie e i complimenti fasulli.»

«Quindi è sua questa versione?»

«Sì, e a posteriori sembra quasi che volesse far credere che fosse stata lei a disfarsi della collana. Qualcosa nelle sue dichiarazioni mi suona sempre più falso.»

«Morovia era a Stoccolma, quella sera?»

«Non ho trovato niente che lo lasci supporre, per quanto abbia cercato. Ma adesso ho intenzione...» Si alzò.

«Di verificare meglio?» suggerì Micaela.

«Sì. Mi è venuta un'intuizione su come procedere. E secondo la mia collega e inquilina non devo dubitarne» disse Rekke.

Poi se ne andò con un sorriso, sempre con il cellulare in mano e l'espressione preoccupata.

Julia si svegliò presto. Aveva fame, ma la combatté immaginando di danzare leggera su un pontile in riva al mare. Ripreso il controllo delle sue sensazioni, fu pervasa da una vaga euforia che le palpitava nel petto come una farfalla. La luce del giorno filtrava sotto il bordo inferiore della tenda.

La pioggia picchiettava debolmente sul vetro. Guardò Lucas: finalmente era rimasto a dormire, invece di andarsene come le altre volte. Eppure lei non si sentiva a suo agio, e non dipendeva solo dal ceffone della sera prima. Lucas aveva fatto avanti e indietro tra l'appartamento e le scale per buona parte della notte, parlando al telefono. Era in atto una piccola crisi di famiglia, le aveva spiegato, e lei aveva immaginato che si trattasse della sorella di cui le aveva detto. Ma qualcosa non tornava, lo sentiva.

Lucas dormiva sulla schiena, russando leggermente. Lei si spostò verso il bordo del letto, improvvisamente a disagio di fronte alle sue spalle possenti. Non sapeva bene cosa fare. Ovviamente la sera prima non stava dormendo, quando l'aveva chiamata suo padre. Era che non voleva parlargli davanti a Lucas. Una sola sillaba avrebbe portato alla catastrofe: nessuno sapeva leggere i toni di voce come suo padre. Forse però poteva sgusciare fuori e richiamarlo, sarebbe stato bello sentire la sua voce e sfogarsi un po'. Ma no, non era possibile. Non poteva raccontargli del ceffone, avrebbe mal interpretato tutto. In fondo era una sciocchezza, e Lucas era di cattivo umore per i casini in famiglia.

Era sicura che si sarebbe sistemato tutto. Quella notte erano stati bene, tra una telefonata e l'altra. E Lucas le aveva promesso una sorpresa extralusso come risarcimento di tutto quello scompiglio: nel fine settimana sarebbe rimasto con lei, senza telefono. Pensò che sarebbe stato un peccato rovinare l'atmosfera.

Sentì una mano sulla spalla. Lucas si era svegliato e la guardava con il suo sorriso più smagliante, quello che riusciva quasi a spazzare via ogni preoccupazione.

«Buongiorno.»

Anche lei gli fece un sorriso, chiedendosi se fosse il caso di baciarlo, per dimostrare che non era successo niente. Alla fine si accontentò di un: «Buongiorno.»

«La mia splendida ragazza» disse Lucas.

Julia sospirò e gli chiese: «Cosa facciamo oggi?»

«Ce la godiamo» rispose lui. «Ce ne andiamo in albergo. Ti piace lo champagne?»

«Sì» rispose lei senza grande entusiasmo, anche se forse dipendeva dalla quantità di calorie che conteneva.

«Faccio solo un paio di telefonate, poi prepariamo i bagagli e ci muoviamo.»

«Prima devo vedere mio padre.»

«Ma dai, nemmeno lo sopporti» disse Lucas. «Oggi siamo solo tu e io.»

«D'accordo» disse Julia. «Tu e io.»

Poi si avvinghiò a lui, anche se le richiese uno sforzo inaspettato.

30

Samuel Lidman, rasato di fresco e con il suo completo migliore, si fermò a bere una birra mattutina in un bar di Birger Jarlsgatan. In tasca aveva una copia della foto.

Non ce la faccio, mormorò tra sé. Non ce la faccio. Anche se non sapeva bene nemmeno lui a cosa si riferiva. Forse era solo in ansia per l'incontro con Alicia Kovács, oppure stava reagendo a ciò che gli aveva raccontato Rebecka Wahlin sul libro che si vedeva nella foto.

O forse stava iniziando a rendersi conto che quella della foto era davvero Claire, e quindi che sua moglie lo aveva abbandonato e se ne andava in giro per il mondo a leggere libri sugli scacchi, come se lui non fosse mai esistito. Era troppo. Ordinò un'altra birra, sempre più furioso con tutto e tutti, anche con Micaela Vargas. Era stata lei a riconoscere il libro, eppure non gliel'aveva detto, come se non lo riguardasse. Bel comportamento, pensò prendendo il cellulare. L'animazione con cui Micaela rispose lo colse di sorpresa.

«Salve, Samuel, stavo proprio per chiamarla.»

«Ho anch'io...»

«Abbiamo scoperto una cosa» lo interruppe lei.

«Lo so» rispose lui offeso, per poi lanciarsi in una lunga tirata sul fatto che evidentemente l'amore per gli scacchi di Claire superava quello per lui.

Micaela sembrava aspettarlo al varco.

«Quindi Lev Polugaevsky era una persona importante per Claire?» chiese.

«Eh? Sì, certo. Se parliamo di scacchi, lo preferiva perfino a Kasparov.»

«Non ricorda altro della sera in cui Claire incontrò Gabor Morovia?»

Samuel se la vide davanti mentre si chiudeva in bagno, pallida e scossa, ma a differenza delle altre volte quel ricordo non gli suscitò alcuna tenerezza. Anzi, colse qualcosa di insincero nel volto che sfuggiva ai suoi baci.

«Era una puttana traditrice» sibilò.

«Mi scusi?»

«Mi ha rovinato la vita.»

«Sì, ma...» disse Micaela, scioccata.

Samuel riattaccò. Si alzò con una smorfia e uscì in strada barcollando, mentre altri ricordi gli sfilavano nella mente. Quasi a prendersi gioco di lui, la maggior parte mostrava Claire nuda e bellissima. Ma lui aveva solo voglia di gridare e litigare, non di stringerla a sé. Passando davanti a un negozio, per la rabbia strappò via un cappello grigio da un manichino esposto sul marciapiede.

«Cosa fai?» gli strillò dietro qualcuno.

«Odio i cappelli» rispose lui proseguendo verso il Dramaten e chiedendosi come diavolo ammazzare il tempo che lo separava dall'incontro con Alicia Kovács in Strandvägen.

Micaela restò con il cellulare in mano e guardò perplessa Rekke, appena uscito dal suo studio. Indossava gli stessi vestiti del giorno prima, jeans e una camicia scura sempre più stropicciata. Aveva gli occhi ridotti a due fessure, segno che quella notte non aveva dormito. Forse non aveva preso i soliti tranquillanti. Quando si ravviò i capelli, notò che gli tremavano le mani.

«Ho appena parlato con Samuel Lidman.»
Lui la guardò. «Cos'ha detto?»
«Che Claire era una puttana traditrice.»
«Piuttosto strano, in effetti.»
«La pianti di fare l'ironico?» ribatté Micaela, irritata nel vedere che non prendeva la cosa sul serio.
«Certo, come vuoi» rispose Rekke. «Ti va di parlarne?»
«Adesso sembri un cazzo di psicologo.»
«*Sono* un cazzo di psicologo.»
«E allora cos'hai da dire sul fatto che il nostro affabile atleta all'improvviso sembra uscito di testa?» chiese Micaela, in tono più gentile.
Rekke la invitò a sedersi. Micaela l'aveva già notato: non riusciva a stare seduto, se lei rimaneva in piedi.
«In realtà ero stupito che il nostro affabile atleta non fosse furioso, quando ci ha raccontato di Claire e della foto.»
«In che senso?»
«Sembrava convinto che tutto sarebbe tornato a posto, se solo fosse riuscito a trovarla. Ma difficilmente avrebbe potuto finire bene. Non si può recuperare un rapporto, dopo un fatto del genere.»
«Non sei un po' troppo pessimista? Sembrava pronto a passare sopra a qualsiasi cosa.»
«Non è sempre una buona soluzione.»
«Pensi che possa esplodere?» Micaela si fermò a riflettere. «O forse è già successo?»
Rekke allargò le braccia. Evidentemente non voleva fare supposizioni. Micaela ripensò alla foto: la donna con il libro sugli scacchi, i turisti giapponesi.
«Ieri mi stavi dicendo che secondo te Claire... che secondo te la donna non era sola in piazza San Marco.»
«Per un attimo ho avuto quell'impressione.»
«Potrebbe avere un altro uomo. Il che renderebbe tutto più complicato.»

«È possibile, certo, ma mi domando piuttosto...»
Micaela si sporse verso di lui. «Cosa?»
«Se lo sguardo della donna non sia un po' troppo ansioso, per far pensare a un uomo.»
«Sei riuscito a cogliere l'ansia, in una foto così sfuocata?»
«C'è qualcosa di contraddittorio nei suoi movimenti.»
«Hai accennato a una vecchia lesione.»
«C'è anche qualcos'altro. Un'aria allo stesso tempo determinata e protettiva. Te lo ricordi, no? La donna si gira come per guardare indietro.»
«Perciò pensi che...?»
«Più che un uomo, un amante, direi che alle sue spalle c'era un ragazzino.»
Micaela pensò a Rebecka Wahlin, che aveva avuto l'impressione che Claire fosse rimasta incinta poco prima di sparire, mentre una domanda prendeva forma nella sua mente. Capì subito che sarebbe stato impossibile rispondere, ma la fece lo stesso: «Quanti anni potrebbe avere?»
Sorprendentemente, Rekke la prese sul serio.
«Direi sui dodici o tredici anni.»
Micaela lo guardò a bocca aperta.
«Stai scherzando?»
«Se fosse più piccolo lo terrebbe per mano, in un posto come piazza San Marco. Se fosse più grande non avrebbe quello sguardo ansioso.»
«E secondo te potrebbe essere...?»
Figlio di Samuel, voleva dire, ma non terminò la frase. Era decisamente troppo presto per fare congetture. E forse era solo un sogno a occhi aperti, un improvviso desiderio di lieto fine.
«Sarebbe bello se Samuel insieme a Claire ritrovasse anche un figlio.»
«Vedi?» rispose Rekke. «Ho l'inquietante capacità di suscitare speranze vane.»

Salutò Micaela con un cenno e tornò nel suo studio. Per un attimo rimase fermo ad ascoltare: anche lei uscì dalla cucina, con quel ritmo in ottave puntate che gli piaceva tanto. Quanto erano diversi i suoi passi da quelli di Ida Aminoff! Se Micaela era una marcia che nessuno poteva fermare, Ida era un assolo jazz che in qualsiasi momento poteva prendere una direzione inaspettata e sparire. Per questo l'indagine su di lei era stata così complicata: c'è sempre qualcosa di imprevedibile in una ragazza che davvero avrebbe potuto gettare un gioiello inestimabile nella baia di Djurgårdsbrunn.

Rekke aveva passato la notte a rileggere i suoi appunti sul caso, ed era stato peggio che immergersi in un vecchio diario. Le sue mancanze, la sua inadeguatezza bruciavano come chiodi nella carne. Non si capacitava di aver lasciato perdere: era chiaro che mancavano informazioni fondamentali. Non significava per forza che Ida fosse stata uccisa, ma era una vergogna che nessuno si fosse premurato di sapere cos'era successo nelle sue ultime ore. Era stata trovata sul letto con una scarpa ancora al piede e la mano destra posata sul collo, come se le fosse mancato il respiro. Dall'espressione si capiva che aveva sofferto.

La porta non era chiusa a chiave. Qualcuno avrebbe potuto tranquillamente infilarsi in casa e ucciderla – o aiutarla a morire – per poi rubare la collana. Qualcuno che avrebbe anche potuto essere Morovia, o una persona mandata da lui. Un vicino aveva dichiarato di aver sentito dei passi nelle prime ore dell'alba, e forse anche dei rumori nell'appartamento.

Tra tutti quelli che avrebbero potuto presentarsi da Ida in piena notte, il più probabile era William Fors. Rekke lo aveva incontrato pochi giorni dopo, in un bar del centro. Era sconvolto, quasi non riusciva a parlare. E si vergognava di qualcosa, era evidente. Rekke aveva annotato: «È laconico, imbarazzato; improbabile come assassino. Ma sembra nascondere qualcosa. Dice che l'ha salutata davanti al Nordiska Museet e che lei si è diretta verso Djurgårdsbron, per tornare a casa in Torstenssonsgatan. Sostiene che era completamente sfatta e minacciava di gettare la collana nella baia. Continua a chiedere scusa, dice che avrebbe dovuto lasciarla in pace, che era innamorata di me e lui lo sapeva.»

Rekke era deluso dai suoi appunti. Non c'era niente di rilevante, nessuna osservazione precisa. L'ultima frase, poi, era del tutto inutile. Invece di chiedersi se davvero William nascondeva qualcosa – o almeno perché gli avesse dato quell'impressione – si era rifugiato nell'unica consolazione che aveva trovato, la conferma che Ida lo amasse. La gioventù è una condizione imperdonabile.

Probabilmente però aveva visto giusto. William non aveva detto tutto. Poteva provare a parlargli ora, ma come si convince qualcuno a rivangare qualcosa che preferirebbe dimenticare? Gli si dà qualcosa in cambio, si disse.

Si alzò di scatto, determinato ad agire. Purtroppo però la morte di Ida non era la sua unica preoccupazione. Mentre usciva dallo studio ripensò a Julia e alla telefonata della sera prima. La chiamò: nessuna risposta. Riprovò una seconda volta, e poi una terza, sempre più preoccupato. Alla fine decise di passare da casa sua. Magari aveva semplicemente il cellulare spento.

Julia era in piedi davanti allo specchio. Sarebbero andati a festeggiare a Trosa, le aveva detto Lucas. Non vedeva l'ora di partire, nonostante tutto, ma non era soddisfatta di quello che vedeva. Aveva un'aria infantile, con quelle guance tonde e quegli occhi da bambola. Per non parlare della pancia, poi, più evidente che mai. Come se non bastasse, le bruciava la guancia sinistra. Lo zigomo era coperto da un livido. Devo trovare una buona spiegazione, si disse uscendo dal bagno. Si bloccò al centro del soggiorno, colta da un presentimento: e se l'avesse picchiata di nuovo?

Ma no, si era chiaramente trattato di un episodio isolato. Forse però avrebbe dovuto fargli capire più chiaramente che era stato orribile. Quasi una forma di violenza, mormorò tra sé. Era ovvio che non era uno che picchiava le donne, però... avrebbe dovuto parlare con lui, dirgli che non si spiegava perché fosse successo.

«Lucas» chiamò.

Nessuna risposta. Stava armeggiando con il cellulare, e qualcosa nel suo modo di muoversi, nella tensione delle braccia, la spinse a cambiare idea. Non c'era motivo di mettersi a discutere proprio adesso che stavano per partire per il fine settimana, no? Lo abbracciò da dietro, ma lui pensò che volesse guardargli il cellulare e la spinse via. Lei ci rimase male, ma si sforzò di sorridere.

«Sei pronto? Ho preparato i bagagli e mi sono fatta bella» disse sperando in un complimento.

Lucas invece non la degnò di uno sguardo. Si limitò a dire che doveva telefonare a una persona, poi sarebbero partiti. Uscì sulle scale e scese di un piano. Anche se non avrebbe dovuto, Julia andò a origliare. Lucas parlava in inglese. Il suo accento terribile la portò a riflettere sulle condizioni così diverse in cui erano cresciuti, ma una frase la costrinse addirittura a trasalire. «Dovete garantirmi che non le farete del male.» Chi non doveva fare del male a chi? Stava cercando di risolvere la piccola crisi di famiglia, o era di lei che stava parlando? Si avvicinò ancora un po' e continuò ad ascoltare. Lucas disse: «Sì, sì, grande!» Poi si rilassò, si mise a ridere e ripeté più volte: «Wow, fantastico!» Forse la sua allegria avrebbe dovuto rassicurarla, ma c'era qualcosa nella sua risata che non le piaceva. Una sorta di durezza, come se qualcuno fosse destinato a pagare un prezzo. Quando Lucas si allontanò, rientrò e tornò in bagno.

Era una condanna. Più era insoddisfatta del suo aspetto, più veniva attirata dallo specchio. Ci si mise proprio davanti, vicinissima, ripensando alle parole di Lucas. *Dovete garantirmi che non le farete del male.* Forse avrebbe dovuto andarsene, invece rimase lì come paralizzata. Nascose il livido con il correttore, poi si truccò ancora e riprese a guardarsi la pancia e le cosce, pizzicandosi la pelle. Cosa sto facendo?, si chiese con improvviso disgusto. Era umiliante, sì, avrebbe dovuto andarsene e chiamare suo padre.

Quando sentì i passi di Lucas sulle scale, uscì dal bagno. Lo osservò preoccupata. Non riusciva a capire cosa gli passasse per la testa. Lui la ignorò, diretto in cucina, scarabocchiò qualcosa su un post-it e se lo infilò in tasca. Dopodiché sorrise e la baciò, facendola sentire subito meglio. Non del tutto a posto, ovviamente, ma un po' più tranquilla. Anche se una parte di lei continuava a pensare che avrebbe dovuto andarsene, uscì insieme a Lucas. In ascensore, lui tirò fuori il cellulare con un gesto solenne.

«Cosa stai facendo?» gli chiese.

«Lo spengo. Adesso siamo solo io e te.»

Lei fece la stessa cosa, poco convinta. Lucas se ne accorse e le accarezzò i capelli. Poi però le prese il cellulare e lo mise via con il suo.

«Non vedo l'ora.»

Sapeva di dopobarba.

«Anch'io» rispose lei.

Lucas le posò un braccio attorno alla vita e la guidò verso la sua Audi cabrio parcheggiata proprio sotto casa. Era una mattina splendida, senza una nuvola in cielo, e forse malgrado tutto sarebbe stato un bel fine settimana. L'aria era già tiepida, e poco lontano suonava un'orchestrina. Sembrava un giorno di festa.

Julia guardò Narvavägen, come per fare il pieno della città prima di partire per la campagna. Vide una sagoma inconfondibile in fondo al marciapiede, e trasalì. Avrebbe avuto voglia di correre a gettarsi tra le sue braccia, ma fu l'istinto di fuga a prevalere.

«Andiamocene» disse. «Mi pare che stia arrivando mio padre.»

«Dove?» chiese Lucas con una tensione che non le piacque affatto.

«Laggiù» rispose Julia indicandolo con un dito.

Come se all'improvviso gli fosse venuta fretta, Lucas le aprì la portiera, si sedette al volante e partì con una brusca accelerata che le annodò lo stomaco.

31

Una parata di vecchi decrepiti, veterani dello sbarco in Normandia. Sembravano avere tutti almeno cent'anni: qualcuno zoppicava, altri erano in sedia a rotelle. Avrebbero dovuto essere a casa, con una coperta sulle gambe.

Lungo la costa erano attraccate alcune navi militari, e la tribuna pullulava di alti dignitari. Uno spettacolo imponente, non c'era dubbio, ma Dio santo, quanto odiava quel genere di cerimonie! C'era sempre un che di pomposo e fasullo che gli faceva venire voglia di mettersi a urlare qualche oscenità.

Tra poco sarebbero passati anche i caccia, con buona pace della sua emicrania da sbornia. Che idiota era stato a bere tanto, la sera prima. Tutta colpa di Hans – e di Gabor Morovia. L'inquietudine che gli era rimasta addosso lo aveva spinto a scolarsi una birra dopo l'altra. La prossima volta avrebbe bevuto solo vino, decise posandosi una mano sullo stomaco. E intanto avrebbe trovato una soluzione, non era uno che mollava. Era un combattente.

Sotto di lui stava succedendo qualcosa. Il presidente Chirac, seduto in prima fila accanto alla regina Elisabetta, si era alzato in piedi. Stavano per distribuire le solite onorificenze e cazzi vari, per poi tenere il solito discorso controverso come una predica della domenica. Peccato non essere riuscito a svignarsela, avrebbe preferito farsi una birretta per combattere i postumi della sbornia. Era una noia mortale.

Ancora inquieto, si guardò attorno sulla tribuna. Dov'era Putin, a proposito? Forse non gli andava di ammettere che gli Alleati avevano contribuito a sconfiggere Hitler. No, eccolo, in prima fila accanto a re Harald. Doveva andare a salutarlo. Si erano incontrati spesso quando era primo ministro di Eltsin, e di sicuro anche lui conosceva Morovia. Probabilmente si davano una mano a vicenda nel depredare le risorse della Russia.

Kleeberger gli batté una mano sulla spalla. Cosa diavolo voleva?

«Hai visto la pelata di Chirac?»

Magnus sapeva benissimo cosa stava cercando di ottenere: attenuare il suo complesso di inferiorità trovando difetti in persone più potenti di lui. In genere gli dava corda: sì, Schröder sembra un ubriacone, Berlusconi ha la faccia di plastica, Tarja Halonen ricorda una maestrina in pensione, ma quel giorno proprio non ci riusciva.

«Non l'ho notata» rispose secco. Che lo volesse o meno, continuava a vedersi davanti Gabor Morovia che si chinava in avanti e faceva qualcosa di terribile.

Sotto casa, Rekke incrociò la signora Hansson che rientrava con un paio di sacchetti dell'Ica. La aiutò e le chiese come andava la sua gotta. Lei rispose che non si poteva lamentare, e che era *tanto* contenta che Micaela fosse tornata.

«Forse adesso le cose si sistemeranno un po'.»

«Forse.»

«Vai a fare una passeggiata?»

«Pensavo di fare un salto da Julia» rispose Rekke con un sorriso, come se si trattasse di una visita innocente.

La salutò, e tornò a precipitare nell'inquietudine. Era inutile provare a liquidarla come irrazionale. Ricordava le braccia di sua figlia mentre si ritraeva dal suo abbraccio, sottili come zampe di ragno. Ormai a giudicarla era uno sguardo più severo del suo, che fosse di lei stessa o di qualcun altro.

Mentre camminava, Rekke si mise a fissare un signore con una giacca a quadri sul marciapiede opposto, concentrandosi sui dettagli fisici che potevano rivelare qualcosa della sua vita. Questa volta però a interessarlo non era l'uomo, ma il proprio sguardo. Non c'era qualcosa di inquietante, in quell'attenzione ai dettagli? Più fissava le scarpe dell'uomo, per esempio – numero quarantasei, ci avrebbe scommesso –, più il mondo attorno a lui spariva e le scarpe diventavano sempre più grandi. Ovviamente sapeva a cos'era dovuto: era il modo in cui il suo cervello si sforzava di non perderle di vista, ma era anche uno scherzo degli occhi che distorcevano la visione. Probabilmente succedeva la stessa cosa anche a Julia: guardava le singole parti del proprio corpo con un'attenzione tale da farle apparire più grandi di quanto non fossero. Era il meccanismo tipico dei disturbi alimentari. Rekke ripensò alla sua voce, quando l'aveva chiamata la sera prima. Aveva qualcosa che non andava, ne era sicuro, e quella certezza lo spinse ad accelerare il passo.

In Karlaplan, il rombo di una brusca accelerata, un ululato sempre più forte che passava da un la a un do diesis, lo costrinse ad alzare lo sguardo. Un'auto sportiva rossa sparì lungo Karlavägen. Niente di strano, a Östermalm gli uomini gonfi di testosterone che si mettevano in mostra con i loro bolidi erano uno spettacolo comune. Eppure qualcosa in quel rombo e nell'aspetto dell'auto lo mise di cattivo umore, mentre percorreva l'ultimo tratto che lo separava dal portone di Julia.

In ascensore aleggiava una traccia di profumo e dopobarba. Una coppia, probabilmente giovane, doveva averlo appena usato. Sempre più cupo, Rekke scese al quinto piano e suonò il campanello. Come aveva già intuito, non c'era più nessuno.

Micaela fece il giro dell'appartamento, ma Rekke non c'era. Preoccupata, chiamò la signora Hansson, che la tranquillizzò subito. L'aveva appena visto, voleva passare a trovare Julia e le era sembrato di buonumore.

«Non te ne andrai, vero?» chiese poi l'anziana donna.

«Non lo so» rispose Micaela.

«Ha bisogno di te.»

Le venne voglia di chiederle se i *suoi* bisogni contavano qualcosa, in quella casa.

«Non sono sicura che lo stesso valga per me.»

«Però ti scuote, non è così?»

«Quando riesce a tenere il naso fuori dall'acqua. Altrimenti mi fa solo impazzire.»

«Fa impazzire tutti quanti. Però ogni tanto ci lascia senza fiato.»

«Ha ragione» ammise Micaela.

«E in fondo ti piace.»

Micaela non rispose.

«Sai, è un incorreggibile gentiluomo, se per caso te lo chiedi» proseguì la signora Hansson, criptica.

Che noia, pensò Micaela.

«Non mi interessa granché» disse.

«Ti chiedo scusa.»

Micaela stava riflettendo su un'altra cosa.

«Lei si è presa cura di Magnus e Hans, quando erano piccoli. Si ricorda di un ragazzino, un certo Gabor Morovia?»

La signora Hansson non rispose.

«Aspetta» disse. «Sto salendo.»

32

Rekke aveva le chiavi del nuovo appartamento di Julia, ma non le avrebbe mai usate senza il suo permesso, come invece faceva sua madre quando era un ragazzo. Entrava senza tanti complimenti e si metteva a frugare dappertutto, quasi fosse la cosa più naturale del mondo. Forse anche per quello lui aveva sviluppato la capacità di capire immediatamente se qualcuno era stato in casa sua, prima ancora che il cervello fosse consapevole di quello che avevano registrato i sensi.

A ogni modo, aveva giurato di rispettare la privacy di Julia. Però... Era un padre, e i padri infrangono continuamente i loro principi, fa parte del mestiere. Aprì la porta, e dalla scia di profumo e dopobarba capì che Julia e il suo nuovo ragazzo erano appena usciti. Forse erano proprio loro che si erano allontanati con quel rombo assordante. In quel caso avrebbe avuto già due elementi, l'odore del tipo e il suono della sua auto. Poteva essere un inizio, e avrebbe trovato altro se si fosse messo a curiosare.

L'appartamento era in perfetto ordine, anche questa una caratteristica che si era acuita negli ultimi tempi, forse come conseguenza della dieta stretta. *Ordo ducit ad ordinem.* L'ordine conduce all'ordine. Letto rifatto, piatti sporchi nella lavastoviglie, piano di lavoro immacolato. Sul tavolo erano impilate tre copie del *Dagens Nyheter*, con accanto un blocchetto di post-it.

Okay, pensò, vattene. Non è il caso che tu ti metta a frugare nei cassetti e nel ripostiglio. Poi però gli cadde lo sguardo su una leggera impronta rimasta sul blocchetto, una parola e due cifre, 52, sembrava. Forse un indirizzo. Riusciva a distinguere una grossa H irregolare all'inizio, e poi una b e una g altrettanto irregolari. Non leggeva altro, ma era sicuro che non fosse stata Julia a scrivere. La grafia era di un uomo, e aveva qualcosa di svolazzante e trasandato allo stesso tempo. Nel 1975 era stato introdotto un nuovo tipo di grafia nelle scuole elementari, più semplice e privo di ornamenti. Per esempio, le g per evitare gli occhielli non dovevano più essere legate alla lettera successiva, mentre quella g era decisamente legata, e anche le altre lettere non mostravano segni tipici della nuova grafia. Quindi la persona che aveva scritto quell'appunto, se era cresciuta in Svezia, doveva appartenere a una generazione precedente a quella di Julia. Quindi il suo nuovo ragazzo era molto più grande di lei. Non era necessariamente una cosa negativa, ma nemmeno positiva.

Rekke staccò il post-it e provò a chiamare sua figlia – ancora una volta senza risposta.

La signora Hansson arrivò tutta elegante, in pantaloni di lino bianchi e golfino di cachemire blu troppo pesante per quella stagione. Si toccò la schiena come faceva quando era preoccupata, poi mise a scaldare l'acqua per il tè.

«Hans ha parlato di Gabor Morovia?» chiese.

«Il nome è saltato fuori in relazione a un vecchio caso di cui ci stiamo occupando» rispose Micaela.

La signora Hansson abbozzò un sorriso.

«Quindi state di nuovo lavorando a un caso?»

«Sembrerebbe di sì.»

«Mi fa piacere, lo aiuterà. Era così anche da bambino, non appena trovava un mistero da risolvere si animava» disse la signora Hansson.

Poi si sedette. Sembrava stanca.

«Come sta, Sigrid?» le chiese Micaela.

«Insomma» rispose. «Di sicuro non sto diventando più giovane, e ne ho viste di tutti i colori, nella mia vita. Anche se la storia di Morovia probabilmente è tra le peggiori.»

Micaela si sedette di fronte a lei.

«Quindi lo conosce?»

La signora Hansson si passò una mano sulla fronte, battendo nervosamente le palpebre.

«Ho seppellito il gatto di casa che aveva bruciato vivo e ho passato diverse notti sveglia per paura che desse fuoco anche alla casa. Ma lo conoscevo già da prima, quando la famiglia pensava che fosse solo un ragazzino dotato come tanti.»

«E non lo era?»

«Decisamente no» rispose, alzandosi per mettere in tavola il tè e alcuni scone. «Ma ci abbiamo messo un po' a capirlo. All'inizio sapevamo solo che il dottor Brandt lo aveva visto partecipare a un torneo di scacchi a Vienna e ne era rimasto impressionato, quasi ammaliato. Sognava che lui e Hans diventassero amici, per sfidarsi e stimolarsi a vicenda. E sono convinta che avesse solo buone intenzioni.»

«Capisco.»

«Ma era destino che finisse male. Gabor aveva succhiato con il latte materno l'odio contro i Rekke.»

«L'ho sentito dire.»

«Fu Harald, il padre di Hans, a rendersi conto della situazione. Fece scoppiare un putiferio. Coinvolse la polizia e i servizi sociali, che piombarono all'ambasciata ungherese di Vienna. Ma ormai era troppo tardi, Gabor si era trasferito e nessuno voleva dire dove. In seguito si seppe che il dottor Brandt lo aveva aiutato a ottenere una borsa di studio a Bonn. Harald non lo perdonò mai e ruppe ogni rapporto.»

«Sa che fine ha fatto da allora?» chiese Micaela.

La signora Hansson versò il tè.

«Sono l'unica a essere rimasta in contatto con il dottor Brandt, perciò so più di chiunque altro della famiglia.»

«E può parlarmene?»

«Non ne sono sicura.»

«Come mai?»

La signora Hansson posò lo scone che stava sbocconcellando.

«Ho preferito risparmiare a Hans questa informazione.»

«Perché?»

«Ho sempre pensato che Gabor prima o poi si sarebbe rifatto vivo, e ho cercato di evitare che Hans provasse anche solo un minimo di empatia. Lo avrebbe reso debole.»

«Mi sembra improbabile, con quello che è successo.»

La signora Hansson fece un sorriso rassegnato.

«Con Hans non si sa mai, riesce a immedesimarsi con chiunque. Niente di ciò che è umano gli è estraneo. *Homo sum, humani nihil a me alienum puto*, come ripete sempre. A te posso raccontarlo, ma devi promettermi di non dirgli niente.»

«Glielo prometto» rispose Micaela, non del tutto convinta.

«Le cose andarono più o meno come ci si poteva aspettare» proseguì la signora Hansson. «Gabor fece una brillante carriera accademica e fondò una società di grande successo. Però giravano voci strane: alcune persone della sua cerchia erano sparite o morte all'improvviso, tanto che lo stesso dottor Brandt si era pentito di essersi interessato a lui. Poi accadde una cosa che cambiò tutto.»

«Cosa?»

«Gabor aveva molte relazioni, e spesso i suoi avvocati dovevano mettere a tacere qualche accusa di aggressione. Ma aveva anche una donna che restava sempre al suo fianco, nella buona e nella cattiva sorte, Alicia Kovács. Una sua compatriota di cui era stato professore a Londra. I due ebbero un figlio, un bambino bellissimo, pare, che si distingueva sia negli studi che nello sport. Gabor lo amava al punto da voler chiudere con la criminalità organizzata con cui collaborava da tempo in Russia.»

«E lo fece davvero?»

«Non lo so. So solo che si fece ancora più nemici. Un giorno, nel febbraio del 1994, qualcuno piazzò una bomba sotto la sua limousine, a San Pietroburgo. La bomba però era difettosa, e solo metà della macchina esplose. Gabor sopravvisse, anche se con estese ustioni al busto e alle gambe. Il figlio, invece, non se la cavò. Morì tra le braccia del padre. E il padre diventò ancora più spietato.»

«Brutta storia» commentò Micaela, pensierosa.

«Quello che mi preoccupa di più è che Jan, il figlio, avrebbe la stessa età di Julia, se fosse ancora vivo.»

«Morovia non può certo incolpare Rekke della morte del figlio.»

«Forse no, ma ha una vera e propria fissazione per Hans. Se devo essere sincera...»

La signora Hansson si toccò di nuovo la schiena.

«Sì?»

«Ho sempre avuto paura che Gabor se la prendesse di nuovo con Hans accampando una scusa qualunque. È la persona più crudele che abbia mai incontrato. Ti ho detto che aveva torturato il gatto, prima di dargli fuoco?»

«No.»

«E aveva solo dodici anni! Con il tempo... non mi va nemmeno di ripetere quello che si racconta. La cosa migliore toccata a chi ha deciso di testimoniare contro di lui è stata una pallottola in testa. Altri hanno avuto la stessa sorte del gatto.»

«So qualcosa in proposito.»

«È una persona spaventosa, Micaela. Ed è intelligentissimo, un vero genio. Promettimi che Hans non ricomincerà a pestare i piedi a Gabor Morovia.»

«Farò il possibile» rispose Micaela, sentendo i passi di Rekke sul pianerottolo.

Appena entrato, Rekke capì che Micaela e la signora Hansson stavano parlando di lui ma non ci diede peso, malgrado il tono serio delle voci. Si chiuse nel suo studio ed esaminò meglio l'impronta sul post-it giallo. Non si vedeva granché, non doveva essere stata esercitata una grande pressione sul blocchetto. A ogni modo gli sembrava di leggere *Hög*-qualcosa-*gatan 52*, e nella parte illeggibile forse una ä che avrebbe potuto far pensare a una Högbärsgatan. Non aveva mai sentito una via con quel nome, però. Che fosse un errore di trascrizione?

Esisteva invece una Högbergsgatan, a Söder. Controllando in internet scoprì che al numero 52 c'era una scuola elementare. Niente di sospetto, quindi. Forse era solo una paranoia. In fondo su cosa si basava la sua ansia? Un segno sul polso di Julia, la sua aria bellicosa, la sua voce preoccupata al telefono e la bugia che quasi sicuramente gli aveva raccontato, e poi un uomo che doveva avere almeno trent'anni e scriveva in un modo che lasciava sospettare una certa megalomania. Ma la grafologia non è una scienza esatta, ed è normale che le figlie raccontino bugie ai padri, quando hanno visite maschili. Forse era davvero solo una paranoia paterna.

L'oppressione al petto e la tachicardia gli impedivano di concentrarsi. Era in astinenza. Avrebbe dovuto calarsi qualcosa, ma esitava. Voleva essere un genitore responsabile. D'altra parte, cosa ci guadagnava Julia se lui non riusciva a pensare lucidamente? Meglio efficiente che pulito, decise.

Mentre andava verso il bagno sentì Micaela parlare al telefono, accennando a un appuntamento all'una, e si fermò. Lei si accorse della sua presenza e assunse un'aria quasi furtiva, come se l'avesse sorpresa a fare qualcosa di proibito.

«Sei stato da Julia?» gli chiese senza guardarlo negli occhi.

«Sì, ma non era a casa. Stai uscendo anche tu?»

«Devo vedere la sorella di Claire Lidman, Linda.»

«Come mai?»

Alle sue spalle, la signora Hansson trafficava in cucina. Era più rumorosa del solito, anche se ogni tanto sembrava prendersi una pausa. Quando mise i bicchieri nella lavastoviglie, lui sentì un tintinnio in do diesis.

«Voglio la conferma che Claire è viva.»

«Addirittura.»

«Tranquillo, lo dedurrò, non ho intenzione di chiederglielo direttamente.»

«Ci sono novità?»

«Kaj Lindroos l'ha chiamata ieri sera, era parecchio nervoso e sembrava aver bevuto.»

«Forse anche lui ha guardato troppo a lungo quella foto.»

«Si direbbe.»

«Vuoi compagnia?»

Micaela sembrava indecisa, confermando la sua impressione che avesse scoperto qualcosa che non voleva condividere con lui. Prestò di nuovo attenzione ai movimenti della signora Hansson, nella speranza di ottenere qualche informazione dai rumori che produceva.

«O te la cavi meglio da sola?» buttò lì.

«Non saprei» rispose Micaela.

«Io penso di sì» concluse Rekke dandole una pacca sulle spalle.

Doveva combinare qualcosa anche lui. Non poteva restare a macerarsi per Julia, aveva altro da fare. Ora che aveva riavuto la collana e trovato alcune incongruenze nella vecchia testimonianza di William Fors, intuiva un collegamento, una linea che dalla morte di Ida Aminoff arrivava alle trattative tra la Nordbanken e Axel Larsson e alla scomparsa di Claire Lidman. Era di quello che doveva occuparsi, non del ragazzo di sua figlia. Chiuse un attimo gli occhi, poi andò in bagno a passo deciso e aprì l'armadietto per rimettersi un po' in forma.

33

Mentre si dirigeva verso il memoriale del cimitero americano in Normandia, Magnus notò un uomo di mezza età con i capelli ricci e scuri che si stavano diradando sulle tempie: lo conosceva, ma non riusciva a dargli un nome.

Il tizio sembrava esageratamente popolare, tutti volevano salutarlo. Possibile che fosse un pezzo grosso di cui non aveva mai sentito parlare? Impossibile, su quello nessuno era aggiornato quanto lui. Quando lo riconobbe, sbuffò d'impazienza. Era Tom Hanks. Un *attore.* Corri, Forrest, corri, pensò allontanandosi dalla calca.

Non sopportava l'entusiasmo per i divi di Hollywood. Era perfino peggio della mania per i reali, le persone perdevano proprio la testa, volevano tutte un selfie. Però... forse c'era una speranza. Vide arrivare un uomo minuto, con i capelli radi e le guance incavate, che non prestava la minima attenzione a quello scompiglio. O almeno fingeva di ignorarlo. Sospettava che anche a lui piacesse quel genere di cose, solo che Tom Hanks era troppo liberale e rammollito per i suoi gusti. Putin di sicuro preferiva più muscoli e azione, gente come Steven Seagal.

«Vladimir Vladimirovič!» esclamò Magnus a voce un po' troppo alta, seminando il panico tra le guardie del corpo, perché si stava avvicinando troppo rapidamente per i loro gusti o perché il suo richiamo era stato eccessivamente confidenziale. Per mostrarsi più rispettoso, ma anche perché a Putin piaceva sfoggiare il proprio tedesco, si affrettò ad aggiungere un: «Herr Präsident!»

«Magnus.»

Non poté evitare di sentirsi lusingato all'idea che uno degli uomini più potenti del pianeta lo chiamasse per nome. Aveva anche lui la sua dose di vanità, doveva ammetterlo. Ma non fu l'unico a essere colpito da quella familiarità. Con la coda dell'occhio vide la folla, e forse perfino Forrest Gump, che si apriva per far passare il presidente russo e li guardava.

La stretta di mano fu un po' fiacca, ma pazienza.

«Come stai?» chiese.

La risposta fu accompagnata da un sorrisetto vigile ma divertito: «Impegnato.»

«Ti vedo in splendida forma.»

L'espressione di Putin diceva che aveva sentito la stessa solfa tutto il giorno.

«E congratulazioni per la vittoria alle elezioni» proseguì Magnus. «Non c'è stata gara, eh?»

«Ormai è acqua passata.»

«Pensavo di chiamarti a proposito di un comune...» Esitò. Come doveva definirlo? Era un *comune amico* o un *nemico comune*? Rimanevano molti punti oscuri sull'attentato a lui e a suo figlio. «Di una persona che conosciamo entrambi» si corresse.

«Chi?»

«Gabor Morovia.»

Una ventata gelida passò sul volto di Putin. Per fortuna non aveva detto amico o conoscente: era chiaro che Putin lo odiava. Un secondo dopo però scoppiò a ridere, imitato da tutti gli altri, anche quelli che non potevano sapere di cosa si trattava.

«Hai qualche problema con lui?»

«Potrei averne» disse sinceramente Magnus.

Putin si sporse verso di lui con uno sguardo difficile da decifrare.

«E allora sparagli.»

Era una battuta, ovviamente, eppure a Magnus vennero i brividi. Non solo perché era una risposta inaudita per uno degli uomini più potenti del pianeta, ma anche perché quelle parole davano voce a un suo sogno segreto. Che sollievo sarebbe stato, se Morovia fosse sparito portandosi tutti i segreti nella tomba. Forse fu per quello che la sua risposta fu del tutto inappropriata per un sottosegretario svedese: «Non potreste pensarci voi?»

«Ci stiamo lavorando» disse Putin con un sogghigno. Magnus rise sonoramente, nel caso qualcuno avesse sentito, o peggio ancora li stesse registrando.

Ormai però Putin e la sua piccola corte si stavano già allontanando. In un attimo di debolezza Magnus si domandò se non fosse meglio aggiungere un ulteriore complimento, magari a proposito di una partita di hockey o una battuta di pesca... Ma no, in fondo un po' d'orgoglio ce l'aveva. A differenza degli idioti che seguivano Forrest Gump.

Rallentò il passo per aspettare Kleeberger e il primo ministro, improvvisamente di ottimo umore. Era una bella botta di fortuna, che Morovia non fosse nelle grazie di Putin. In teoria quei due avrebbero dovuto andare d'amore e d'accordo, ma si sa che due galli in un pollaio... Di sicuro aveva a che fare con il figlio di Morovia. Chi avrebbe osato una cosa simile, se non i fedelissimi di Putin? Si voltò per raccontare tutto a Kleeberger, ma poi cambiò idea. Non erano affari suoi.

Decise di non dire niente e riprese a camminare serio e pensoso verso il memoriale, dove il presidente Bush stava per tenere un discorso.

Rekke era uscito e Micaela era irrequieta e incuriosita. Prima dell'appuntamento con Linda Wilson, all'una, aveva un po' di tempo e non riuscì a trattenersi. Entrò nello studio di Rekke per vedere cosa lo aveva tenuto occupato tutta la notte.

Sembrava aver lavorato parecchio. La scrivania era coperta di vecchi fascicoli pieni di appunti illeggibili, e uno era aperto alla pagina di un vecchio interrogatorio di William Fors.

«Fors ammette di essere stato ubriaco e un po' fuori di testa. Aveva appena ricevuto un'eredità e aveva le tasche piene di soldi. A un certo punto si è messo a rollare sigarette con le banconote. Ha anche annaffiato di champagne le pareti e l'abito di Ida Aminoff. Poi le ha chiesto di poter bere dalla sua scarpa, offrendole duemila corone per il disturbo. Ammette di aver esagerato, dice di capire che lei si sia arrabbiata, ma afferma che questo non le dava il diritto di rubargli il portafoglio. A domanda risponde di non essere sicuro che sia stata davvero lei a rubarglielo. Ammette che potrebbe averlo perso, era molto ubriaco e un po' fissato con lei. Sostiene che si dava arie da regina di Saba con quella collana e che lui voleva rimetterla al suo posto. Assicura però che non le ha fatto del male, che si è limitato a rincorrerla quando è andata via. Dice che non c'era niente di strano in quel comportamento, Ida Aminoff faceva girare la testa un po' a tutti. Aggiunge che aveva la sensazione che potesse succederle qualcosa, che lei doveva sempre esagerare.»

Meno male che era lei a esagerare, pensò Micaela. Dio santo, annaffiare di champagne le pareti e rollare sigarette con le banconote. Provò una rabbia immotivata, ricordando i soldi che le aveva chiesto sua madre, ma anche quelli che le dava suo padre quando era piccola, quasi sentendosi in colpa perché non erano di più.

Uscì sbattendo la porta. Rekke si occuperà da solo di queste stronzate da ricchi, si disse infilandosi il giubbotto di jeans. Poteva anche arrivare un po' in anticipo da Linda Wilson.

Non c'era molto traffico sulla E4, e Lucas premeva sull'acceleratore. A centoquaranta, guardò Julia e allungò una mano verso di lei. Assurdo quant'era bella, con i capelli di un biondo ramato scompigliati dal vento. Avrebbe dovuto portarla a Husby. Niente da dire su Natali, la sua ragazza, ma di sicuro non aveva la stessa classe. Sarebbero stati tutti invidiosi di lui. Cazzo, che ragazza ha rimorchiato Lucas, avrebbero pensato.

Però doveva stare attento. Una come Julia comportava delle tentazioni. Era un vaso maledettamente prezioso, gli faceva venire voglia di averla e allo stesso tempo di distruggerla.

Era così fragile ed elegante che gli faceva prudere le dita, ed era già arrivato una volta vicino al limite. La sera prima, mentre lei dormiva e lui la guardava alla luce che entrava dalla finestra, le aveva stretto le mani al collo. C'era qualcosa di terribilmente eccitante in quel gesto, una specie di risucchio allo stomaco. Per fortuna si era fermato in tempo.

Forse non era nemmeno Julia che avrebbe voluto uccidere. Forse in realtà era Micaela, e chi avrebbe potuto rimproverarglielo? Lo mandava fuori di testa. Dopo tutto quello che aveva fatto per lei, voleva sbatterlo in galera. Se non fosse stato per sua madre e per Vanessa l'avrebbe strozzata, e non si poteva certo dire che non l'avesse avvisata. Ma lei da quell'orecchio proprio non ci sentiva, doveva a tutti i costi rovinare tutto. E non si limitava ad agire da sbirra, usava quello che sapeva di lui per distruggerlo. Doveva fargliela pagare.

Era per questo che gli serviva Julia. Era un campo minato, farle male sul serio sarebbe equivalso a un suicidio. Ma il piano era lasciare che si innamorasse di lui per dimostrare a Micaela che non le conveniva sfidarlo. Altrimenti sarebbero capitate delle cose. Solo che non era sicuro di potersi fidare di sé. Julia gli risvegliava dentro qualcosa di oscuro.

Quel collo sottile, quella bocca, l'espressione di una ragazza che aveva avuto tutto eppure – o forse proprio per quello – tremava per un nonnulla. Era irresistibile. E poi, la ciliegina sulla torta, suo padre. Che tipo... Non c'era da stupirsi che avesse dei nemici.

E si sa come va il mondo: i nemici dei tuoi nemici sono tuoi amici. Aveva parlato a lungo con un'affascinante avvocatessa che gli aveva offerto dei soldi, un mucchio di soldi, per mettere Rekke sotto pressione. Voleva delle foto di lui e Julia insieme, qualcosa con cui minacciarlo. Gli aveva offerto anche una villa a Trosa per il fine settimana.

A quanto aveva capito doveva essere da sogno, con champagne e leccornie nel frigo. Una proposta allettante, forse perfino troppo. Alicia, l'avvocatessa, gli aveva assicurato un supporto legale, se qualcosa fosse andato storto. Certo però che non avrebbe potuto fare granché, se lui avesse perso il controllo come la sera prima. Doveva andarci piano. Tenere le mani a posto.

E non ci sarebbero stati problemi, non era la prima volta che la passava liscia semplicemente perché era più sveglio degli altri. Soddisfatto, si guardò nello specchietto retrovisore. Era anche un bel ragazzo, aveva fascino. Poteva avere tutte le donne che voleva, e nessuno osava più tentare di fregarlo. Il pensiero di quanto era riuscito a costruire lo spinse a superare il limite, come una specie di ricompensa.

Premette ancora di più sull'acceleratore e la lancetta del contachilometri balzò a centosettanta. Julia si irrigidì, quasi che l'acceleratore fosse collegato direttamente al suo sistema nervoso.

«Potresti rallentare?» gli chiese.

«Scusami, amore, mi sono lasciato prendere la mano» disse, ed era vero. Gli erano passate per la testa immagini di ogni genere. Le strinse il polso, forte, come faceva spesso. Se solo sapessi quanto sei preziosa, piccola ragazzina viziata, pensò. Provava di nuovo la tentazione di terrorizzarla a morte.

34

Linda Wilson si inginocchiò e iniziò: «Padre nostro, che sei nei cieli...» Non andò oltre, la schiena le faceva troppo male. Stirò le braccia fino a sentir scrocchiare le scapole. Anche quella era pur sempre una risposta alle sue preghiere. Erano mesi che era tesa come una corda di violino, e non c'era niente di strano.

Doveva essere successo qualcosa di terribile a sua sorella, anche se nessuno parlava chiaro. In realtà nessuno sapeva niente di sicuro. Nei momenti migliori riusciva a convincersi che fosse solo un lungo silenzio, uno dei tanti a cui li aveva sottoposti Claire nel corso degli anni. Ma quel giorno la paura era tornata a farsi sentire, più forte che mai. Aveva appena ricevuto una visita che le aveva dato motivi di preoccupazione, e presto ce ne sarebbe stata un'altra, sempre della polizia.

Si alzò, soddisfatta di aver ceduto solo per un istante. Molti anni prima Claire era giunta alla conclusione che pregare era assurdo, se si pensava alla complessità del mondo e alla quantità di destini su cui Dio avrebbe dovuto intervenire per esaudire un unico desiderio. Ne avevano riso entrambe e si erano giurate di non farlo più, e lei aveva mantenuto a lungo l'impegno. Se si era rivolta a un dio, era stato Dioniso: aveva bevuto e vissuto come se non ci fosse un domani.

Eppure, quando si era trovata in difficoltà la religione aveva ripreso il sopravvento. Non aveva assorbito nessuna delle cose buone del cattolicesimo, ma con quelle negative era sempre andata a nozze: senso di colpa, vergogna, la certezza di essere condannata. Quel giorno poi andava peggio che mai. Aveva bisogno di un bicchiere, o anche due o tre, ma soprattutto aveva bisogno di un segno di vita.

«Ti prego, Claire, fammi avere tue notizie» mormorò.

Poi andò a versarsi un gin tonic. Aveva una cucina moderna, ristrutturata dieci anni prima, ma il resto dell'appartamento era pieno di mobili dell'Ottocento. Comprava e vendeva antichità vittoriane, senza guadagnare granché. Di soldi ne aveva a sufficienza. Claire le aveva lasciato più di quanto le servisse: forse non era morta sul serio, ma il suo testamento era stato eseguito e lei poteva permettersi di vivere in centro a Stoccolma, non lontano da Östermalmstorg.

Non era quello che si aspettava mentre passava da un lavoro saltuario all'altro in vari bar e ristoranti, o quando era andata in prepensionamento a soli quarant'anni per i problemi alla schiena. Perciò no, non avrebbe dovuto lamentarsi. Era diventata qualcuno solo grazie al fatto di essere sorella di Claire. Ma quel legame aveva comportato anche altro: un mondo di spie, messaggi cifrati, emissari segreti e una perenne paranoia. Ogni volta che stava per abituarcisi succedeva qualcosa che mandava tutto all'aria, e lei non riusciva più a dormire, non riusciva più a pensare, e odiava Claire. La odiava e la amava allo stesso tempo.

Quando suonarono alla porta, imprecò tra sé. Non adesso. Aveva fatto in tempo solo a sparecchiare dopo la visita di Lars Hellner. Prima di aprire, si guardò allo specchio dell'ingresso con un sospiro. Aveva gli occhi infossati e spaventati. E sembrava un'alcolizzata.

«Un attimo» disse in direzione della porta. Era vestita decentemente, pantaloni di cotone e una camicetta nera ben stirata. Poteva mentire ancora una volta. Almeno in quello non la batteva nessuno.

«Arrivo» gridò. «Arrivo.»

Di fronte a Linda Wilson, Micaela si sentì piccola piccola. Linda era alta e robusta, con lineamenti delicati e grandi occhi svegli in un viso segnato. La somiglianza con Claire era evidente: una versione più rozza e leggermente più anziana, ma lo stesso sorriso.

L'appartamento sembrava uscito da un altro secolo: a una parete era appeso un dipinto a olio che raffigurava Gesù appena deposto dalla croce, e dappertutto c'erano sedie e scrivanie antiche.

Micaela sapeva che da giovane la madre delle due sorelle – sposata con un ingegnere inglese che le aveva lasciate presto – aveva fatto una vita scapestrata. Dopo essere stata ricoverata per dipendenza da eroina in un istituto religioso, si era convertita al cattolicesimo ed era diventata sempre più fanatica nella sua fede. Rebecka Wahlin non era stata la prima a sostenere che la madre aveva avuto un'influenza decisiva, e distruttiva, sulle figlie.

«Che bella casa» disse.

«Mah, io la trovo parecchio opprimente» rispose Linda, ed era sincera. Poi la invitò a sedersi davanti al caminetto su una poltroncina di legno scuro con un'imbottitura verde decisamente troppo sottile.

«Cosa voleva chiedermi?»

Non c'era nulla di apertamente aggressivo nella domanda, ma Micaela fu presa in contropiede e si lanciò in una lunga spiegazione, non molto convincente, che si concluse con la descrizione del suo incontro con l'ispettore Lindroos.

«Gli ha messo in testa idee strane» disse Linda.

«Mi spiace.»

«Adesso sostiene che Claire sia viva. È assurdo, oltre

che poco rispettoso nei miei confronti. Ogni volta è una ferita che si riapre. Ed è stato proprio lui ad assistere all'identificazione, in Spagna.»

Micaela annuì.

«Era ubriaco?» chiese poi con simulata preoccupazione.

«Sobrio non era di sicuro. Mi ha perfino proposto di uscire a bere qualcosa.»

Micaela ricordò l'occhiata che le aveva lanciato appena l'aveva vista alla stazione di polizia di Bergsgatan.

«Inizio a credere che sia una sua abitudine.»

Linda si aprì in un sorriso inaspettato.

«Ci ha provato anche con lei?»

Micaela allargò le braccia.

«Forse dovrei sentirmi lusingata, ultimamente non ricevo molti inviti del genere» proseguì Linda. «Tornando alle cose serie, è una situazione che non mi fa bene.»

«Non volevo mettere in moto qualcosa di doloroso» rispose Micaela, mentre Linda la osservava con un certo sospetto. «Ha mai sentito dire che Claire è ancora viva?» proseguì.

«Sono quattordici anni che sopporto le fantasie di Samuel.»

«Ma niente da altre fonti?»

«No, non direi.»

Micaela percepì un cambiamento nella voce e buttò lì nel tono più neutro: «Mi interessa ciò che accadde poco prima della sua scomparsa.»

«A chi non interessa...»

«E quindi?»

Linda assunse un'aria offesa.

«Lo sapete meglio di me, cosa accadde. Era minacciata e ricattata.»

«Da chi?»

«Da Axel Larsson, naturalmente, e da quella società ungherese, la Cartaphilus.»

«Le ha mai parlato del titolare, Gabor Morovia?»

A sentire quel nome, un'ombra passò sul volto di Linda, velocissima ma inequivocabile.

«Non saprei.»

«Ci pensi bene.»

«In effetti mi pare di sì.»

«In che termini?»

«Disse che in un primo momento sembrava sostenerla, prendersi cura di lei. Si conoscevano fin dai tempi dell'università ed era stato lui, prima di chiunque altro, a farle capire che i mercati finanziari sarebbero crollati. Claire... o meglio, noi eredi abbiamo guadagnato molti soldi, grazie a quell'uomo. Aveva una visione molto chiara.»

Una visione molto chiara.

«Ma poi...» la incitò Micaela.

«Poi i rapporti sono diventati tesi. Claire aveva paura di lui.»

«Le ha mai fatto del male?»

«Qualcosa dev'essere successo. Aveva sempre incubi, soffriva di mal di stomaco, e aveva iniziato a guardarsi alle spalle per strada.»

«Voleva incastrarlo?»

«Non lo sapremo mai, immagino.»

«Ma è stato a causa di Morovia che è fuggita?»

«Suppongo sia stato per tutta una serie di motivi.»

«Tra cui anche Samuel?»

Linda esitò a rispondere e guardò l'ora. Evidentemente non le piaceva la piega che aveva preso la conversazione.

«Forse.»

«Perché?»

«È bello essere amati, ma dev'esserci un limite.»

«Però...» iniziò Micaela.

«Però cosa?»

«Lasciarlo così, senza una spiegazione... È stato un gesto molto duro.»

«Forse non aveva scelta» disse Linda con una voce più profonda. All'improvviso tutte le altre risposte sembravano di circostanza, semplici formule vuote, come se Micaela senza rendersene conto si fosse avvicinata a qualcosa che assomigliava alla verità. A quel punto si domandò come andare avanti.

«Ha mandato un'unica cartolina a Samuel prima di... morire» disse, facendo deliberatamente una pausa prima di concludere la frase. «Per caso ha scritto anche a lei?»

«Nemmeno una riga.»

«Eppure poco prima di sparire le aveva mandato una lunga lettera, no?»

«Secondo Samuel, sì. Io però non l'ho mai ricevuta, malgrado i suoi colleghi abbiano fatto l'impossibile per trovarla, come certamente saprà. Anche le poste hanno aperto un'indagine. Ma sto ancora aspettando.»

«Scriveva sempre lettere così lunghe?»

Linda accennò un sorriso ambiguo.

«Voleva farmi da mamma.»

«Ah sì?»

«Già, anche se in realtà era la sorella minore. In un certo senso era comprensibile, nostra madre non era un granché.»

«In che senso?»

«In tutti i sensi. Ci ha riempite di sensi di colpa sufficienti per una vita intera. Claire fin da piccola si è scelta il ruolo della persona ragionevole, mentre io...»

«Mentre lei?»

«Io ero la sbandata.»

«Anche questa è una soluzione.»

«È vero, e più io uscivo di testa, più Claire diventava diligente. Le mie debolezze l'hanno resa forte.»

Micaela pensò a sua madre, e a suo fratello Simón che per tutta la vita aveva reagito alle difficoltà lasciandosi andare, mentre lei stringeva i denti e lottava.

«So di cosa parla» disse.

Linda la guardò incuriosita.

«Però dall'altro lato della barricata, o mi sbaglio?» chiese Linda.

«Forse ha ragione. Ma è stata dura anche per me.»

Linda abbozzò un sorriso.

«Può sempre provare a cambiare.»

«Ci sto lavorando» disse. Poi si riscosse e tornò al punto. «Quindi, che lei sappia, Claire non aveva in mano nessuna informazione particolare su Gabor Morovia? Qualcosa che potesse costituire un pericolo per lui?»

«Non saprei» rispose Linda. «Ma è possibile.»

«Ha accennato a qualcosa?»

«In un certo senso.»

Linda sembrava sulla difensiva, se non addirittura spaventata.

«Non è meglio se mi racconta tutto?»

«Aveva un'amica che è morta lo stesso autunno in cui Claire è scomparsa.»

«Sofia...»

«Esatto, Sofia Rodriguez. Ne ha sentito parlare? Studiavano insieme, ed erano entrambe molto vicine a Morovia. Lo idolatravano, si potrebbe dire. Ma a un certo punto Sofia volle sganciarsi e passò delle informazioni alla polizia spagnola. In realtà non dovrei raccontarle queste cose...»

«Perché?»

Linda esitò.

«Perché non ne so molto. Se non che Sofia fu trovata morta nel suo letto, nella casa bruciata. Ciò che rimaneva di lei indicava che il fuoco era partito dai suoi piedi. E che era stata legata, la posizione delle mani lasciava intendere qualcosa del genere.»

«Come se fosse stata torturata.»

«Già.»

«E Claire pensava che fosse stato Morovia?»
«Non l'ha detto esplicitamente, ma me l'ha lasciato intuire.»
Micaela si sporse in avanti. «E ovviamente Lindroos e la sua squadra hanno indagato a fondo su questa storia» disse in tono accusatorio.
Linda le rivolse uno sguardo acceso.
«Non Lindroos.»
«Ma altri sì, vero?»
Linda distolse lo sguardo. Sembrava riflettere.
«Ho sentito dire che collabora con un professore, uno che pare sappia interpretare segni invisibili.»
Micaela si mise sulla difensiva.
«Sta cambiando argomento.»
«Per niente. Sto solo cercando di riflettere. Chiederò che vi contattino. Anzi, è possibile che ci stiano già pensando.»
«Di chi sta parlando?»
Linda si passò le mani sulle gambe.
«Non posso dirglielo.»
«Ma è preoccupata per qualcosa, vero?» chiese Micaela.
«Forse.»
«Le va di parlarmene?»
«Voglio che se ne vada.»
«Cosa?»
Micaela non riusciva a capire quell'improvviso cambio di tono.
«Perché?»
«È meglio così. Forse ci risentiremo, ma adesso ho bisogno di stare sola.»
Micaela cercò qualcosa da aggiungere per prolungare la visita.
«La foto della donna a Venezia...»
Linda si alzò.

«Non voglio sentire altro.»

«Rekke, il professore con cui lavoro, crede che quella donna si stia voltando verso qualcuno a cui tiene molto. Ha idea di chi possa essere?»

«Grazie della visita» rispose Linda.

Le porse la mano. E lei si alzò, capendo che era il momento di andarsene. Aveva la sensazione che la donna stesse per prendere una decisione difficile.

Rekke chiamò Julia: il cellulare era spento. Imprecò tra sé e mandò un sms a Lovisa. Forse era solo con lui che non aveva voglia di parlare. Forse la madre distaccata le creava meno problemi del padre ansioso, forse preferiva un'indifferenza rassicurante a una fastidiosa preoccupazione.

Era uscito a fare una passeggiata a Djurgården e dappertutto vedeva genitori con i figli, apparentemente spensierati. Era la zona più turistica della città, tra il museo all'aperto di Skansen, il ristorante Hasselback e il parco giochi di Gröna Lund. C'era un bel sole, e lui era sempre più accaldato e di cattivo umore. Högbergsgatan 52, pensò. Poteva essere in un'altra città. Appena tornato a casa avrebbe controllato, ma ora doveva trovare una strategia per parlare con William Fors.

Era sicuro che ci fosse sotto qualcosa. Il solo fatto che all'epoca avesse ammesso di essersi comportato da coglione a quella festa, con tutte le sue patetiche spacconate, era sospetto: William non era tipo da riconoscere i propri errori, non lo era mai stato. Invece con quelle dichiarazioni sembrava quasi voler dimostrare la propria sincerità, nonostante diverse stranezze che ora, a distanza di anni e senza l'inesperienza che aveva compromesso il suo giudizio, gli apparivano evidenti. Probabilmente Morovia ricattava William, come suggeriva anche il suo comportamento durante le manovre per la spartizione del patrimonio di Axel Larsson.

Ora Rekke doveva scegliere bene le parole, dimostrare di essere un esperto di tecniche di interrogatorio nella pratica oltre che nella teoria. Anche se onestamente... non credeva di poterci riuscire. Era in preda all'astinenza e si sentiva a pezzi.

Però nemmeno William doveva essere al massimo della forma. Aveva un paracadute che doveva valere almeno trenta milioni di corone e il suo solito fascino da venditore d'auto, ma le offerte di lavoro certo non erano fioccate.

O la va o la spacca, si disse Rekke. Poi prese il cellulare e lo chiamò.

«Pronto.»

«Wille? Sono Hans Rekke.»

«Hans.»

Fors decisamente non sembrava entusiasta della telefonata. Rekke si chiese se non fosse il caso di incoraggiarlo un pochino con una bella sviolinata, capace di sciogliere la lingua a chiunque. Decise che non ne aveva la forza.

«Mi spiace disturbarti, ma credo che dovremmo parlare di Claire Lidman e Ida Aminoff.»

La telefonata stava andando di male in peggio, per Fors.

«Perché? Secondo te c'è qualche collegamento tra loro?» chiese.

«Direi di sì, per quanto possa sembrare strano. Hanno avuto a che fare con gli stessi uomini a una decina d'anni di distanza.»

«Che uomini?»

«Tu e Gabor Morovia. Siete per caso amici?»

«Decisamente no.»

Fors sembrava scioccato.

«Hai ragione, non è facile fare amicizia con Morovia. Allora forse ti ha suggerito cosa dire alla polizia?»

«Adesso mi offendi.»

«Davvero?»

«Ho detto a te e alla polizia tutto quello che sapevo. Non capisco perché ci torni sopra dopo tutti questi anni.»

«Ricordi la collana di Ida?»

«Certo» rispose Fors imbarazzato.

«Sei l'ultimo che gliel'ha vista al collo.»

«Non credo proprio» rispose Fors. Un rumore in sottofondo rivelò che aveva urtato qualcosa, forse una lampada.

«*Nostri nervi loquuntur.*»

«Cosa?»

«I nostri nervi parlano. Sai, qualcuno gliel'ha strappata. Con una brutalità di cui solo ora mi rendo conto.»

«Cosa intendi con solo ora?»

Fors sembrava veramente sconvolto.

«Il segno rosso sul collo di Ida» rispose Rekke. «Mi ha sempre tormentato, c'era qualcosa che non tornava. All'epoca gli investigatori non lo presero sul serio. Era troppo superficiale, un graffio profondo pochi millimetri, e non sembrava nemmeno corrispondere al fermaglio della collana. Ma trascurarono due particolari: primo, la collana poteva essere stata strappata post mortem, e secondo, poteva essere stata strappata a due mani, suddividendo la pressione.»

«Cosa stai cercando di dire?»

«Che adesso vedo una nuova versione, riesco a leggerla in filigrana nel verbale del tuo interrogatorio. Fin dall'inizio hai cercato di far credere che Ida si fosse liberata della collana. Ma la tua testimonianza aveva uno scopo preciso, William.»

«Non capisco di cosa tu stia parlando.»

«Io credo di sì, invece. So che hai mentito, ma se non sei stato tu a ucciderla giuro che ti lascerò in pace. Diversamente, non ti darò scampo.»

«Mi stai minacciando, Hans?»

«Direi di sì, e la cosa stupisce anche me, in genere sono

fin troppo gentile. A ogni modo, penso che dovremmo vederci al più presto.»

«No, non posso.»

«Sì che puoi. Sono a Djurgården, e sto per andare al Kungliga Motorbåt Klubb a bere un caffè. Raggiungimi lì» disse Rekke.

Non è andata poi così male, pensò chiudendo la telefonata.

Samuel scendeva lungo Strandvägen pensando a Claire. Non era più arrabbiato, e nemmeno amareggiato: stava semplicemente riflettendo, come se volesse capire meglio un nuovo lato di lei. L'aveva conosciuta a una festa a Bromma, quasi quindici anni prima. Lui era stato invitato per una questione di forma, perché aveva costruito un paio di tavolini su misura per il padrone di casa, un arrogante manager della Alfred Berg Investments. Niente di strano quindi che si sentisse un po' sperduto, tra tutti quei pezzi grossi della finanza. Si era trovato un angolino in disparte nel giardino, e da lì aveva visto spuntare Claire, con un sorriso timido.

«Nemmeno io sopporto questa gente.»

Era stato un modo carino di rompere il ghiaccio, ma non era bastato per metterlo a suo agio. Lei era bella da togliere il fiato, e lui aveva dovuto mettercela tutta anche solo per non fare la figura dell'imbranato. Poi però era successo un miracolo: Dio aveva mandato un idiota in suo soccorso, nei panni di un tizio in completo gessato e capelli impomatati che passando aveva rovesciato un bicchiere di vino sul vestito bianco di Claire. A quel punto lui aveva preso il controllo della situazione: aveva afferrato l'idiota per un braccio e l'aveva trascinato davanti a lei come una bambola di stracci.

«Adesso chiedi scusa alla signorina e ti offri di pagare la tintoria.»

L'uomo aveva borbottato qualche parola di scusa e si era allontanato. La cosa strana era stata lo sguardo di Claire: era colmo di desiderio, non c'era ombra di dubbio. Poco dopo l'aveva preso per mano e se n'erano andati. L'unica cosa che Samuel ricordava del resto della serata era che la sua goffaggine era sparita. Anzi, gli sembrava di essere su un palcoscenico, più spiritoso e arguto che mai. Conversare con Claire gli riusciva facile, le parole sembravano arrivare da sole. Perciò a quella festa non era stata solo Claire a entrare nella sua vita: per la prima volta aveva scoperto un lato della propria personalità che non sapeva di avere.

Dopodiché era successo tutto molto in fretta. Già quella prima notte, stretta a lui, Claire gli aveva chiesto in tono improvvisamente serio: «Sarai buono con me?»

«Sempre» aveva risposto lui.

Glielo aveva giurato solennemente, e da allora aveva considerato quel giuramento come parte del loro patto, del loro accordo segreto. Ora però, mentre camminava lungo Strandvägen, si rese conto per la prima volta di un'altra presenza invisibile in quel letto: l'ombra di un uomo che non era stato buono con lei, e che in un certo senso costituiva il presupposto della sua storia con Claire.

Si fermò. Era stato quello, per lei? Un contrasto, un momento di tregua tra due tempeste, una persona che in altre circostanze sarebbe stata troppo gentile e poco interessante, ma che in quel preciso momento era quella che ci voleva? Alzò gli occhi verso la baia. C'era molta gente in giro, sugli autobus e sui tram sventolava la bandiera svedese. Era la festa nazionale? Bah, che gliene importava. Riprese a camminare, e all'improvviso vide il professor Rekke.

Stava quasi per chiamarlo e farsi raccontare le novità, ma poi lasciò perdere. Il professore sembrava di fretta. Invece prese la foto di Claire dalla tasca. Davvero era stato solo una tappa temporanea per lei, una sosta lungo la strada? No, si rifiutava di crederlo. Alzò di nuovo gli occhi per controllare i numeri civici. Era arrivato, ma non c'era nessuna targa. Solo dopo aver cercato meglio notò una scritta discreta: STUDIO LEGALE ADLER. Quando suonò il campanello, si attivò una videocamera e la porta si aprì con un leggero ronzio. Samuel imboccò una scalinata curva, guardandosi attorno nervoso.

Era un edificio lussuoso. Schiena dritta, si disse, cercando qualcosa che gli infondesse coraggio. Non era facile: gli ambienti, i mobili, i quadri alle pareti lo facevano sentire piccolo piccolo, per non parlare della donna che lo accolse al bancone. Classe allo stato puro. Sotto i trenta, alta e bella, con un vestito grigioverde. Gli occhi comunque erano gentili e benevoli.

«Il signor Lidman?» disse la donna.

«Sì, sono qui per vedere Alicia Kovács» disse Samuel, spingendo in fuori il petto.

«Credo ci sia anche un'altra persona che vuole scambiare due parole con lei, ma purtroppo siamo un po' in ritardo. Posso offrirle qualcosa?»

«Un bicchiere di vino, grazie» rispose Samuel. Subito però si chiese se non rischiava di sembrare troppo sfacciato, o addirittura di passare per un ubriacone. Era solo l'una, e negli uffici eleganti di sicuro non si beveva in pieno giorno, senza contare che probabilmente si vedeva che si era già fatto un paio di birre. La donna comunque non si scompose.

«Bordeaux, borgogna, chablis premier cru?»

Samuel rimase di stucco.

«Il più forte che avete.»

La donna restò un attimo in silenzio. Poi però rise come se fosse stata una battuta, consentendo a Samuel di ridere a sua volta e recuperare un po' di fiducia in se stesso.

«Non saprei, ma se vuole posso controllare» propose la donna.

«Sì, grazie» rispose lui con un largo sorriso.

Quando la donna sparì a passi leggeri, si guardò di nuovo attorno. Sopra di lui un lampadario di cristallo, anzi due. Librerie in noce con volumi rilegati in pelle, e alle pareti altri quadri, di quelli che si comprano a prezzi esorbitanti da Bukowskis. Sulla destra un tavolino di marmo nero con una scacchiera dai pezzi finemente cesellati. Samuel si domandò cosa sapesse realmente Alicia Kovács. Gli sembrava impossibile che fosse così facile avere notizie su Claire.

La donna tornò.

«Il più forte che ho trovato è un amarone da quattordici gradi.»

«Grazie, andrà benissimo» rispose Samuel, senza più traccia della leggerezza di poco prima.

Imbarazzato, bevve un paio di sorsi nervosi, come se la faccenda della gradazione fosse una cosa tremendamente seria. Poco dopo la donna gli annunciò che poteva salire.

«Il professor Morovia la aspetta.»

Il professor Morovia. Samuel si irrigidì, ripensando alle parole che gli aveva bisbigliato Claire quella prima notte: «Sarai buono con me?»

35

Magnus non ne poteva più. Quindi, visto che era seduto nelle ultime file, sgattaiolò via anche se non aveva niente di particolare da fare. Voleva solo andarsene da lì. Gli sarebbe piaciuto scendere fino alla riva e al mare stranamente calmo, ma c'erano guardie e soldati dappertutto. La voce nasale di Bush intanto non gli dava tregua.

Il presidente era arrivato al suo argomento preferito: la preghiera. Parlò delle benedizioni che i soldati sbarcati lì sessant'anni prima avevano ricevuto dai loro contemporanei, e del fatto che Dio era dalla loro parte. Stronzate, trucchetti da repubblicani. Ma forse funzionano ancora, pensò Magnus calciando una pietruzza sul vialetto di ghiaia. Se non si potevano cambiare le leggi sulle armi e non si poteva vincere la guerra in Iraq, si poteva sempre ricorrere alla preghiera. Era a buon mercato e faceva fare bella figura. Avrebbe potuto provarci anche lui, quando gli fosse ricapitato di parlare in pubblico negli Stati Uniti.

Sopra le loro teste, nel cielo sereno, un elicottero volteggiava seguendo la costa. Davanti a lui, in fondo al vialetto, un paio di ragazzotti in berretto e pantaloni bianchi fumavano. Avevano un'aria ribelle, rispetto agli altri soldatini di stagno schierati e impettiti. Magnus si diresse verso di loro, con l'aria colpevole di uno studente che marina il discorso del preside. I postumi della sbornia della sera prima erano più forti che mai.

Pensò alla conversazione con Putin. Decisamente strana. D'altra parte Putin era una serpe, un vero mafioso. Lui ci aveva messo un po' a capirlo, ma non era stato il solo a cascarci. Lo stesso Bush di recente aveva dichiarato: «L'ho guardato negli occhi e ho visto la sua anima.» Come se ce l'avesse, un'anima. Le mosse dell'ultimo anno avevano rivelato la sua vera natura: aveva smantellato i media russi, trasformandoli in canali di propaganda, e soprattutto aveva sfidato gli oligarchi, riducendoli in suo potere a suon di minacce. Da quel punto di vista l'arresto di Chodorkovskij, il più ricco di tutti, era stato un colpo da maestro. Dopo di lui, nessuno si sentiva più al sicuro, per quanti miliardi avesse ammassato. Possibile che l'ostilità tra Putin e Morovia fosse collegata alla caccia agli oligarchi? No, doveva risalire a molto prima. Magnus ripensò ancora una volta alla bomba che aveva ucciso il figlio di Morovia. Non esattamente il massimo – per usare un eufemismo – con un uomo pericoloso e assetato di vendetta.

Era tutto molto preoccupante. Cosa ne sapeva Hans? Troppo, probabilmente, anche se qualche anno prima, quando gli aveva fatto un paio di domande in merito, aveva avuto la sensazione opposta e aveva pensato che Morovia fosse un argomento chiuso per lui. Ma con Hans non c'era mai da stare tranquilli... E quel dannato Bush non poteva piantarla di blaterare? Non si riusciva a pensare, con tutto quel bla bla bla... *We stand united...* Sì, come no. Si vedrà come andrà a finire. Tra l'altro, il suo accento texano era peggiore del solito. Un altro trucchetto, Magnus lo sapeva bene: quando voleva fare il duro e arrivare al cuore della gente comune, parlava come un cowboy. Chissenefrega, pensò. Il problema era cosa fare con Morovia. Infilare la testa nella sabbia, fuggire? Certo che no. Meglio restare nelle vicinanze del nemico e valutare il pericolo.

Esitò per un secondo o due, poi prese il cellulare e, con una temerarietà che lo spaventava e lo eccitava al tempo stesso, chiamò Gabor Morovia.

Mentre saliva, Samuel sentì squillare un telefono in lontananza. Al piano superiore fu invitato a entrare in un grande ufficio con una terrazza affacciata su Strandvägen e Nybroviken. A sinistra della portafinestra, accanto a un'enorme scrivania in quercia, un uomo di mezza età, con folti capelli scuri e un completo grigio di sartoria, stava guardando il cellulare, apparentemente divertito da ciò che vedeva. Tutto l'insieme dava l'impressione di una persona molto soddisfatta di sé.

Quando l'uomo alzò lo sguardo, Samuel restò senza fiato. Si era aspettato di incontrare un demone, la materializzazione di tutto ciò che aveva fatto del male a Claire, e invece aveva davanti un bel viso dall'espressione affabile che disarmò la sua rabbia. Era evidente che non sarebbe stato facile tenere testa a un uomo del genere.

«Samuel Lidman, suppongo» esordì Morovia in inglese, con una voce sonora e profonda. «Ho sentito dire un gran bene di lei.»

«Davvero?» ribatté Samuel, cercando di reggere il suo sguardo, altra cosa niente affatto facile. Aveva occhi cangianti che sembravano allo stesso tempo guardarti e passarti attraverso.

«Oh sì» riprese Morovia. «E non solo per i suoi record alla panca o nello stacco da terra. Ho visto i suoi lavori di ebanisteria. Ha un buon occhio per i dettagli, è appassionato. E si è scelto come moglie la donna migliore di tutte.»

«Grazie» rispose Samuel. «Eppure sono rimasto solo.»

«Prima o poi rimaniamo tutti soli» osservò Morovia, studiandolo con attenzione. «Non trova che lei e io...» aggiunse, senza concludere la frase.

«Cosa?» chiese Samuel nervoso.

«Non trova che ci assomigliamo un pochino? E non intendo solo che ci prendiamo cura del nostro corpo, mi riferisco ai colori e ai lineamenti, soprattutto le labbra.»

«Non saprei» rispose Samuel, stupito dell'osservazione. «Ma sono lusingato.»

In un certo senso era vero. Morovia era così elegante e altero, con i suoi occhi intelligenti e la sua aura di autorevolezza, che Samuel riteneva suo malgrado di aver ricevuto un complimento.

«Mi fa piacere. Sono davvero felice di conoscerla, signor Lidman.»

Samuel si sforzò di mantenere una parvenza di calma. Doveva capire cosa c'era sotto, e cercare di non lasciarsi manipolare.

«Di cosa si tratta?» chiese. «Ha qualche informazione su Claire?»

Morovia si voltò a guardare dalla finestra.

«Claire mi ha parlato tanto di lei.»

Samuel sentì ribollire il sangue.

«Ah sì? E quando?»

Morovia gli si avvicinò con lo stesso sorriso amichevole, anche se il suo linguaggio del corpo era cambiato. Ora c'era in lui qualcosa di minaccioso che costrinse Samuel a fare un passo indietro.

«Si sieda» disse indicando una poltrona scura davanti alla scrivania.

Samuel obbedì, e Morovia si accomodò in quella accanto, con lo sguardo concentrato e gli occhi di un colore più definito.

«Mi tengo informato» proseguì con un sorriso diverso, che aveva qualcosa di inquietante.

«È viva?»

«Pare di sì. Mi hanno detto che ha una foto da mostrarmi, non è vero?»

Samuel si sentiva sempre più a disagio.

«Perché accetta l'ipotesi che sia viva senza nemmeno aver visto la foto?» chiese.

«Ho le mie ragioni. Ma non è meglio dare un'occhiata a questa foto, prima di andare avanti? Forse posso aiutarla.»

«Che motivo avrebbe?»

«Abbiamo qualcosa in comune, io e lei.»

«Ovvero?»

«Claire ci ha traditi.»

«Claire non...» iniziò Samuel, ma si rese conto che qualsiasi cosa avesse detto sarebbe stata sbagliata.

Non poteva negare che Claire l'avesse lasciato in modo crudele, e non osava chiedere in che modo avesse tradito il suo interlocutore. Voleva prima mostrargli la foto, perciò infilò la mano in tasca, con la sensazione che stesse per succedere qualcosa di definitivo e fatale. Quando estrasse la foto, Morovia si irrigidì e strinse gli occhi. La guardò a lungo. Per Samuel era insopportabile.

«È interessante» disse alla fine Morovia. «Ma purtroppo non è una buona notizia.»

Samuel non chiese cosa intendesse, si limitò a dire: «Quindi è convinto che sia lei?»

Morovia restò in silenzio, a parte il leggero sibilo che accompagnava ogni espirazione, e continuò a girare e rigirare la foto.

«Strano» disse poi.

«Mi conferma che è Claire?»

«Sì. Ce ne sono altre?»

«No... Perché?»

«Manca una persona.»

«Chi?»

Morovia lo fissò con sguardo gelido.

«Nessuno che la riguardi, almeno per il momento. Ma le sono grato per la foto, mi ha chiarito meglio il quadro, dal punto di vista cronologico e anche causale. Ho riconosciuto il libro.»

Samuel trasalì. «Cosa intende?»

«L'ho perfino tenuto in mano.»

«*Sicilian Love* di Polugaevsky?» balbettò Samuel.

«Esatto. Eravamo entrambi legati alla difesa siciliana. È stato Rekke ad accorgersene?»

«Credo di sì. Come può aver tenuto...»

«Cos'altro ha visto Rekke?» lo interruppe Morovia, come se non lo avesse sentito e non si fosse accorto della tensione nell'aria. La foto che un momento prima lo aveva reso nervoso, adesso sembrava solo divertirlo.

«Ha incontrato Claire?» chiese Samuel.

«Cos'altro ha visto Rekke nella foto?» insistette Morovia.

Samuel non voleva rispondere, voleva che qualcuno rispondesse alle sue mille domande. Ma era nelle mani di quell'uomo inquietante, perciò decise di stare al suo gioco, almeno all'inizio.

«Ha capito che la donna ha una lesione al menisco, proprio come Claire, e ha un'aura particolare. *Where I go, life goes*, o qualcosa del genere.»

«È una citazione di Marilyn Monroe, vero?»

«Non lo so.»

«Non ha importanza. Non capita spesso di incontrare persone del genere.»

«Di chi parla?»

«Di Rekke. La gente è quasi tutta cieca. Solo alcuni vedono. Sembrano quasi vivere in un altro mondo in cui i dettagli parlano, invece di restare muti come oggetti di scena.»

«Deve dirmi se...» iniziò Samuel, ma qualcosa in Morovia lo costrinse di nuovo al silenzio.

«Che ne pensa della socia di Rekke, Micaela Vargas?»

Samuel sembrò non aver capito la domanda.

«Micaela Vargas. Che opinione si è fatto di lei?» insistette Morovia.

Samuel esplose.

«Perché perdiamo tempo a parlare di questa Vargas, se Claire è viva?»

«Risponderò alle sue domande, signor Lidman, ma prima voglio che mi racconti qualcosa di quella ragazza.»

«Non so davvero cosa dirle. Deve...»

«Mi incuriosiscono sempre le donne di Rekke» lo interruppe Morovia, ignorando la sua reazione. «Hanno qualcosa di essenziale che a lui manca, e spesso subisco anch'io il loro fascino. Ma questa non l'ho ancora capita. Tra tutte quelle che poteva avere, perché ha deciso di collaborare proprio con lei? Non me lo spiego.»

Samuel si alzò, fuori di sé.

«La smetta!» urlò. «Me ne frego di questa Vargas e del motivo per cui Rekke collabora con lei. Cosa sa di Claire?»

Morovia guardò ancora una volta la foto, prima di rispondere con tutta calma: «Come lei, non sono mai stato convinto di quel certificato di morte. Un tentativo piuttosto goffo, non trova? Mi sono reso conto in fretta che era da me che volevano proteggerla, era a causa mia che avevano messo in piedi tutto quel teatrino. Ma ho i miei metodi, e dopo qualche anno sono riuscito a trovarla. Le mie intenzioni non erano buone, come non lo erano quelle di Claire. A ogni modo, abbiamo riallacciato un rapporto soddisfacente, anche se non proprio idilliaco. Poi però ho scoperto una cosa che la riguarda.»

Samuel tornò a sedersi, sbalordito.

«Mio Dio... Dov'è ora?»

Morovia lo fissò con un sorriso che non sembrava più del tutto ostile.

«Vuole incontrarla?»

«Ma certo, che domande!»

«Glielo riferirò. Perché deve sapere, caro Samuel Jakob Benjamin Lidman, che Claire non mi ha mai amato, nemmeno agli inizi, quando ero pronto a darle il mondo intero. È stato *lei* il suo grande amore.»

Quelle parole travolsero Samuel come un'onda, lasciandolo muto, incapace di muoversi.

«Cosa sta dicendo?»

«Che Claire l'ha sempre amata.»

Samuel aveva le guance in fiamme, il cuore che batteva all'impazzata.

«Perché non si è fatta viva, allora?»

Morovia lo guardò se non con compassione, almeno con vivo interesse.

«Perché non poteva, e perché io non ho voluto. Era una situazione delicata.»

«Sta ammettendo che è tutta colpa sua?»

Samuel sapeva a malapena cosa diceva.

«Non esattamente» rispose Morovia con una certa freddezza. «Se fosse dipeso solo da me, Claire non sarebbe più un problema da un pezzo. Ma ha fatto il doppio gioco con grande abilità, e io purtroppo mi sono lasciato ingannare. Comunque ormai è acqua passata, sono convinto che sarà disposta a incontrarla, se lei mi ascolterà.»

«La ascolto» disse Samuel. «Cosa devo fare?»

Odiava quel tono implorante, ma non poteva evitarlo.

«Deve stare dalla mia parte, senza parlare con la polizia o con Rekke.»

«D'accordo» rispose Samuel, perplesso.

«Bene. Alicia Kovács la chiamerà, però adesso deve proprio andare, aspetto una telefonata importante.»

«No, voglio saperne di più» tentò di obiettare Samuel, ma poi fece come gli era stato detto. Aveva bisogno di elaborare le nuove informazioni. Uscì in strada sotto il sole, improvvisamente felice, o almeno pieno di speranza, continuando a ripetersi: «Mi ama, mi ama.»

Magnus aveva appena scroccato una sigaretta ai due soldati, quando gli squillò il cellulare. Era Morovia. Decise di non rispondere: telefonargli era stato un errore. Al sesto o settimo squillo però, finì per farlo. Morovia gli assicurò che era contento di sentirlo. Anzi, aveva pensato anche lui di cercarlo.

«Cos'è questo chiasso in sottofondo?»

Magnus sollevò il cellulare perché sentisse meglio.

«Il presidente Bush?»

Magnus spiegò che si trovava ad Arromanches in Normandia per il sessantesimo anniversario del D-day, suscitando l'inspiegabile ilarità di Morovia. Neanche avesse detto di essere al circo.

«E mi hai chiamato nel bel mezzo del suo discorso?»

«Lo trovi sconveniente?»

«Niente affatto» rispose Morovia. «Ma è proprio da te. Sei la caricatura di te stesso, Magnus.»

«In che senso?»

«Adori il potere, ma adori ancora di più prendertene gioco.»

Magnus si fece una risatina forzata.

«A proposito di potere, ho appena incrociato Vladimir Vladimirovič» disse.

«Putin?»

«Esatto.»

«E la cosa ti ha mandato in estasi.»

«Perché?»

«Tuo fratello si fa di oppiacei, tu di potere. È stato Putin a darti il coraggio di chiamare il tuo nemico, non è così?»

«Stronzate» disse Magnus.

In realtà Morovia aveva perfettamente ragione. Quando Putin lo aveva chiamato per nome, ridendo e scherzando con lui come con un suo pari, si era sentito invincibile, e questo lo aveva reso incauto. Era la verità, e non ne era per niente orgoglioso.

«Dovresti guardarti da lui. Vuole farti fuori» aggiunse.

«È per questo che mi hai chiamato?»

«No» rispose Magnus deglutendo a vuoto. «Volevo

dirti che... Hans sta di nuovo investigando sulla morte di Ida.»

Morovia restò un attimo in silenzio, facendo supporre a Magnus di essere preoccupato quanto lui, ma poi scoppiò di nuovo a ridere.

«Credevo che avessi delle novità.»

«Quindi lo sapevi già?»

«Sono io che ho messo in moto tutto quanto, in un certo senso.»

Magnus rimase senza parole.

«Cosa intendi?»

«Gli ho restituito una cosetta. Ma credo che in realtà sia cominciato tutto con il suo interesse per Claire Lidman.»

Magnus si ringalluzzì un pochino. Nella faccenda di Claire era stato utile a Morovia, e questo avrebbe potuto tornare a suo vantaggio.

«Ti ho salvato la pelle, quella volta» disse.

«Mi sono salvato da solo, ma grazie per il pensiero.»

Magnus non vedeva l'ora di chiudere quella conversazione.

«È interesse di entrambi che Hans lasci perdere.»

«Dici?»

Morovia suonava sarcastico.

«In realtà a me interessa di più un'altra cosa» proseguì. «È da un po' che sto cercando notizie in proposito, ma non ho trovato niente di definitivo e non voglio emettere un giudizio senza prove.»

Magnus fece un respiro profondo.

«Sentiamo.»

«Si tratta di un vecchio amico di Hans, Herman Camphausen. Ti ricordi di lui, vero?»

Magnus si ricordava bene il pavido topo di biblioteca che era finito a lavorare per il Bundesnachrichtendienst di Berlino e da lì combatteva la criminalità organizzata con ogni mezzo.

«Cosa c'entra?»
«Ha sempre ammirato Hans.»
«Questo è poco ma sicuro.»
«Esatto. Mi interessa sapere se Herman ha chiesto l'aiuto di tuo fratello nel 1994.»
«Perché proprio in quell'anno?» chiese Magnus.
«Forse perché nel 1994 qualche idiota dei servizi segreti europei ha pensato che la Russia fosse un buon amico dell'Occidente e ha rivelato informazioni sensibili al Kgb – o come diavolo si chiamava all'epoca» ribatté retorico Morovia.
Magnus sentiva crescere il disagio.
«Più precisamente» proseguì Morovia, «voglio sapere se Herman ha coinvolto Hans nell'indagine sull'omicidio Chabarov a Berlino.»
Magnus iniziava a essere spaventato sul serio.
«E io come faccio a scoprirlo?»
«Vieni sempre a sapere tutto di Hans.»
«Non è vero» rispose Magnus, teso come una corda di violino.
«Peccato.»
La voce di Morovia era gelida.
«Se anche riuscissi a scoprirlo» buttò lì Magnus, «perché dovrei venire a dirtelo?»
«Istinto di sopravvivenza. Se mi darai quell'informazione, continueremo a essere amici.»
«Altrimenti?»
«Altrimenti potrei bisbigliare qualcosa all'orecchio di qualcuno.»
Magnus guardò il palco dove Bush stava concludendo il suo discorso.
«È stato stupido chiamarti» borbottò.
«Niente affatto, mi hai letto nel pensiero» disse Morovia.
E Magnus riattaccò, deciso a mandare a quel paese la politica estera e a tornarsene subito a casa.

36

Terminata la visita a Linda Wilson, Micaela uscì in Nybrogatan. All'altezza di Östermalmstorg ricevette un sms di Natali, la ragazza di Lucas. Di sicuro voleva convincerla a lasciare in pace il fratello, in nome della famiglia. Suggerire che si prendessero cura l'uno dell'altra invece di litigare.

Non sarebbe stata la prima volta che sentiva quei discorsi, e in effetti non era una cattiva tattica, risultava più efficace delle minacce e della violenza. Erano proprio i ricatti emotivi di quel genere che la facevano dubitare delle sue scelte.

Si sbagliava. Natali le chiedeva se sapeva dove fosse Lucas. Era preoccupata, e gelosa. Un'ammissione insolita. In genere Natali non mostrava debolezze, e la sua lealtà nei confronti di Lucas era inattaccabile. Ora invece all'improvviso era gelosa. Peggio per lei, si disse Micaela, tornando a pensare a Claire Lidman e alla reazione della sorella quando aveva sentito nominare Morovia. Era paura, quella che aveva mostrato? E cosa intendeva dicendo che avrebbe chiesto a qualcuno di contattarli?

Le sembrava di essere arrivata a un punto decisivo. Si guardò attorno, domandandosi se non fosse il caso di provare a distrarsi un po', o almeno di sedersi da qualche parte a riflettere con calma. Magari poteva sentire Vanessa, o chiamare Jonas Beijer e scusarsi per la telefonata isterica a proposito di Rekke. Proseguì lungo Riddargatan, passando davanti alla Hedvig Eleonora Kyrka, di nuovo con la fortissima sensazione di non essere a casa sua, in quel quartiere. D'altra parte ormai valeva lo stesso per Husby, con quello che era successo.

Quando le squillò il cellulare, pensò subito che fosse Natali. Invece era un numero sconosciuto, a cui rispose con una certa esitazione. Era un certo commissario capo Lars Hellner della sezione reati finanziari. Dal tono pressante, immaginò che si trattasse di cattive notizie.

«Dove ti trovi?» chiese Hellner.

«Sono in Riddargatan, perché?»

«Perfetto» rispose lui più sollevato. «Vai verso Grevgatan e cerca un tizio basso e magro sulla sessantina. Indossa dei ridicoli occhiali da sole comprati in una stazione di servizio per proteggersi da questi maledetti riflessi. Vi siete visti di recente, e ti ha osservata a lungo anche se non te ne sei resa conto.»

«Di cosa si tratta?»

«Ti stavo cercando, sono appena passato dal professor Rekke, ma non c'era nessuno in casa. E ora ti vedo, al telefono con il tizio basso e magro.»

Micaela riattaccò e un po' più avanti in effetti scorse un tizio in camicia grigia, con una cartella robusta, anche quella grigia. Aveva il viso chiazzato di rosso, ma per il resto era abbastanza giovanile, agile, e non era particolarmente basso o magro. Però indossava davvero un paio di occhiali rotondi che non quadravano con il personaggio. Se li tolse e salutò agitando una mano. Aveva ragione, dovevano essersi già visti, ma non lo riconobbe finché non fu abbastanza vicino da stringergli la mano. Era l'uomo che era entrato nell'ufficio di Kaj Lindroos il giorno prima.

«È lei!» disse Micaela.

«Proprio così. Hai scombussolato il mio ispettore più

esaurito, sai? Devi avergli raccontato qualcosa di molto interessante.»

«In effetti» rispose lei, esitante.

«Tutto bene con Linda, a proposito? Era molto nervosa per la tua visita.»

Micaela si bloccò, stupita.

«Come fa a saperlo?»

«Ero da lei poco prima che tu arrivassi.»

Micaela riprese a camminare, pensosa.

«Come mai?»

«Lindroos l'ha chiamata ieri sera, vaneggiando di una foto recente di Claire Lidman a Venezia.»

«L'ho saputo.»

«Mi interessa moltissimo, per tutta una serie di ragioni. Per caso ne hai con te una copia?»

Micaela si irrigidì.

«Purtroppo no.»

Hellner la guardò, deluso.

«Peccato, perché sono riuscito a vederne solo qualche frammento. Ho cercato di ricomporre il puzzle questa mattina, ma mancano molti pezzi.»

«Com'è possibile?» chiese Micaela, improvvisamente concentrata.

«Ovviamente sono stato anche da Lindroos. Non sono rimasto a girarmi i pollici. Ma quell'idiota aveva strappato la foto, in preda a una specie di attacco di panico.»

«Che assurdità.»

«Già. Il suo gesto però ha suscitato il mio interesse. Non avrebbe perso la calma, se non avesse notato qualcosa di significativo nella foto. Sai, quell'indagine è una ferita aperta per lui. Si sente tradito, immagino che sospetti che non gli sia stato rivelato tutto.»

«Ed è così?»

L'espressione divertita, quasi giocosa, sparì dagli occhi del commissario capo.

«Avevo intenzione di discuterne con Rekke» rispose. «Ho perfino un impegno alla riservatezza da farvi firmare. Capisci, mi trovo in una situazione molto delicata.»

Micaela riuscì a immaginarsi più di una *situazione delicata*, prima di rispondere.

«In che senso?»

«Ho una pista da seguire con urgenza, e ho sentito che Rekke legge i luoghi e le persone come un libro aperto.»

«A volte» rispose Micaela con un largo sorriso. «Altre volte si perde nei dubbi. Avrebbe bisogno di un po' più di fiducia in se stesso.»

«Uno Sherlock Holmes senza arroganza, in altre parole.»

«Qualcosa del genere» disse Micaela, sorridendo di nuovo. «Di cosa voleva parlargli?»

«Della foto. Il momento in cui è stata scattata la rende molto interessante, e mi domando...» Esitò. «Non risponde al cellulare, non hai un altro numero a cui chiamarlo?»

Micaela scosse la testa.

«Sarà impegnato.»

«Il fatto è che siamo proprio agli sgoccioli» riprese il commissario capo. «L'indagine è archiviata da tempo e di questo dobbiamo ringraziare il governo, un'accolta di farabutti, se vuoi il mio parere. Inoltre sono circondato da gente di cui non mi fido. Come ti dicevo, abbiamo bisogno di qualcuno che sappia ricomporre un puzzle, e il vostro contributo all'indagine su quell'arbitro di calcio lo consideriamo mitico. Perciò ho pensato...»

Negli occhi gli passò un lampo malandrino.

«Cos'ha pensato?»

Istintivamente, Micaela si sporse verso di lui, quasi dovesse essere messa a parte di un segreto.

«Di mandare al diavolo la cautela.»

Bene, pensò lei. Molto bene.

«La situazione ora è completamente diversa» riprese

Hellner. «Ma tu e Rekke non potrete riferire ad altri nemmeno una parola di quello che vi racconterò. Se lo farete, vi sbatterò dentro.»

«Capisco.»

«Benissimo. Come ti dicevo, ho qui alcune carte da firmare, oltre a un po' di attrezzatura tecnica.» Frugò nella cartella e tirò fuori una custodia schermata.

«Certo» disse Micaela, porgendogli il cellulare proprio mentre si metteva a squillare.

Questa volta era davvero Natali. Micaela guardò Hellner, che allargò le braccia come a dire: D'accordo, ma poi basta.

«Ciao, Natali. Sono occupata. Posso chiamarti più tardi?»

Quasi non avesse sentito, Natali iniziò a raccontarle che Lucas non aveva passato la notte a casa. Era sicura che avesse conosciuto una ragazza ricca, anzi una ragazzina. Aveva assistito a una telefonata terribile. Micaela si allontanò perché Hellner non sentisse.

«Ti sembrava una cosa seria?»

«No, più che altro un gioco cattivo. Non sembrava contento nemmeno lui. Negli ultimi giorni ho avuto paura, Micaela. Scusa se te lo dico, ma per la prima volta mi spaventa davvero.»

«Lucas non ti farebbe mai del male.»

«Non è per me che ho paura.»

«Chi credi che sia in pericolo, allora?»

«Mentre parlava con quella ragazza ha fatto un gesto con la mano, come se spezzasse il collo a un uccellino. È stato orribile, Micaela, e credo che abbia a che vedere con le vostre liti. Sono quelle che lo fanno uscire di testa. Non potresti parlargli?»

«Certo, ci proverò.»

«Ma non dire che ti ho chiamata.»

«Te lo prometto. Ti cerco io, adesso ho da fare. Stammi bene» concluse Micaela in un tono che probabilmente non aveva mai usato con Natali.

Si voltò verso il commissario capo Hellner, che la guardava preoccupato. Sembrava quasi che volesse chiederle spiegazioni, ma non lo fece. Si limitò a prenderle il cellulare e infilarlo nella custodia schermata. Dopodiché si incamminarono verso Strandvägen e la zona delle ambasciate.

«Ti porto i saluti del tuo collega Jonas Beijer, che ogni tanto collabora con noi» riprese Hellner.

«Cosa le ha detto?»

«Che sei una brava poliziotta, e che tutti a Solna parlano malissimo di Rekke. Hai idea del perché?»

Micaela rifletté un attimo.

«Chi vede troppo bene e fa fare agli altri la figura degli orbi non piace a nessuno.»

Hellner scoppiò a ridere ma tornò subito serio. Micaela intanto, sebbene si rendesse conto che stava per sentire qualcosa di importante e forse sconvolgente, non riusciva a togliersi dalla testa Natali. Che storia era, quella che le aveva raccontato?

Forse era un grosso errore. Lucas aveva un cattivo presentimento, e non solo per il suo stesso desiderio irresistibile di spaventare Julia. Le informazioni che gli aveva dato Alicia, l'avvocatessa che l'aveva contattato, erano contraddittorie.

Si fermò a una stazione di servizio all'uscita per Gnesta e la chiamò, come d'accordo, ma scoprì che aspettava ordini, una sorta di conferma. Per il momento lui doveva restare in attesa, senza fare sciocchezze.

Quel discorso lo fece incazzare di brutto. Che stronzate erano? Mentre stava per spiattellarle in faccia che lui faceva quello che voleva e non prendeva certo ordini da lei, l'avvocatessa gli passò l'uomo con cui aveva parlato brevemente in precedenza, e a quel punto le parole gli rimasero in gola. Qualcosa nella voce dell'uomo lo spingeva a dire di sì, come un ragazzino. Quando uscì dalla stazione di servizio e vide Julia con i suoi grandi occhi nervosi, si incazzò ancora di più e salì in macchina sbattendo la portiera. Ma chi si credeva di essere quell'uomo, per permettersi di umiliarlo?

«Cos'hai fatto?» chiese Julia.

«Niente» rispose lui passandole la Coca light che aveva agguantato all'interno.

«Hai chiamato qualcuno? Perché anch'io avrei bisogno...»

«No» la interruppe Lucas. «Ho solo pisciato.»

Riprese la E4 tamburellando nervosamente sul volante. Stava di nuovo pensando a Micaela. Se qualcosa fosse andato storto, sarebbe stata colpa sua.

Rekke era già seduto al caffè del Kungliga Motorbåt Klubb, quando William Fors arrivò a grandi passi. Sembrava passarsela bene: se la tirava come un tempo, con i pantaloni da golf, il giubbotto da vela e tutto l'armamentario. Niente lasciava sospettare che fosse in difficoltà, e forse non se ne rendeva conto nemmeno lui. *Beati pauperes spiritu*, pensò Rekke. Beati i poveri in spirito.

Non che Rekke potesse fare tanto lo sbruffone: non c'era dubbio su chi dei due passasse le giornate al sole e chi restasse chiuso in casa a guardarsi l'ombelico. Sembrò accorgersene anche Wille, con una certa soddisfazione.

«Hans» disse sedendosi. «Che fine hai fatto? L'ultima volta che ti ho visto stavi tenendo un discorso in un'aula magna, lasciando tutti a bocca aperta con la tua erudizione.»

«Gentile da parte tua ricordare i miei giorni migliori. Tu invece sembri passartela bene.»

«Non mi lamento. La borsa sale e il mio handicap a golf scende.»

«Fantastico. Cosa si può volere di più? Quindi non

avrai problemi con le mie domande» disse Rekke, riuscendo a scalfire il suo buonumore, almeno un pochino.

Fors guardò verso la baia.

«Perché devi tirar fuori una storia così vecchia?» borbottò. «È roba morta e sepolta.»

Rekke si passò una mano tra i capelli e lo guardò negli occhi.

«Sepolta? L'omicidio non risolto della persona che amavo di più al mondo? Come potrebbe essere una faccenda sepolta o dimenticata?»

«Non avevo intenzione di ferirti, Hans. Ma da quando è un omicidio irrisolto? Credevo che il caso fosse stato chiuso come morte per overdose.»

Rekke rimase a lungo in silenzio.

«È sempre stato un omicidio irrisolto» disse poi. «Solo che all'epoca non vedevo abbastanza chiaro. E soprattutto non avevo la chiave di tutta la faccenda, il sole inquietante attorno a cui tutto ruotava.»

«Di cosa parli?»

«La collana di perle che le avevo regalato.»

Fors si agitò sulla sedia, a disagio.

«È stata ritrovata?»

«All'epoca contattai tutti i rivenditori di quel tipo di perle orientali, senza risultato. L'unica cosa certa era che, se davvero quella collana fosse finita sul mercato, tutti i conoscitori ne sarebbero stati al corrente, e l'informazione sarebbe arrivata anche a me. Quindi conclusi che chi l'aveva presa l'aveva tenuta come un trofeo, un ricordo. E che doveva trattarsi di una persona benestante – ho sempre pensato che fosse un uomo – altrimenti la tentazione di venderla sarebbe stata troppo forte. Mi dedicai anche a elaborare un possibile profilo. Chi tiene in casa per anni una collana così funesta e preziosa? Forse qualcuno che ogni tanto la tira fuori e la ammira con voluttà, per ricordare il momento in cui la ragazza che la indossava è morta? Mi convinsi che fosse andata così, e continuai a pensare, malgrado il segno rosso sul collo di Ida, che le fosse stata tolta con delicatezza. Immaginavo un gesto quasi sensuale, una sorta di delicata profanazione, ma adesso...»

Rekke afferrò il polso di Fors.

«Sì?» disse lui, nervoso.

«... adesso ho capito che mi sbagliavo. Guarda tu stesso» concluse posando la collana sul tavolo.

Un bagliore, una luce che sembrava provenire da un altro tempo. Sotto il sole, le perle si accesero di tutti i colori dell'arcobaleno, e per un attimo Rekke ricordò perché aveva comprato un gioiello così esclusivo. La collana era di una bellezza che toglieva il fiato, e non lasciò indifferente nemmeno Fors.

«Bella, vero?»

Fors si guardò attorno preoccupato, come se Rekke avesse tirato fuori della merce rubata.

«Sì, molto» borbottò.

«Ma quello che volevo mostrarti è il fermaglio. Tieni.»

Rekke voltò la collana e gliela porse.

«Robusto, vero? Eppure è strappato.»

Fors annuì e allontanò da sé la collana.

«Non vuoi verificare tu stesso?»

Fors scosse la testa.

«D'accordo. Ma resta il fatto che il fermaglio... vedi... si è spezzato. Cosa significa?» chiese Rekke.

«Non lo so» rispose Fors, evitando il suo sguardo.

«Significa violenza. E la violenza genera altra violenza. Avevo notato una piccola emorragia nel frenulo del labbro superiore di Ida, ma solo ora ho capito. Ida cercava di aprire la bocca per respirare. Di sicuro aveva in corpo alcol e oppiacei, ma qualcuno le ha dato una mano a soffocare. Adesso mi è chiaro, e non sopporto l'idea che tu mi abbia mentito, allora.»

«Non ti ho mentito» rispose Fors, rivolgendo uno

sguardo implorante alla cameriera, come se potesse salvarlo. Ma quella, una ragazzina con i capelli a caschetto, non lo degnò di uno sguardo.

«Brutta cosa essere invisibili, Wille. Ma anche essere troppo visibili non è facile. Ordino io per te. Cosa vuoi?»

«Solo un cappuccino e un bicchiere d'acqua.»

«Un cappuccino e un bicchiere d'acqua, grazie» gridò Rekke.

La cameriera reagì immediatamente e cominciò a preparare la consumazione.

«Non hai perso la tua autorevolezza, vedo. Sono colpito» disse Fors nel tentativo di alleggerire l'atmosfera.

«Il fatto è che stanotte ho riletto il verbale del tuo interrogatorio, e mi sa che hai combinato un casino» riprese Rekke.

Fors si mise a giocherellare con la collana.

«Cosa intendi?»

«Hai detto che Ida si dava arie da regina di Saba.»

Fors si passò una mano sul viso.

«È così. Sai com'era fatta. Una vera...»

Tacque, temendo di dire qualcosa di inappropriato. Rekke si appoggiò allo schienale e gli piantò gli occhi addosso.

«Esatto, Wille, so com'era fatta. E forse è per questo che allora ti ho creduto, perché avrebbe davvero potuto gettare la collana nella baia. Ma rileggendo tutti i fascicoli ho capito che hai mentito. La tua versione non coincide con quella degli altri testimoni.»

«Perché avrei dovuto mentire su una cosa del genere?»

«Per dare una spiegazione alla scomparsa della collana, è ovvio. No, non dire niente. Non tirar fuori scuse.»

«Non ne ho nessuna intenzione.»

«Bene, perché se l'hai uccisa e hai rubato la collana ti distruggerò. Non mi arrenderò finché non avrò trovato le prove e ti avrò fatto sbattere in galera. Se invece non l'hai uccisa ma hai visto qualcosa su cui hai taciuto per paura, o perché avevi promesso di tenere la bocca chiusa, ti proteggerò come il più prezioso degli alleati. Mi interessa solo mettere le mani su chi l'ha fatto.»

«Quella notte ho visto tuo fratello.»

«Cosa?»

Rekke aveva sentito bene, ovviamente, ma non poteva crederci. Magnus lo aveva ingannato molte volte ed era un intrigante patentato, ma un suo coinvolgimento nella morte di Ida andava oltre ogni immaginazione.

«No, niente» borbottò Fors, già pentito.

«Strano» disse Rekke. «Mi sembrava di averti sentito dire che avevi visto mio fratello.»

«Sì, ma...»

Rekke fece un respiro profondo, non volendo forzare la situazione.

«Sto pensando a Claire Lidman» disse poi.

«A Claire Lidman?» ripeté Fors, chiaramente confuso dal brusco cambio di argomento.

«Sì» confermò Rekke con freddezza. «Mi domando cos'hai a che fare con la sua scomparsa.»

Fors era sempre più spaventato.

«Niente...» balbettò.

«Sei sicuro? Chi ha mentito in un'indagine può aver mentito anche in un'altra.»

«Non avrai il coraggio di affermarlo.»

«Lo avrò, eccome, Wille. Ma posso anche proteggerti.»

«Non da quella gente.»

Rekke lo osservò.

«È così grave?»

«Sì.»

Rekke abbozzò un sorriso.

«Sarò forse una specie di detective, ma non sono né un poliziotto né un avvocato, non devo preoccuparmi di accuse nel contesto irrilevanti come lo spergiuro o il favoreggiamento. E se non hai ucciso Claire e non hai ucciso Ida posso anche decidere di appellarmi al segreto professionale in quanto psicologo. Altrimenti...»

«Altrimenti cosa?»

«Se non parli, Wille, ti starò addosso come un segugio. Scoprirò tutto lo stesso, e non sarò altrettanto gentile.»

«Non ti riconosco più, Hans.»

«Hai ragione, veder ammazzare le persone che amo tende a far emergere nuovi tratti del mio carattere. Dopo aver salutato Ida, non sei andato direttamente a casa, come hai detto alla polizia.»

«Sì, invece» rispose Fors, sulla difensiva.

«Davvero?»

«Abitavo in Styrmansgatan, e ricordo ancora che quasi non riuscivo ad aprire la porta di casa.»

«Eri ubriaco?»

«Come una scimmia.»

«E cos'hai fatto?»

«Mi sono seduto sul letto e ho chiamato alcune ragazze con cui ero stato in passato. Una di quelle cose da ubriachi, hai presente? Si telefona in giro come disperati.»

«Parla per te!»

«D'accordo, d'accordo. Vuoi che vada avanti, o preferisci farmi la morale?»

«Continua.»

«Ho bisogno di garanzie. Non voglio leggere questa storia da qualche parte, o essere convocato dalla polizia. Niente stronzate del genere.»

«Ho parlato di segreto professionale, che per me è sacro. Però devi dire tutto, fa parte dell'accordo, capito?»

«Va bene, ma lasciami respirare.»

Rekke annuì. «Certo. Poi cos'è successo?»

«Cosa posso dirti... Visto che non rispondevano o mi mandavano a quel paese, sono uscito di nuovo. Non avevo niente in programma, speravo semplicemente che succedesse qualcosa. Sarò stato in giro più o meno un'ora, e alla fine mi sono ritrovato in Torstenssonsgatan, davanti al portone di Ida, come un idiota.»

«Tutto qui?»

«Forse ho anche gridato: Ida, Ida, perdonami, fammi entrare, voglio solo parlarti! O qualcosa del genere. Ero patetico, Hans, non lo nego. Ma all'improvviso si spalanca il portone ed esce un ragazzo in giacca scura, anzi, praticamente ruzzola fuori. Si capiva che doveva essere successo qualcosa. Ho gridato: Ehi, tu! Lui si è girato e l'ho riconosciuto, era Magnus. Cazzo, Hans, non l'avevo mai visto ridotto così. Mi è venuto incontro barcollando, ma non era ubriaco, era stravolto. E mi ha detto: Tu stanotte non eri qui.»

«E tu sei stato al gioco.»

«Io non l'ho toccata, non so niente di quello che le è successo. Hai promesso di stare dalla mia parte, Hans.»

«A condizione che mi dicessi la verità» precisò Rekke. Poi si girò verso la città, e rimase sorpreso al vedere Micaela che passeggiava lungo Nobelgatan in compagnia di un tizio basso e attempato, con un paio di occhiali da sole rotondi.

37

Il cielo si era rannuvolato e c'era meno gente in giro. Il ghiaino scricchiolava a ogni passo. Sopra di loro sorgevano eleganti residenze diplomatiche protette da recinzioni, alcune con le inferriate alle finestre. Il commissario capo Hellner, in silenzio da un bel po', immerso nei suoi pensieri, si schiarì la voce, come prima di un discorso o di una confessione.

«Non più di un anno fa anche solo parlare di Claire Lidman sarebbe stato impensabile. Ma ora la situazione è cambiata, come ti dicevo.»

«Cos'è successo?»

Hellner abbozzò un sorriso triste e si tolse gli occhiali da sole.

«Forse non abbiamo più niente da temere» rispose. «Forse quello che volevamo evitare è già successo, e il nostro ormai è un tentativo senza speranza.»

«Non sono sicura di capire.»

«Meglio così. Aspettiamo Rekke.»

«Mi dia almeno un'idea, perché possa rendermi conto.»

Hellner si fermò e scosse la testa.

«No, preferisco non dover ripetere tutto quanto» rispose. «Ah, d'accordo, come vuoi... Vedi, non riesco più nemmeno a essere coerente con me stesso.»

«La coerenza è sopravvalutata» commentò Micaela.

Hellner si fece una risatina sconsolata.
«In breve: non sappiamo se Claire Lidman sia ancora viva. Ma questo lo avevate capito da soli. Vogliamo sperare che lo sia. Anche se le ultime notizie che abbiamo risalgono a marzo di quest'anno, poco prima che venisse scattata quella foto.»
Micaela trasalì.
«E poi cos'è successo?»
«È sparita. Nessuno dei nostri è più riuscito a contattarla, e la cosa ci preoccupa parecchio. Però sapevamo già da alcuni testimoni e da alcune registrazioni delle telecamere di sorveglianza che era stata a Venezia, il che non è assolutamente da lei. In genere evita luoghi così frequentati. Ma forse a questo punto è meglio che ti riassuma tutto dall'inizio.»
Micaela annuì. Hellner rallentò il passo e abbassò la voce.
«Rekke è già al corrente di questa parte, posso raccontarla anche a te. Alla fine degli anni Ottanta si tentò di attaccare la criminalità organizzata. Ormai era diffusa la pratica di investire capitali provenienti da attività criminali, anche da parte di finanziarie serie. Molti lo facevano perché i soldi sono soldi, era quello lo spirito dei tempi. Altri però avevano paura – e a ragione. C'era gente che spariva o veniva uccisa, e pochi, pochissimi finivano sotto processo. Era diventata una vera e propria piaga sociale, e il governo ci diede l'incarico di affrontarla. Il progetto assunse quasi subito dimensioni europee. Erano coinvolte sei o sette polizie nazionali – a seconda di come si calcola – con abbondanza di risorse e personale. La domanda era solo da dove cominciare: era meglio partire dai pesci piccoli e farsi strada verso l'alto, o iniziare da un pezzo grosso e conquistare direttamente l'attenzione pubblica? Scegliemmo la seconda strada, e subito spuntò un nome.»

«Gabor Morovia.»

«Esatto. Era l'obiettivo perfetto: astuto, intelligente e vicino al potere, amico di gente come Putin, anche se all'epoca era un semplice funzionario del Kgb a Dresda. Morovia aveva una storia pazzesca, ed erano già sparite misteriosamente diverse persone attorno a lui, alcune addirittura arse vive o torturate a morte. Eravamo decisi a incastrare quel demonio. Però sapevamo che aveva protezioni dappertutto.»

«Compreso il governo svedese» intervenne Micaela.

«Sì, ma questo viene dopo. Fino ai primi anni Novanta, l'indagine ebbe il sostegno dei vertici. Fu allora che Claire Lidman venne da noi dicendo di volerci raccontare tutto. La ricevetti io stesso.»

«Cos'aveva in mano?»

«Ricordo che era molto scossa. Era mattina presto e non credo che avesse dormito molto, quella notte. Faceva fatica a stare seduta e aveva la schiena rigida. Non lo disse apertamente, ma lasciò intendere che aveva subito qualcosa che l'aveva spinta a contattarci. Era furiosa.»

«Cosa voleva raccontarvi?»

«Tutto quello che sapeva. Aveva con sé appunti, diari, liste di nomi. Ma soprattutto aveva elementi relativi all'omicidio di una sua amica dei tempi dell'università a Londra.»

«Sofia Rodriguez.»

«Esatto. Verificammo, e capimmo che Morovia era fregato.»

«Un inizio promettente» osservò Micaela.

«Già» proseguì Hellner. «Fu un momento importante per noi, finalmente facevamo dei progressi. Anche se ci rendevamo conto dei rischi a cui avremmo esposto Claire. A ogni modo, elaborammo un programma di protezione per lei e il marito.»

«Quindi Samuel era compreso nel progetto?»

«Oh sì, non avevamo nessuna intenzione di separarli. Claire del resto non lo avrebbe mai accettato: amava molto Samuel, continuava a ripetere che non ce l'avrebbe fatta senza di lui.»

«Invece le cose andarono diversamente.»

«All'improvviso si fece prendere dal panico e mandò tutto all'aria. Inspiegabile. Cercammo a lungo di convincerla, ma non ci fu verso. Capimmo solo in seguito, dopo aver messo in scena la sua morte insieme alla polizia spagnola.»

«Capiste cosa?»

«Che aspettava un bambino.»

«Quindi era davvero incinta?»

Stavano passando davanti a una grande villa di mattoni rossi, dove due donne affacciate a un balcone ridevano.

«Sì» riprese Hellner. «Ma non sapeva di chi. Probabilmente di Samuel, e sarebbe stata un'ottima notizia. Era da molto che provavano ad avere un bambino, e lei aveva bisogno di un cambiamento, di un nuovo motivo per vivere. Ma c'era il rischio – molto piccolo, ci disse – che il bambino fosse di Morovia, e sarebbe stata una catastrofe. Ovviamente lo pensavamo anche noi, perciò...»

«Sperava e temeva allo stesso tempo.»

«Le settimane passavano, e Claire era presa tra il desiderio di abortire e quello di tenere il bambino. Non era facile per lei, poveretta. Però fu un bel periodo: l'avevamo sistemata in un alloggio protetto sulle Alpi, al confine con l'Austria, le avevamo assegnato una scorta, ovviamente, e uno di noi era sempre presente. Io stesso sono stato spesso lì. La sera bevevamo tè e giocavamo a scacchi – o meglio, Claire mi insegnava a giocare a scacchi –, oppure parlavamo della vita. Il pensiero che Samuel la credesse morta la tormentava, ricordo di aver temuto che cercasse di contattarlo. Ogni mossa doveva essere fatta con estrema cautela.»

«È ovvio.»

«Avevo un piano per riunirli, perché ero convinto che il bambino fosse di Samuel. Doveva essere così, per forza. Claire non faceva che ripeterlo, e aveva finito per convincere anche noi. Sognavamo tutti quanti un lieto fine: marito e moglie riuniti attorno al piccolo. Discutemmo a lungo sul modo in cui avremmo potuto giustificare la scomparsa di Samuel, era fondamentale.»

«Invece il bambino non era di Samuel, vero?» disse Micaela.

Hellner le rivolse uno sguardo che le fece sperare di essersi sbagliata.

«Dopo il parto eravamo tutti sollevati. Non dimenticherò mai la telefonata di Claire. Era così felice» disse il commissario capo, fissando il Tekniska Museet davanti a loro.

Quando Micaela sparì in direzione di Nobelgatan, Rekke provò una punta di nostalgia, e forse anche di senso di colpa. Avrebbe dovuto essere più gentile con lei. Si voltò verso William Fors.

«Va' avanti» gli disse a denti stretti.

«Sono tornato a casa, e basta. La sera dopo ho saputo della morte di Ida dal telegiornale. Mezz'ora più tardi Magnus suonava alla mia porta. Non sembrava in condizioni molto migliori, penso che non avesse chiuso occhio. In mano aveva un mazzo di foto che gli erano state recapitate. Le ha posate sul tavolo della cucina, una dopo l'altra. Erano sfuocate, scattate al buio con il teleobiettivo, ci ho messo un po' a capire cosa mostravano: lui che usciva da un portone in Torstenssonsgatan, sconvolto, scioccato. In una di quelle foto...»

«... comparivi anche tu.»

«Sì, c'ero io che parlavo con Magnus, e se non sconvolto sembravo uno che aveva qualcosa da nascondere, perciò mi sono spaventato. Si parlava di sospetto omicidio. Ho chiesto a Magnus chi avesse scattato le foto, ma lui si è rifiutato di dirmelo. Era meglio se non lo sapevo, secondo lui. Gli ho urlato che, se dovevò tenere la bocca chiusa, volevo almeno sapere cos'era successo, e a quel punto me l'ha raccontato. Aveva ricevuto una telefonata in piena notte. Qualcuno – non mi ha fatto il nome – lo aveva informato che era successo qualcosa di grave a suo fratello.»

«A me?»

«Sì, a te. Doveva fare in fretta, gli aveva detto la voce. Lui si è precipitato all'indirizzo che gli aveva dato, in Torstenssonsgatan, senza sapere che era quello della casa del padre di Ida. È arrivato in piena notte, l'ha trovata morta sul suo letto e ha capito subito che era proprio quello lo scopo della telefonata: qualcuno voleva che lui vedesse e diventasse complice.»

Rekke non sentiva più quello che stava dicendo William. Aveva davanti Magnus com'era all'epoca: niente a che fare con l'uomo di potere che sarebbe diventato, solo un giovane ambizioso che non andava ai concerti del fratello perché non sopportava di restare nella sua ombra. Possibile che quella persona – quel fratello maggiore, quasi commovente nella sua ingovernabile volontà di emergere – si fosse tenuto dentro un segreto del genere? Era inconcepibile, eppure... probabilmente era vero. O almeno era una mezza verità.

«Non conosciamo molte persone capaci di fare una telefonata del genere» disse riscuotendosi.

«Forse no. Ma io all'epoca non conoscevo nemmeno Morovia. Avevo solo sentito dire che era implacabile, pericoloso, perciò ho tenuto la bocca chiusa. Mi spiace, Hans.»

«Non riesco a credere che mi sia sfuggita una cosa di questa portata.»

«Non eri ancora il famoso professor Rekke.»

Ero cieco e sordo, pensò Rekke.

«Poi quelle foto sono saltate fuori di nuovo, vero?» disse.

Fors trasalì.

«Come lo sai?»

«Avete ceduto troppo nelle trattative sul patrimonio di Axel Larsson, qualcosa deve avervi spinti a farlo.»

Fors si guardò le mani.

«Sì, hai ragione. Alicia Kovács, una collaboratrice di Morovia, ce ne ha ricordato l'esistenza.»

«Quindi la mia Ida ha giocato un ruolo fondamentale anche in quella storia. Ha contribuito a far perdere allo stato qualche miliardo di corone.»

«Abbiamo comunque cercato di rispondere ai colpi.»

«Già, grazie a Claire Lidman.»

«Eravamo una squadra che combatteva per i propri diritti.»

Rekke si passò una mano sulla fronte.

«I vostri diritti di saccheggio.»

«Ho fatto quel che ho potuto» borbottò Fors.

«Davvero?»

«La Cartaphilus aveva un'ottima reputazione, ai tempi.»

«Ma tu sapevi come stavano davvero le cose. *Non omnes infortunati corrupti.*»

«Eh?»

«Le avversità non rendono tutti corrotti, William. Certe scelte vengono da dentro. Sparisci, e tienti pure i tuoi rimorsi. Devo chiamare Magnus, perché nella tua storia manca un tassello» disse Rekke alzandosi per andare. In quel momento si accorse di avere diverse chiamate perse.

38

Alle 3.52 del 23 luglio 1991, sulle Alpi bavaresi, non lontano da Garmisch-Partenkirchen, Claire Lidman nata Wilson diede alla luce un bambino che non piangeva.

Il silenzio era inquietante. Si sentivano solo i movimenti dell'ostetrica, Hanna. Nessuno strillo, nemmeno un fievole vagito. È morto, pensò Claire. Sembravano confermarglielo il sorriso imbarazzato e i passi nervosi di Hanna. In fondo sarebbe stata la conclusione più naturale. Del resto già le doglie avevano avuto qualcosa di infernale, come se il suo corpo si fosse preparato a espellere qualcosa di esanime, forse di mostruoso. Un dolore del genere non poteva essere naturale.

Chiuse gli occhi sperando di sprofondare nell'incoscienza della spossatezza, consapevole che il peggio era passato. Ma no, nessun oblio, nessuna pietà. Il morticino venne posato sul suo petto, un saluto e un addio allo stesso tempo. Ti ho ucciso, pensò. Ho anteposto il desiderio di vendetta alla vita e all'amore. Perdonami, santa madre di Dio.

Era nel pieno della disperazione più profonda. Ma all'improvviso avvertì un movimento, una piccola mano che si stringeva sulla sua pelle, e anche dei piccoli respiri affannati. Aprì gli occhi, senza sapere se avrebbe avuto il coraggio di guardare.

«È un maschietto» disse Hanna. «Un maschietto bello

e sano che ha avuto un viaggio difficile ma si riprenderà presto, il colorito è buono.»

«Quindi è vivo? Sta bene?»

«Sì. Congratulazioni.»

Claire cercò di assimilare la buona notizia e di gioirne, e subito si ripresentò il dubbio che l'aveva tenuta sveglia per molte notti: Chi è questo bambino? È figlio dell'uomo più gentile che abbia mai incontrato, o del più crudele?

«A chi assomiglia?» chiese.

«A te.»

Non era una risposta. Claire abbassò gli occhi per giudicare da sé, spostando delicatamente il bambino. È pesante, pensò, e le sembrò una buona notizia. Ricordò il peso di Samuel su di lei, il suo odore e le sue braccia, ricordò un intero mondo perduto a cui aveva rinunciato... per cosa? Per niente, per continuare a rimestare in tutto ciò che le aveva fatto del male. Poi guardò il bambino, e vide una personcina curiosa. Rugosa, sottile, ansimante, con uno sguardo intenso come quello di chi è appena scampato all'annegamento.

Claire chiuse gli occhi ma l'immagine del bambino le rimase stampata sulla retina, mescolandosi ai ricordi. Questo non è Morovia, pensò con un'esplosione di gioia che si sforzò subito di reprimere. Non trarre conclusioni affrettate, si disse. I neonati sono esseri strani. Però più lo guardava più se ne convinceva, riconosceva la fronte e le labbra di Samuel. Lo posò accanto a sé e sentì il piccolo cuore rallentare e sintonizzarsi con il suo. Rimase immobile, esausta, respirando lentamente e profondamente, immaginando di telefonare a Samuel per aggiustare quel che era stato spezzato.

Sono io, questa? La domanda non era nuova per Julia. Se l'era posta molte volte nel corso dell'ultimo anno, e in effetti non c'era niente di strano. Stava crescendo e cercando una nuova identità, e cercava di confrontare il suo vecchio io con quello nuovo, quello adulto.

La giornata sarebbe stata splendida. Sotto un cielo senza l'ombra di una nuvola, Lucas guidava piano, cercando l'indirizzo giusto. Sembrava più calmo, ora, e anche lei si sentiva meglio. Forse era l'ambiente che le faceva bene. Era tutto pittoresco e idilliaco, con vecchie casette di legno e minuscoli giardini. Una Svezia d'altri tempi, un mondo alla Astrid Lindgren. Julia accese la radio sul notiziario. In tutto il paese si celebrava la festa nazionale. Si erano verificati disordini collegati al piccolo partito xenofobo dei Democratici di Svezia. Era morto Ronald Reagan, che in un servizio di repertorio stava declamando: «*Tear down this wall!*» Il presidente Bush aveva pronunciato un discorso in Normandia per l'anniversario dello sbarco. Lucas spense.

«Non le reggo, queste stronzate» disse.

«Cerco solo di tenermi aggiornata» borbottò Julia.

Il silenzio di Lucas la spinse a pensare a suo padre, al modo in cui si immergeva nei giornali la mattina, alzando ogni tanto lo sguardo per discutere della situazione mondiale o tenere piccole conferenze sugli argomenti più disparati. Aveva davvero bisogno di chiamarlo.

«Lucas, ti prego, mi ridai il telefono?»

«Non avevamo detto che ne avremmo fatto a meno?»

«Ma tu l'hai usato.»

Odiava il tono implorante della propria voce.

«Dopo, adesso sto cercando l'indirizzo giusto.»

Lucas avanzava a passo di lumaca, guardandosi attorno. Ma all'improvviso annuì, frenò e spense il motore. Era lì che dovevano andare? La villa davanti a cui si erano fermati non era un albergo, era solo più grande delle altre costruzioni, appena verniciata di bianco, con un'ampia veranda. A Julia tornò in mente la stessa domanda. Sono io, questa? Sono *una che non può ascoltare il notiziario*?

Nel giardino dei vicini una donna rise, e qualcosa in quella risata la ferì: apparteneva a un mondo dal quale era esclusa.

Lucas nel frattempo era sceso dalla macchina, la schiena larga e minacciosa. Si chinò accanto a un garage a due saracinesche per sfilare una chiave da sotto un vaso verde, la chiamò con un gesto, e lei si affrettò a scendere, come se Lucas avesse acquisito nei suoi confronti un potere invisibile. O forse cercava solo di essere particolarmente accomodante per riavere il suo cellulare. In alto, sulla facciata, una videocamera grigia li osservava come un occhio vitreo.

Prima di entrare, Lucas raddrizzò la schiena e spinse indietro le spalle. Julia lo seguì da vicino, guardandosi attorno. Come cavolo era arredato quel posto? Era quasi vuoto, freddo e impersonale come il lounge di un aeroporto.

Entrarono in una cucina appena rifatta e da lì passarono in un'altra veranda affacciata su un giardino recintato, con piscina e vasca da idromassaggio.

«Non dovevamo andare in albergo?»

«Qui è meglio, ci siamo solo noi.»

A lei non sembrava affatto meglio, ripensando alla conversazione che aveva sentito quella mattina.

«Perché siamo qui?»

Lucas la guardò come se le sue parole l'avessero ferito, ma poi sorrise e le andò incontro.

«Se non ti piace andiamo da un'altra parte.»

Julia ebbe quasi l'impressione che volesse sentirsi rispondere: Sì, andiamocene. Invece scosse la testa e disse che andava benissimo.

«Allora prendo i bagagli, così ci cambiamo e ci tuffiamo in piscina, okay?»

Julia non aveva nessuna voglia di fare il bagno ma non voleva essere una guastafeste. Perciò si limitò ad annuire, anche perché le interessava riavere il cellulare.

Quando tornò, Lucas sembrava più tranquillo. Aprì la cerniera della sua borsa sportiva e tirò fuori un costume azzurro. Se poco prima aveva davvero mostrato qualche segno di insicurezza, non ne restava più traccia. Si cambiò davanti a lei, restando nudo sul bordo della piscina.

Lei, più pudica, andò a cambiarsi in cucina. Il bikini comprato l'anno prima a Nizza ora le stava largo, e per la terza volta si chiese: Sono io, questa? Poi uscì sotto il sole, verso Lucas che le sorrise prima di gettarsi in acqua con un tuffo brutale e sgraziato.

Lei entrò pian piano, per non rischiare di perdere il bikini. L'acqua era fredda. Rimase in piedi dove si toccava. Lucas la raggiunse nuotando e la spinse contro il bordo. Lei lasciò che la baciasse e le toccasse il sedere, anche se avrebbe voluto essere lontana. Iniziò addirittura a sperare di sentire i passi di qualcuno che potesse salvarla.

Micaela e il commissario capo Lars Hellner continuarono la passeggiata lungo la baia.

«Quindi il bambino era figlio di Samuel?»

«Era quello che pensavamo tutti» rispose il poliziotto. «Ma con i neonati è difficile essere sicuri, e Claire rifiutava il test di paternità. È figlio di Samuel, me lo sento, continuava a ripetere. Però evitava ogni contatto con lui e rimandava il lavoro di preparazione del processo. In altre parole, diceva una cosa e ne faceva un'altra. L'unica certezza era che aveva sviluppato un legame fortissimo con il bambino. Non sono un'autorità in materia, non avendo figli, ma mi rendo conto che la maternità è un'esperienza fortissima, e Claire era sola e vulnerabile, bisognosa di legarsi a qualcuno, però...»

«Però cosa?»

«Però oltrepassò ogni limite. Si lasciò assorbire completamente dal figlio, che aveva chiamato Jakob, il secondo nome di Samuel. Diventò ingestibile: lo teneva tutto il tempo in braccio, gli baciava le guance. Erano belli da vedere, quasi un archetipo, ma il punto era che temevamo di perdere la concentrazione e lo slancio, anche perché...»

Esitò un attimo. Si avvicinava un runner, un ometto di mezza età che ansimava pesantemente. Gli alberi lungo la baia diventavano sempre più fitti.

«Sì?» lo incitò a proseguire Micaela, quando il runner ormai era passato.

«Avevamo l'impressione di non godere più dello stesso sostegno di un tempo.»

«In che senso?»

«Il capo della polizia nazionale iniziava a vacillare. Ma non di sua iniziativa. Qualcuno più in alto di lui gli suggeriva cosa fare, qualcuno dei pochi che sapevano cosa stavamo facendo, e la cosa purtroppo aveva una sua logica. Se avessimo portato Morovia in tribunale, sarebbe saltato fuori che una banca statale svedese non solo aveva fatto affari con la criminalità organizzata, ma aveva rinunciato a diversi miliardi di corone dei contribuenti. Eravamo sempre più preoccupati, e nell'inverno del 1993 finimmo per ritrovarci in un vicolo cieco. L'indagine era ferma e Claire pensava solo al suo bambino. Mi vergogno ad ammetterlo, ma abbassammo la guardia. L'avevamo trasferita in Italia, nelle campagne di Limena, nei dintorni di Padova, in una casa che avevamo affittato da un editore tedesco. Ogni tanto lei andava a fare la spesa da sola. C'era un negozietto a pochi chilometri di distanza, nel mezzo del nulla, e qualche genio incaricato della sorveglianza evidentemente aveva pensato che non ci fosse alcun pericolo. O forse era stata lei a insistere. Si lamentava in continuazione, diceva che non ce la faceva più, che aveva bisogno d'aria. E il bambino, Jakob... Dio santo, era un piccolo campione. Aveva iniziato a camminare a un'età in cui gli altri bambini imparano a gattonare, e non stava fermo un secondo. Era come badare a un gatto, a una volpe.»

«Di chi era figlio?» chiese Micaela impaziente.

«Non correre... Volendo spezzare una lancia in favore della scorta italiana, Claire era completamente diversa da quella che aveva lasciato la Svezia: aveva un altro colore di capelli, un altro modo di parlare, una nuova identità. E comunque non capitava spesso che uscisse da sola.»

«Ma fu sufficiente.»

«Purtroppo sì. E a quel punto, dopo la catastrofe, non c'era più modo di tornare indietro. L'indagine non poteva che essere considerata morta e sepolta.»

«Cosa accadde di preciso?»

Hellner sorrise, malgrado avesse parlato di una catastrofe, come se centellinare le informazioni lo divertisse. Micaela invece trovava che fosse irritante, e lo incitò a proseguire con un cenno della mano. Il commissario capo però non la accontentò, limitandosi invece ad aprire la cartella e a estrarre la custodia schermata.

«Vorrei che ci fosse anche Rekke, ho parlato già troppo. Proviamo a richiamarlo?»

Micaela annuì e prese il cellulare. C'erano due chiamate perse di Natali. La cosa era preoccupante. Dimenticò Hellner e ripensò alle parole di Natali: Lucas aveva incontrato un'altra, una ragazzina ricca. C'erano un milione di ragazzine ricche, ma... Hugo le aveva detto che qualcuno a cui voleva bene avrebbe rischiato di farsi male.

Possibile che si trattasse di Julia? Ma no. Julia viveva in un altro mondo. Aveva appena finito il liceo, non si sarebbe mai presa una cotta per un criminale più vecchio di quindici anni. Eppure... aveva cambiato look e le aveva detto di aver conosciuto qualcuno. Forse valeva la pena di controllare.

Chiamò Rekke, come le aveva chiesto Hellner, ma senza risultato. Guardò Hellner scuotendo la testa, poi si allontanò di qualche passo e chiamò Vanessa. Lei captava qualsiasi pettegolezzo alla velocità della luce.

Vanessa, come se tra loro non ci fosse stato il minimo screzio, rispose con un sonoro: «Darling!»

«Ciao, bella» disse Micaela. «Una cosa al volo: Lucas ha in ballo una storia con un'altra?»

Vanessa esitò.

«Non dovrei dirtelo.»

Cazzo, pensò Micaela.

«Eddai.»

«Sta vedendo una ragazzina dei quartieri alti, secondo Hugo. Una che abita dalle vostre parti.»

«In Karlaplan?»

«Qualcosa del genere, dice che studia arte o stronzate simili. Roba da non crederci.»

Micaela si irrigidì e si voltò verso Hellner, in preda al panico.

«Ehi, che succede?» chiese Vanessa, che doveva aver percepito il cambio di atmosfera.

«Ti chiamo più tardi» rispose Micaela. E subito si avviò a grandi passi verso il centro, borbottando qualche parola di scusa. Sentì Hellner che la chiamava, e per un attimo pensò di tornare indietro. L'aveva appena messa a parte di un grande segreto, un comportamento del genere non era professionale. E in fondo niente indicava che Julia fosse davvero in pericolo. Lucas non le avrebbe mai fatto del male. Probabilmente voleva solo mettere sotto pressione lei, per convincerla a lasciarlo in pace.

Le tornarono in mente le parole di Natali. *Come se spezzasse il collo a un uccellino.* Davvero era così stupido da sfidarla in quel modo? E lei cosa diavolo poteva dire a Rekke? Per il momento niente, almeno finché non ne avesse saputo di più.

Mentre provava a chiamare Julia, si accorse che Hellner la stava rincorrendo.

«Dove vai?» le gridò.

Micaela lo ignorò. Il cellulare di Julia era spento, quello

di Lucas anche. Cazzo, cazzo. Cosa diavolo stava succedendo? Si voltò e gridò a Hellner che avrebbe trovato Rekke e sarebbe tornata il prima possibile. Poi si strinse nel giubbotto di jeans e aumentò il passo, superando l'ambasciata americana che torreggiava sulla strada con la sua architettura senz'anima.

Dio santo, poco prima ce l'aveva a morte con Rekke per la sua apatia. E ora era lei, con la propria impazienza, ad aver messo in pericolo sua figlia. Gli mandò un breve sms: niente di preciso, solo due parole per informarlo che aveva bisogno di parlargli al più presto, anche se ancora non sapeva cosa gli avrebbe detto. Forse solo di Claire Lidman e Lars Hellner. Lo avrebbe deciso dopo, ora doveva agire. Se fosse successo qualcosa a Julia non se lo sarebbe mai perdonato.

Si fermò di botto. Una coppia di colombi le svolazzò attorno ai piedi. Come doveva comportarsi? Avrebbe voluto urlare a Lucas: Fai tutto quello che ti pare, riducimi pure a pezzetti, ma lascia in pace Julia! Invece gli mandò un sms: «Smetto di indagare sui tuoi traffici se lasci stare Julia Rekke.» Non era il massimo, avrebbe potuto essere preso come una provocazione, ma almeno aveva messo qualcosa nero su bianco. Comunque una promessa non gli sarebbe bastata, avrebbe preteso qualche garanzia. Probabilmente avrebbe cercato di renderla in qualche modo sua complice, in modo da legarla indissolubilmente a sé.

Scacciò i colombi. Era preoccupante che entrambi i cellulari fossero spenti. Significava che Lucas non voleva essere rintracciato, o addirittura che stava pianificando qualche stronzata? O era lei che stava diventando paranoica? Forse, ma si trattava di Julia, non poteva rischiare. Doveva risalire alla posizione in cui Lucas aveva spento il cellulare. Un secondo dopo stava già chiamando Jonas Beijer. Le cose non erano più semplici come una volta, tra loro, ma Jonas era sempre affettuoso e protettivo, e dalla sua scrivania della sezione reati gravi di Solna poteva darle una mano.

L'ex collega rispose in tono allegro.

«Hai trovato Rekke?»

Micaela non ci girò attorno.

«Adesso ho bisogno del tuo aiuto per un'altra cosa.»

«Okay, ti ascolto.»

«Si tratta di Lucas, mio fratello. Ho bisogno di sapere qual è l'ultima cella a cui si è agganciato il suo telefono.»

«Puoi anche dirmi perché?»

«No, non ancora.»

Silenzio.

«Stai scherzando.»

«Non fare il difficile, Jonas. Sono davvero nella merda.»

Lui sembrò riflettere un attimo.

«Okay. Ma non sarà una cosa facile. Lo sai che quelli come lui passano continuamente da una scheda prepagata all'altra.»

«Provaci.»

«Faccio un tentativo, proprio perché sei tu.»

Micaela avrebbe voluto ringraziarlo, ma di nuovo non ne ebbe il tempo. Esattamente com'era successo la volta precedente, vide Rekke che le andava incontro con sguardo cupo e assente.

39

Magnus stava per salire sull'aereo per Stoccolma, quando Herman Camphausen, il vecchio amico di Hans, lo chiamò da una linea protetta. Lo aveva cercato lui subito dopo aver parlato con Morovia, lasciando detto che era urgente, e ovviamente era stata un'imprudenza. Ora avrebbe dovuto inventarsi qualcosa di credibile.

«Herman» disse, sfilandosi nervosamente dalla fila al gate. «Quanto tempo. Come stai?»

«Divento curioso, se ricevo una telefonata da un uomo così impegnato. Sto proprio guardando una foto France-Press di te e Putin che sembrate divertirvi un mondo.»

Per un attimo Magnus recuperò la fiducia in se stesso. *Te e Putin.* Non suona poi così male, si disse. No, non avrebbe pietito informazioni con il cappello in mano. Avrebbe lusingato quel pagliaccio dei servizi segreti fino a fargliele sputare.

«Stavamo parlando di Morovia» disse.

«Ah, però.»

Magnus si sentì ancora più forte. Bastava poco per cambiare gli equilibri di potere. Comunque decise di aspettare Herman al varco.

«Sì, è stato il nostro argomento del giorno.»

«E cosa dice Putin di Morovia?»

Magnus si domandò se non fosse il caso di inventarsi qualcosa di particolarmente interessante, visto che c'erano le prove fotografiche del loro incontro.

«Che vorrebbe vederlo morto.»

Herman rise.

«E come avresti fatto a tirargli fuori un'affermazione del genere?»

«Stavamo scherzando, ma sotto sotto c'è del vero» proseguì Magnus. «Ho pensato che ti avrebbe fatto piacere saperlo, se ancora insegui la tua nemesi personale.»

«Non è una novità che tra Morovia e il Cremlino i rapporti siano tesi» rispose Herman, più sulla difensiva.

«No, certo. Dai tempi dell'omicidio Chabarov, vero?» Tanto valeva nominare subito l'elefante nella stanza. «Ma Morovia si è fatto vivo, con un piglio minaccioso.»

«Speri di poterli mettere l'uno contro l'altro?»

«No, no, io... sono solo preoccupato.» Magnus si sforzò di assumere un tono più grave. «Ho paura che Morovia possa prendersela di nuovo con Hans.»

Dal gate gli fecero cenno di sbrigarsi. Lui rispose con un gesto evasivo.

«È successo qualcosa di nuovo?» chiese Herman, anche lui più serio.

Tanto vale provarci, pensò Magnus.

«Temo che abbia scoperto che Hans vi ha aiutati nel caso Chabarov» disse.

Herman non rispose, e Magnus si concentrò sul suo silenzio.

«Non posso rilasciare dichiarazioni, Magnus, e non può farlo nemmeno tuo fratello. Ma...»

«Sì?»

Magnus chiuse gli occhi.

«Se Morovia si è messo in testa una cosa del genere, tuo fratello ha bisogno di una scorta, o di essere trasferito in un luogo sicuro.»

Aveva tutta l'aria di una conferma. All'improvviso Magnus non sapeva cos'altro dire.

«Già, hai ragione» si limitò a rispondere. «Senti, Herman, adesso devo prendere un aereo, mi stanno chiamando dal gate. Ma restiamo in contatto. Cerchiamo di incastrare Morovia una volta per tutte.»

«Non starai facendo di nuovo il doppio gioco, vero?» chiese Herman.

«Cosa? No, certo che no» rispose Magnus con simulata indignazione. «Voglio solo avvisare Hans e assicurarmi che sia al sicuro. Ti chiamo io» disse, e riattaccò.

Aveva intenzione di fare esattamente quello che aveva detto: avvisare Hans. Ma poi, mentre tirava fuori il biglietto e il documento, pensò che la famiglia è tutto, il sangue non è acqua, eccetera eccetera, però l'istinto di sopravvivenza è ancora più forte. Mentre saliva a bordo, mandò a Morovia un messaggio cifrato confermandogli che Hans era stato davvero un consulente nell'indagine sull'omicidio Chabarov. A Hans avrebbe telefonato dopo essere atterrato.

Lucas la strinse più forte di quanto avesse intenzione di fare e Julia si dibatté. A quel punto lui perse la pazienza e la spinse sott'acqua, solo per un attimo. Niente di che, lei però ne fece una tragedia, e alla fine fu costretto ad aiutarla a uscire dalla piscina e ad abbracciarla mentre lei tossiva e ansimava.

«Tranquilla, è solo perché ho voglia di te» disse.

«Ho bevuto» balbettò lei, sistemandosi il top del bikini che si era spostato.

Lucas le guardò il seno. Cazzo, era proprio magra. Si vedevano le costole e la schiena era curva come quella di un gatto. Gli venne voglia di colpirla di nuovo, di punirla per quanto era irritante, e lei probabilmente se ne accorse perché si irrigidì, costringendolo a scaricare la rabbia su una sdraio che si rovesciò con un colpo secco. Julia strillò come se avesse visto un topo. Ragazzina viziata, pensò Lucas abbracciandola di nuovo e mormorando controvoglia parole tenere, perfino un: «Perdonami.» Qualsiasi cosa pur di farla stare tranquilla. Anche se non ne poteva più e rischiava di commettere una sciocchezza da un momento all'altro.

Se fosse successo, sarebbe stata colpa di Micaela. Si era messa in testa di rovinargli la vita, malgrado tutto quello che aveva fatto per lei. L'aveva perfino salvata dal loro padre. Negli ultimi anni di vita, si era ridotto a una larva. Se ne stava seduto, infelice, a scrivere rimproveri sui suoi biglietti da sordo. «Sono preoccupato per te, Lucas. Dove trovi tutti quei soldi?» Non erano affari suoi. Anzi, avrebbe dovuto essere felice che qualcuno portasse a casa qualcosa. E poi era troppo permissivo, lasciava che Micaela andasse e venisse come voleva. L'unico con cui se la prendeva era lui. «Non mi piace la strada che ha preso, Lucas» scriveva. «Non t'importa nulla dell'umana decenza?»

Verso la fine cercava addirittura di tenere Micaela il più possibile lontano da lui. Era troppo. Chi manteneva tutta la famiglia? Certo non il loro padre, ma lui, Lucas, l'unico uomo di casa. E quando passò ai fatti fu perché era stato costretto, non per altro. Una mattina d'inverno si presentò un'occasione, e lui la colse. Aveva quella capacità, quella dote. Ogni tanto, dopo tutti quegli anni, gli capitava ancora di rivedere la scena. Era stato così facile, quasi elegante: una piccola spinta, un movimento rapido, e poi un volo senza nemmeno un grido.

In un certo senso era venuto al mondo in quel preciso momento. Quando aveva spinto giù dal ballatoio il padre, era rinato. Dopodiché aveva portato alla discarica tutti i libri che aveva trovato in casa, aveva imbiancato le pareti e cambiato la carta da parati. Aveva creato il suo universo con le sue regole, e in quell'universo niente era più importante di Micaela. Loro due contro il mondo. E adesso...

cazzo! Adesso lo tradiva nel peggior modo possibile, quella maledetta troia.

Lucas tornò bruscamente al presente. In preda alla rabbia, doveva aver stretto un po' troppo Julia, che gli stava mollando dei calci alle gambe.

«Lasciami» strillava.

Riprese il controllo e la lasciò andare. Non l'aveva mai vista così arrabbiata, finalmente sembrava capace di reagire. Andò a prendere un asciugamano e glielo posò sulle spalle con un altro: «Perdonami.» Doveva essere il suo record personale. Le asciugò delicatamente la schiena e si chiese se non fosse il caso di andare a prendere lo champagne, che secondo gli accordi avrebbe trovato nel frigo: se voleva scattare una foto e mandarla a Micaela, dovevano sembrare felici e innamorati, avrebbe fatto più effetto. Però non fece in tempo a decidere, perché all'improvviso Julia si irrigidì e si mise in ascolto, speranzosa.

Lui non aveva sentito niente, ma era una cosa di cui si era già accorto. Julia aveva una sorta di superpotere, notava le cose in anticipo e arrivava alle conclusioni più rapidamente di chiunque altro. A ogni modo adesso lo sentiva anche lui: una macchina si stava fermando proprio davanti alla casa. Cazzo, cazzo. Possibile che qualcuno li avesse raggiunti? Gli avevano promesso che li avrebbero lasciati in pace. Però... l'avvocatessa aveva parlato di istruzioni, di una conferma. Che fosse successo qualcosa? Si maledisse per aver accettato i loro soldi. Calma. Qualcuno aveva aperto la porta. Avrebbe anche potuto suonare... Sentì dei passi, e si infuriò vedendo che Julia più che preoccupata sembrava sollevata. Voleva che qualcuno la salvasse da *lui*?

Linda Wilson si sentiva sul punto di crollare, perciò spense il telefono. Per quel giorno ne aveva abbastanza, non ce l'avrebbe fatta a parlare con nessun altro, fosse pure arrivata Claire a bussare alla porta.

Non aveva sue notizie da mesi, e la cosa in sé non era insolita. Non avevano mai avuto contatti frequenti, per motivi di sicurezza, e perché gli anni passavano. Ma adesso era diverso, l'atteggiamento di Lars Hellner le aveva lasciato intendere che c'era qualcosa che non andava. È morta, pensò, ed è tutta colpa mia.

Aveva rimproverato per anni a Claire di aver rinunciato a tutto – lei compresa – per incastrare un uomo che in fondo le aveva fatto solo del bene. Gabor Morovia le aveva aperto le porte del bel mondo, l'aveva aiutata a trovare un lavoro e a diventare ricca. Perché prendersela con una persona del genere? L'aveva capito solo quando era troppo tardi. Ci sono cose che non possono restare impunite. Ci sono cose che devi per forza fermare, a costo di pagare con la tua vita e la tua libertà.

L'ultima volta che l'aveva sentita – seguendo tutta la procedura prescritta –, stava andando a Venezia. Si trattava di una convocazione, una specie di ultimatum di cui Claire non aveva voluto darle i dettagli. Lei però aveva capito che era importante. Diversamente Claire avrebbe preferito restare in disparte evitando una città così turistica. A ogni modo, lei si era aspettata di saperne di più in seguito, invece Claire non aveva dato segni di vita. Era scattato l'allarme, si era cercato di rintracciarla, ma non si era ottenuto altro che testimonianze confuse e registrazioni sgranate delle telecamere di sorveglianza.

La cosa migliore che Linda poteva sperare era che Claire si fosse allontanata volontariamente, non fidandosi più dei suoi contatti all'interno della polizia, ma non riusciva a crederci. Era successo qualcosa di terribile, e lei per la millesima volta si domandò perché.

Era iniziata con il gruppetto della London School of Economics: Alicia, Claire e Sofia, tre ragazze che lei aveva invidiato a morte. Erano belle, intelligenti, ambiziose e avevano trovato un genio carismatico, un ricco matematico ungherese che le aveva fatte entrare nell'élite finanziaria. Sembrava un sogno, e in alcuni momenti lei aveva quasi desiderato che capitasse qualcosa a sua sorella. Claire aveva tutto, mentre lei si ritrovava ai margini. Invece era la semplicità della sua vita a essere invidiabile. Lei passava da un lavoro come cameriera all'altro, ma Claire veniva trascinata verso il giro della criminalità. Aveva firmato un vero e proprio patto con il diavolo, e avrebbe potuto uscirne solo come la bellissima Sofia Rodriguez: con la morte e le pene dell'inferno.

Dio, quanto si vergognava. Si era comportata in modo imperdonabile. Ma con Claire aveva perso il suo unico vero punto di riferimento, e nessuno le aveva spiegato – o almeno non lo aveva fatto con sufficiente chiarezza – perché era stato necessario. Lei l'aveva considerato un gesto egoistico, quasi malvagio.

Non avrebbe mai potuto dimenticare l'obitorio di San Sebastián, la puzza soffocante della donna bruciata, stesa sul tavolo settorio, e tutta la sceneggiata che era stata costretta a recitare. Aveva odiato quella faccenda fin dal primo momento. Avrebbe quasi preferito che Claire fosse davvero morta in quell'incidente. All'epoca pensava che se lo fosse meritato. Sì, forse avrebbe davvero voluto punire Claire per il suo senso della giustizia e la sua incapacità di scendere a compromessi.

Forse aveva addirittura sognato – pensiero terribile – di attirare l'attenzione dell'uomo che aveva stregato sua sorella, e per quello si era lasciata manipolare così facilmente. Avrebbe dovuto dare subito l'allarme, vedendolo comparire in Sibyllegatan. Ma in un primo momento non aveva capito chi fosse. Sembrava diverso da come se l'era immaginato, con quei jeans e quel giubbotto di pelle. Aveva un dolore sul volto, una sorta di dolcezza negli occhi verdi. Sembrava un uomo qualunque, solo un po' più elegante, più premuroso. E non c'era dubbio: l'aveva notata, e la faceva sentire speciale.

«Sei tu la più interessante delle due» le aveva detto offrendole da bere in un piccolo ristorante cinese vicino a casa. Era stato allora che aveva notato la sua voce, calda, suadente, capace di cullarla e attirarla. In realtà non gli aveva raccontato granché, nemmeno che Claire non era davvero morta. Morovia sembrava saperlo già, e lei non ne sapeva molto di più. Hellner e gli altri erano stati ben attenti a non passarle troppe informazioni. Ma evidentemente doveva avergli dato comunque qualche indizio. Poi lui doveva aver fatto due più due.

Era difficile convivere con la consapevolezza di aver rivelato qualcosa di importante, ma ormai le cose stavano così. Doveva accettarlo. Adesso si trattava di fare ammenda, contribuendo a riportare Claire di nuovo al sicuro. Ah, santa madre di Dio, quanto era difficile la vita.

40

I segni premonitori c'erano stati.

A Limena, Claire continuava a fare la spesa senza scorta, nel negozio di alimentari lungo la strada fiancheggiata da campi di mais, nel mezzo del nulla. Jakob aveva circa tre anni ed era magro come uno stecco. Era al di sotto di tutte le curve di crescita per peso e altezza, ma era molto avanti in tutto il resto, linguaggio, motilità, apprendimento, e Claire ne andava immensamente fiera.

Quel giorno indossava dei calzoncini corti e una maglietta azzurro cielo. Il negozio era di pietra gialla con le finestre bianche. Non vendeva solo alimentari ma anche abbigliamento, giocattoli e attrezzi da giardino. Jakob entrò saltellando a piedi uniti: per lui ogni passo era un'avventura. Come al solito chiacchierarono con Francesca, la giovane figlia della proprietaria che sprecava la sua vita alla cassa, e come al solito uscirono tenendosi per mano.

Le borse della spesa erano troppo pesanti e Claire aveva male al ginocchio, ma era una splendida giornata di sole ed era bello potersi risparmiare gli eterni sospiri della scorta per le invenzioni e i giochi di suo figlio. Che all'improvviso estrasse dalla tasca una pallina elastica e una barretta di cioccolato con la carta rossa: dovevano essere il frutto di un piccolo furto, anche se la gioia innocente con cui le stava offrendo alla mamma mostrava chiaramente che lui non si rendeva conto di aver fatto qualcosa di sbagliato. Malgrado ciò, lei gli mollò un ceffone. Lui ne fu così stupefatto che non corse via. Restò lì impalato, con le labbra tremanti.

E lei ci mise un po' ad ammettere cos'era successo. Non era stato il furto a scatenare la sua reazione. Era stato lo sguardo di Jakob, il suo sorriso mentre esibiva la pallina e il cioccolato, il fatto che in quel momento il suo viso non ricordava quello di Samuel. Anzi, ricordava scene che lei avrebbe preferito dimenticare: Gabor che le sorrideva minaccioso, ordinandole di spogliarsi e rimanere immobile davanti allo specchio; Gabor che le bisbigliava che l'avrebbe bruciata come Sofia, se avesse osato tradirlo. Un sorriso del figlio che amava più di ogni cosa al mondo aveva risvegliato in lei tutta una serie di ricordi spaventosi. Quando Jakob si riscosse e corse via, sparendo in una nuvoletta di polvere lungo la strada, Claire si accasciò lasciando andare le borse della spesa.

Rekke le andava incontro lungo il sentiero che passava tra le ville dei diplomatici e la riva. Camminava a passo deciso, e Micaela pensò che era di nuovo se stesso, o almeno era sulla strada giusta. Peccato che proprio lei dovesse farlo riprecipitare nelle tenebre da cui era appena uscito. Non sapeva nemmeno come dirglielo, che Lucas aveva conosciuto sua figlia.

Decise di rimandare, tanto in quel momento non avrebbero potuto farci niente. Prima, Beijer avrebbe dovuto localizzarlo e informarla. E forse non era nemmeno così grave. Lucas voleva che smettesse di indagare su di lui, e quello che gli serviva era qualcosa con cui minacciarla, non un fatto compiuto. Probabilmente era tutto a posto.

Micaela abbassò gli occhi. Non aveva idea di quali emozioni potesse risvegliare in lui una ragazza come Julia:

eccitazione, hybris, rabbia, invidia, desiderio di possederla. O di distruggerla?

«Ciao» disse.

Rekke sembrava sconvolto. Aveva gli occhi arrossati e le mani strette a pugno. Stava per dire qualcosa, quando gli squillò il cellulare. Guardò chi era e, sorpreso, la zittì con un gesto.

«Scusa, devo rispondere» disse allontanandosi di qualche passo.

Micaela lo sentì parlare in tedesco e vide che la sua espressione si incupiva ulteriormente. Quando tornò, il suo sguardo sembrava fuori fuoco: invece che su di lei, si concentrava sull'acqua alle sue spalle, cosa di cui in un certo senso era grata.

«Mi hai cercato?» disse Rekke.

Micaela avrebbe voluto chiedergli con chi aveva parlato.

«Ho incontrato un commissario capo della polizia nazionale» rispose invece. «Vuole che firmiamo un impegno alla riservatezza. Ha lavorato per anni al caso Lidman.»

Rekke si voltò verso di lei, apparentemente immerso in altri pensieri. Aveva ancora i pugni stretti.

«Quindi è ancora viva?»

«Di sicuro lo era fino a marzo. Credo che il commissario capo Hellner voglia raccontarci cos'è successo.»

Rekke annuì con aria assente.

«Ah, ecco» disse. «Prima però devo parlare con mio fratello Magnus.»

«Cosa vuoi da lui?»

«Non saprei. Mi hanno appena informato che dovrei trasferirmi in un luogo sicuro. Magnus ha... non riesco nemmeno a pensarci.»

Sembrava scioccato. Ma si rasserenò di colpo, in modo quasi irrazionale, guardando il sentiero.

«Ecco il tuo commissario capo Hellner» disse. «Con

occhiali da sole, cartella e tutto il resto. Si direbbe che tu l'abbia piantato in asso un po' bruscamente.»

Micaela non chiese come facesse a sapere che l'uomo che stava arrivando era il commissario capo Hellner e che lei l'aveva piantato in asso. Si limitò a scusarsi con Hellner facendogli un cenno e indicandogli Rekke, per dimostrare che aveva trovato quello che stava cercando. Hellner si illuminò, fece un piccolo inchino e andò loro incontro.

«Che onore. Ho sentito tanto parlare di lei.»

Non era un'esagerazione. Aveva davvero sentito tanto parlare di Rekke. Il suo nome era saltato fuori più volte negli ultimi anni, e lui avrebbe voluto coinvolgerlo fin da subito nell'indagine. Ma il professore era considerato problematico e forse – almeno secondo alcuni – non del tutto affidabile. Eppure a loro insaputa aveva dato un contributo fondamentale proprio a quell'indagine. Hellner a posteriori aveva saputo che un alto funzionario dei servizi segreti tedeschi l'aveva consultato di sua iniziativa, ed era stato un vero e proprio colpo di fortuna. Da un paio di impronte nella cenere, il professore era riuscito a costruire un intero castello di deduzioni. Che però non era servito a niente: avevano comunque perso la loro battaglia, ed erano stati costretti a lasciar andare Claire. Da quel momento aveva dovuto cavarsela da sola. Era stato terribile, e suo figlio... Hellner non voleva nemmeno pensarci. Avrebbero dovuto prendersi cura di loro in un modo migliore.

«Davvero, è un onore conoscerla» riprese.

«L'onore è mio» disse Rekke, con un sorriso ansioso. «A quanto pare, Claire Lidman non è più la sola a essere in pericolo, lo sono anch'io. Se devo essere di aiuto, dobbiamo darci una mossa.»

«Certo, certo» rispose Hellner iniziando a frugare nervosamente nella cartella.

41

La catastrofe avvenne in una giornata particolarmente calda. Claire aveva iniziato a investire in azioni e derivati sotto il suo nuovo nome, ma la sua occupazione principale era fare la mamma. Jakob le era legato in modo quasi morboso.

«Sei arrabbiata con me?» le chiedeva in continuazione, malgrado lei non si fosse mai arrabbiata con lui, a parte quell'unica volta in cui gli aveva dato un ceffone.

Il bambino reagiva alla minima variazione di tono ed espressione della madre, e passava tutto il tempo a ricomporre puzzle e a giocare con i pezzi degli scacchi. Claire lo amava disperatamente, ma a volte aveva l'impressione di impazzire. Quel giorno, per esempio, mentre andavano verso il negozio di alimentari, ancora una volta senza scorta, lui continuava a correrle attorno rischiando di farla inciampare e lei era costretta a guardare dove metteva i piedi.

Francesca era alla cassa con i capelli sciolti e la camicetta sbottonata. Aveva vent'anni ed era un ottimo incentivo agli acquisti. I ragazzi del posto entravano a comprare qualcosa per scambiare due parole, e ognuno di loro era convinto che fosse innamorata proprio di lui. In realtà a lei interessava di più parlare con Claire – o Sara, come si chiamava allora. Francesca sapeva poco di lei, come tutti gli altri lì in zona, e quel poco era inventato, però aveva capito che era una persona distinta e si illuminava sempre quando la vedeva.

Ma quel giorno restò sulle sue e arrossì con espressione misteriosa.

«Cos'hai?» le chiese Claire.

«Non posso dirtelo.»

«Come vuoi.»

«Ti ha cercata un uomo. Un tipo elegante, ricco.»

Francesca fremeva di eccitazione, e forse si aspettava un fremito in risposta, o almeno qualche segno di curiosità. Invece Claire si limitò ad annuire aggiungendo solo un: «Ma guarda.» Poi pagò e se ne andò con calma.

«Ahi» strillò Jakob mentre uscivano. Senza accorgersene, doveva avergli stretto troppo forte la mano.

«Scusa, tesoro» borbottò lei senza allentare la stretta, giocherellando nervosamente con il cercapersone che aveva nell'altra mano.

Ovviamente avrebbe dovuto chiamare subito la scorta per dare l'allarme. Invece continuò a camminare come in trance, pensando che era arrivato il momento di trasferirsi. Erano lì da troppo tempo. Il sole le bruciava il collo, aveva la schiena bagnata di sudore. Quando un trattore li superò, lei accelerò il passo. Jakob era costretto a correre per non restare indietro.

«Cosa c'è, mamma? Cosa succede?»

«Niente» lo rassicurò lei. «Dobbiamo solo sbrigarci un pochino.»

Se lo mise a cavalcioni sulle spalle, era ancora abbastanza leggero. Lui le si aggrappò ai capelli – come se fosse a cavallo. Lei osservò la strada davanti a loro. In fondo alla discesa c'era il ruscello, dopodiché bastava girare a sinistra e risalire verso il bosco per arrivare a casa. Diede l'allarme con il cercapersone: la scorta sarebbe arrivata in pochi minuti.

Poi toccò la gamba di Jakob, dicendogli di lasciarle stare i capelli. In quel momento sentì una macchina alle spalle, che si avvicinava lentamente. Aspettò che li superasse, con un cenno la invitò a passare, ma quella continuava a seguirli a passo d'uomo, come un predatore in agguato. Claire posò a terra Jakob, pronta a gettarsi di lato con lui, rotolare giù dalla strada e scappare per i campi.

La macchina si fermò. Una portiera si aprì e si chiuse. Claire sentì dei passi che si avvicinavano, ma non osò voltarsi finché Jakob non le chiese: «Mamma, chi è?»

Non era cambiato, almeno a un primo sguardo. Indossava un completo di lino color kaki, una camicia bianca e un cappello come quelli dei gangster dei film, e la fissava con i suoi occhi cangianti.

«Morirò?» gli chiese Claire in inglese.

«Sì, amica mia» rispose lui.

L'uomo estrasse una pistola dalla fondina sotto la giacca. È già qualcosa, fece in tempo a pensare lei. Almeno non brucerò viva.

«Come ci hai trovati?»

«Non ho mai creduto all'incidente che avete organizzato.» L'uomo si portò una mano al petto. «Lo sentivo nel cuore, che eri viva, ma ci ho messo del tempo a trovarti. Mi sono dovuto impegnare parecchio. Eri ben nascosta.»

«È tuo figlio.»

Lui sembrò non aver sentito. Si limitò a guardare il campo di mais mentre sollevava la mano che impugnava l'arma. Poi le guardò il petto, come se volesse mirare a quello. Aveva le scarpe sorprendentemente sporche e la fronte e il mento sudati. Non si radeva da un paio di giorni e aveva le labbra secche e screpolate. Sembrava invecchiato, e forse anche lui era agitato. I suoi passi però erano decisi e la mano ferma.

Claire strinse a sé Jakob.

«È tuo figlio» ripeté.

«Non ho più un figlio.»

«Guardalo, Gabor. È tuo.»

Non poteva saperlo – e sperava ancora che non lo fosse. Ma in quel momento le sembrò la cosa migliore da dire.

«Non ha nessuno oltre a me, ed è figlio tuo, razza di bestia senza cuore.»

Gabor ignorò il bambino, come se non volesse farsi influenzare. Ma alla fine abbassò lo sguardo su di lui, prima rapidamente, poi più a lungo, intensamente, e a quel punto un'ombra gli passò sul volto. Il suo sguardo diventò vuoto e confuso, mentre gli occhi gli si riempivano di lacrime e iniziava a tremargli la mano.

«Ho perso mio figlio» disse. «È morto fra le mie braccia e nessuno può...»

Tacque e abbassò l'arma, puntandola su Jakob. Claire fece appena in tempo a gridare, prima che il colpo esplodesse, seguito da un silenzio spaventoso.

Julia ascoltava i passi che si avvicinavano. Ne era stata felice, perché Lucas l'aveva spaventata, poi però aveva iniziato a preoccuparsi. Chi poteva entrare senza bussare? Vedendo arrivare un uomo in completo grigio con un sorriso rassicurante, tirò un sospiro di sollievo. Forse era il proprietario della villa, magari c'era stato un malinteso sull'affitto.

Guardò Lucas. Anche lui sembrava confuso. Si avvolse meglio nell'asciugamano e guardò di nuovo l'uomo, che sollevò un sopracciglio e sparì all'interno, per tornare subito dopo con un accappatoio. Julia esitò un attimo, ma poi lo prese e lo indossò. Era troppo grande, ma era caldo e piacevole. Ringraziò l'uomo, che rispose in inglese.

«Non c'è di che» disse, sedendosi su una sdraio lì accanto.

«Mi scusi, lei chi è?»

«Passavo da queste parti» rispose.

Era una risposta strana, e Julia guardò di nuovo Lucas,

che sembrava decisamente irritato. Cosa stava succedendo? Si sentiva sempre più a disagio.

«Cosa intende?»

L'uomo – che aveva un'aria magnetica e una voce conturbante – rispose calmo: «Mi spiace disturbarvi, e le spiegherò tutto. Prima però...»

Fissò Lucas, gli si avvicinò e gli parlò a bassa voce. Julia non capì una parola ma aspettò, sperando che fossero buone notizie, anche se la preoccupava il fatto che Lucas fosse così arrabbiato.

«Mi scusi» disse l'uomo tornando a sedersi. «Come si sente?»

Aveva un orologio costoso e le vene in rilievo sulle mani.

«Meglio» rispose Julia. «Mi servirebbe solo il mio telefono.»

L'uomo le rivolse un sorriso malinconico.

«Allora faremo in modo di restituirglielo» disse. «Hai visto il cellulare della signorina?» gridò.

Lucas scosse la testa, anche se gliel'aveva preso lui con la scusa di passare un fantastico fine settimana a tu per tu. Avrebbe voluto urlargli di non fare l'idiota, ma era sempre più confusa dalla situazione e preferì chiedere all'uomo se poteva prestarle il suo.

«Ma certo.»

«Devo chiamare mio padre» spiegò, vedendo che l'uomo non accennava a darglielo.

«Crede che sia preoccupato?»

«Ne sono sicura» rispose. «Lei ha figli?»

Non sapeva perché l'avesse detto. Forse stava cercando un modo per stabilire un contatto con lo sconosciuto e capire come mai non le dava il cellulare, dopo averglielo promesso. Lo guardò meglio: era elegante, con folti capelli scuri pettinati all'indietro e lineamenti netti e regolari, anche se il risultato era una certa asimmetria. Forse il problema erano gli occhi, che sembravano di colore diverso e davano a tutto il suo aspetto un che di contraddittorio. Aveva più o meno la stessa età di suo padre, anzi, forse gli assomigliava un pochino: lo stesso sguardo penetrante, malinconico. Il sorriso però non era altrettanto caldo, e come avrebbe potuto.

«Ne avevo due» rispose.

Julia non sapeva se chiedergli cosa fosse successo o fingere di non aver sentito e insistere per avere il telefono.

«Non li ha più?»

«Li ho persi.»

«Mi dispiace. Cos'è successo?»

Avrebbe dovuto tenere la bocca chiusa, ma la domanda era venuta da sé, per cortesia o curiosità, o forse solo perché sentiva che era importante farla.

«Uno dei due è morto in un attentato» rispose l'uomo.

«Oh» esclamò Julia.

«Si chiamava Jan ed era il ragazzo più meraviglioso del mondo. Aveva solo nove anni, ma era già un campione di judo e karate. Ero stato io il suo maestro.»

«E l'altro?»

«L'altro non era come Jan.»

«Cosa gli è successo?»

«Non credo che potrebbe capire. Era debole. Conosco suo padre, sa?»

«Davvero?»

Non le piaceva che avesse definito debole il secondo figlio, e ancora meno che conoscesse suo padre.

«Sì, da molto tempo.»

«Come mai?»

«I nostri padri si conoscevano. Ma il suo mandò in rovina il mio, che non si riprese mai.»

«Mi spiace» disse Julia.

«Noi ci siamo incontrati per la prima volta da ragazzini. Lui aveva un insegnante che voleva che ci sfidassimo e ci tenessimo testa.»

Julia deglutì e guardò Lucas.
«E lei riusciva a tenergli testa?» chiese.
L'uomo sembrò divertito dalla domanda.
«Sì, ma era un avversario difficile. L'ho sempre trovato un personaggio affascinante. Ha ereditato qualcuna delle sue doti?»
Julia scosse la testa.
«No, sono una ragazza normale.»
«Forse presto dimostrerà il contrario.»
«In che senso?»
L'uomo non rispose e prese il cellulare, facendole dimenticare per un attimo la sgradevolezza di quelle allusioni. Forse finalmente avrebbe potuto chiamare suo padre. Invece no, l'uomo si limitò a leggere un sms che aveva ricevuto.
Gli chiese di nuovo se poteva prestarle il telefono, e lui la fissò con un'espressione diversa, quasi vivace.
«Mi sarebbe piaciuto avere qui suo padre» disse. «Ma diventerebbe un po' troppo complicato.»
C'era qualcosa di inquietante nel suo modo di parlare.
«Cosa intende?»
La risposta tardò ad arrivare.
«Mi sarebbe piaciuto che vedesse anche lui.»
Julia non voleva sapere cosa avrebbe potuto vedere suo padre. Non voleva nemmeno provare a indovinare. Si concentrò invece sulla situazione, intuendo che la sua vita dipendeva dalla sua capacità di osservazione.
Capì subito due cose. Tra Lucas e l'uomo c'era un'ostilità che diventava sempre più evidente mentre Lucas, rimasto sul bordo della piscina, si vestiva. Julia pensò che avrebbe potuto metterli l'uno contro l'altro per provare a scappare, ma la preoccupavano gli altri passi che aveva sentito all'esterno della casa.
La seconda cosa che aveva capito era che nella storia dei due figli dell'uomo si nascondeva qualcosa di fonda-

mentale. Aveva addirittura la sensazione che quella storia si intrecciasse con le vicende sue e di suo padre, perciò invece di chiedere ancora una volta il telefono disse in tono calmo: «Cos'è successo al suo secondo figlio? Quello debole?»

42

Lo sparo quasi le sfondò i timpani. Claire alzò gli occhi al cielo: il sole splendeva, all'improvviso il caldo era diventato torrido. In lontananza qualcuno gridò, forse spaventato. C'era odore di letame e terra riarsa. Non guardare, si disse, non ancora. Continua a sperare ancora un po'. Poi avvertì qualcosa, un suono leggero leggero, un respiro, un gemito, e si accorse di stringere ancora la mano di Jakob nella propria.

Abbassò gli occhi su di lui. Era ancora in piedi, pallido e muto, ma vivo. Si inginocchiò e lo toccò per capire dov'era ferito. Doveva esserlo, la sua vita non poteva che essere appesa a un filo, ma non si vedeva nessuna lesione.

Solo allora guardò Gabor, che impugnava ancora la pistola fumante. Lui annuì, come a confermare qualcosa che lei non riusciva a capire. Nello stesso istante sentì qualcosa sulle gambe: Jakob le si era accasciato addosso, fece appena in tempo ad afferrarlo prima che crollasse.

«Chiama l'ambulanza!» strillò.

«Non serve» rispose Gabor.

«Perché non hai sparato a me?»

«Ero...»

«Cos'eri?»

«Ero furioso perché lui era vivo e Jan no. Ho perso il controllo. C'è mancato poco.»

«Come, c'è mancato poco?» urlò Claire sfilando a Jakob la maglietta per vedere dov'era ferito.

Jakob se l'era fatta addosso e aveva i pantaloni e i polpacci bagnati, ma non aveva nemmeno un graffio.

«Ho sparato a terra» disse Gabor infilando l'arma nella fondina.

Il suo viso stava riprendendo colore. La guardò negli occhi, non con la consueta sicurezza, ma comunque dando l'impressione di aver recuperato il controllo. Poi disse qualcosa che lei non capì.

«Come?»

«Posso trovarti quando voglio. Una sola parola, e torno per sparare a tutti e due. O per darvi fuoco.»

Claire non rispose. Si limitò a guardare suo figlio e a ripetere il suo nome finché lui non riaprì gli occhi.

«Mamma» mormorò.

Claire lo strinse a sé. Avrebbe voluto sprofondare in quell'abbraccio, invece restava perfettamente consapevole della presenza di Gabor e continuava a chiedersi, un secondo dopo l'altro, cosa doveva rispondergli.

«Non testimonierò, te lo giuro sulla testa del bambino. Anzi, posso aiutarti, posso raccontarti quello che ha scoperto la polizia. E se vuoi...»

Non sapeva nemmeno lei cosa stava facendo. Sapeva solo che avrebbe detto qualsiasi cosa, pur di salvare suo figlio.

«Sì, Claire?»

«Se mai volessi rivederlo, se volessi cercare conforto in quello che abbiamo fatto insieme, potremmo organizzarci. È un bambino eccezionale.»

«È piccolo e magrolino, non assomiglia per niente a...»

Gabor sembrò di nuovo perdersi in se stesso, e per un attimo Claire si pentì delle proprie parole. Anche se nella situazione in cui si trovava avrebbe promesso di tagliarsi braccia e gambe, pur di proteggere Jakob.

«Lo farò mangiare di più, te lo prometto. Sarai fiero di lui» insistette.

Gabor annuì e si avvicinò. Si inginocchiò accanto a lei e accarezzò la guancia di Jakob con un dito – lo stesso dito che poco prima aveva premuto il grilletto. Poi disse nel tono che si usa con i bambini: «Povero piccolo, chissà che paura.»

Si alzò e se ne andò. Claire non avrebbe mai dimenticato i passi che si allontanavano, la portiera che si chiudeva e il cuore di Jakob che batteva contro il suo petto. Si riscosse, prese in braccio suo figlio e si incamminò verso casa. Poco dopo vide la scorta che le correva incontro.

Quando gliel'avrebbe detto? Presto, molto presto. Doveva solo aspettare la telefonata di Jonas Beijer. E forse anche quella di Lucas, per sentire cos'aveva in mente. Davanti a lei Rekke e Hellner stavano parlando e il linguaggio del corpo mostrava chiaramente che Hellner nutriva per Rekke molto più rispetto che per lei. Lo ascoltava concentrato, pronto a interrompersi al suo minimo commento.

«Quando avete abbandonato l'indagine su Morovia?» chiese Rekke.

«Nel 1994 ci siamo arresi definitivamente. Non avevamo più il sostegno dei piani alti, e Claire si era rimangiata tutto quello che aveva dichiarato in precedenza.»

«Come mai?»

Hellner si guardò attorno e vide una panchina in riva alla baia, un po' più avanti lungo il sentiero. Era la stessa che avevano scelto Rekke e Micaela la sera prima.

«Ci sediamo?»

Raggiunsero la panchina. L'ispettore si fece dare i cellulari, li infilò nella custodia schermata e aspettò che passasse una signora di mezza età con due bassotti al guinzaglio prima di iniziare a parlare.

«Se devo essere sincero, siamo stati noi a spingere Claire

tra le braccia di Morovia. Non eravamo più in grado di proteggerla, non le rimaneva altra scelta che affidarsi a lui. E la cosa purtroppo aveva una sua logica: se con gli amici non era al sicuro, era costretta ad allearsi con il nemico.»

«Quindi Morovia era riuscito a rintracciarla» commentò Rekke.

«Sì, ma ci abbiamo messo del tempo a capirlo. All'inizio avevamo solo intuito che doveva essere successo qualcosa di terribile. Il bambino non parlava più e Claire se ne stava in casa, evidentemente scossa. Nessuno dei due però voleva dirci cosa fosse successo. Poi lei ha preteso che abbassassimo il livello di protezione.»

«E voi avete accettato?»

«Sì, alla fine sì, ma non perché l'aveva chiesto lei. Abbiamo trovato prove del fatto che comunicava in segreto con Morovia, e non avrebbe avuto senso proteggerla da qualcuno con cui era volontariamente in contatto.»

Micaela intervenne nella conversazione.

«Perché Morovia ha risparmiato Claire, mentre con tutti gli altri che l'avevano tradito era stato spietato?»

Hellner si voltò verso di lei.

«Per il bambino» rispose. «Non vedo altri motivi plausibili. Immagino fosse quello il suo punto debole, e non sarebbe poi così difficile da capire. Aveva appena perso un figlio in un attentato, e all'improvviso era saltato fuori un altro bambino che secondo Claire era figlio suo. Un piccolo miracolo.»

«Quindi il figlio era di Morovia.»

«Lui per un certo periodo lo ha trattato come tale. Lo ha incontrato regolarmente e gli ha fatto regali costosi, ce l'hanno confermato le nostre fonti. Però ha tenuto rigorosamente segreta la sua esistenza. Non ne ha parlato nemmeno ai suoi collaboratori più fidati.»

«Poi cos'è successo?»

«Claire ha iniziato una nuova vita, diventando di nuovo

un'analista finanziaria di successo e inserendosi anche nel mercato immobiliare in Francia e Germania. Le poche volte che ci siamo incontrati mi è sembrata tranquilla. Era diventata ricca ed emanava energia e sicurezza. Però era tormentata, e non voleva assolutamente tornare in Svezia. Sono quasi sicuro che Morovia avesse in mano qualcosa con cui la ricattava. E anche il bambino non stava bene. Lei cercava di tenerlo lontano da Morovia il più possibile, ma a volte lui li convocava, e lei non osava opporsi. Sono convinto che lo scorso marzo sia successo qualcosa del genere. Claire e Jakob sono partiti per Venezia, dove Morovia ha una casa sul Canal Grande. Doveva essere solo uno degli sporadici incontri con il figlio, senza uno scopo particolare. Ma a Venezia Claire è scomparsa nel nulla.»

«Quando è successo?» chiese Micaela.

«Il 22 marzo, è per questo che la foto che hai mostrato a Lindroos è così importante. Potrebbe essere una delle ultime tracce di Claire.»

Micaela ripensò alla foto.

«Quindi ne avete anche altre?»

«È proprio per questo che vi ho cercati. Volevo mostrarvi del materiale sperando che riusciate a interpretarlo meglio di noi. Ma prima...»

Hellner si voltò di nuovo verso Rekke, aspettando che passasse un altro proprietario di cani.

«... devo chiederle una cosa, professore.»

Rekke lo guardò preoccupato.

«Ha detto di essere in pericolo. A cosa si riferiva?»

«Sono stato uno degli anelli della catena che ha portato all'attentato in cui è morto il figlio di Morovia» disse Rekke.

«Un po' drastica, come affermazione» osservò Hellner.

«La sto vedendo nell'ottica di Morovia. Fino a poco fa non ne sapevo niente.»

«Si sta riferendo all'aiuto che ci ha dato nell'indagine sull'omicidio di Andrej Chabarov a Berlino?»

Rekke allargò le braccia.
«Chi era Chabarov?» chiese Micaela.
Rekke si voltò verso di lei.
«Era un *silovik*, come li chiamavano allora. Un funzionario, o piuttosto un gangster, legato al Kgb. Era molto vicino ai vertici di San Pietroburgo, quindi anche a Putin, ed era tra i più attivi nella guerra contro i nuovi oligarchi. Nel febbraio del 1994 fu trovato in un magazzino di Berlino Est, carbonizzato e orrendamente menomato. Prima di morire si era staccato la lingua a morsi, doveva aver sofferto terribilmente. Io stavo lavorando a un libro sulle tecniche di interrogatorio durante la guerra. Sapevo molto sulla tortura e quando il mio vecchio amico Herman Camphausen mi propose di partecipare all'indagine stupidamente accettai.»
«Lo stesso Herman di cui mi hai parlato?»
«Sì» rispose Rekke. «Non feci granché. Herman aveva già un'idea dei mandanti, e io mi limitai a confermarla. Studiai il materiale fotografico e i rapporti della scientifica. La scena del crimine era stata ripulita alla perfezione. Però a una decina di metri di distanza erano rimaste tre impronte di scarpa nella cenere, sulle quali mi concentrai.»
«Cosa scoprì?» chiese Hellner.
«Che il piede sinistro era leggermente piegato all'interno e aveva lasciato due impronte leggere, morbide, mentre il destro aveva impresso con grande forza l'altra. Una sorta di compensazione, un dettaglio che avevo già visto.»
«Dove?»
«Davanti alla nostra casa di Vienna, quando avevo undici o dodici anni. I piedi allora erano più piccoli, e la falcata più corta, ma c'erano già quelle caratteristiche evidenti, e lo dissi a Herman. Sembrava Morovia. Non aggiunsi altro. Lui annuì e se ne andò, e io mi dimenticai della cosa. O meglio, feci il possibile per rimuoverla. Ma adesso...»

Lanciò un'occhiata verso Nobelgatan, alle loro spalle.

«Ho appena ricevuto una telefonata di Herman. Mi ha spiegato che le nostre conclusioni arrivarono alle orecchie dei servizi segreti di San Pietroburgo. E che qualcuno – legato direttamente o indirettamente all'organizzazione – decise di prendere in mano la faccenda. Con conseguenze catastrofiche» concluse Rekke, accennando ad alzarsi.

«Una bella sfortuna» disse Hellner, nervoso all'idea che Rekke potesse sparire nuovamente. «Ma vogliamo dare un'occhiata al materiale su Claire e suo figlio?»

Rekke fissava l'acqua, e non sembrava entusiasta all'idea. Micaela pensava a Lucas e a Julia, a suo fratello e alla figlia di Rekke.

«Mi scusi» disse. «Mi serve di nuovo il telefono.»

«Dio santo» esclamò Hellner. «Pensavo di poter avere la vostra attenzione per un attimo. A ogni modo...»

Sfilò il cellulare dalla custodia, e Micaela gli assicurò che sarebbe stata una telefonata veloce. Poi si allontanò di qualche passo verso Nobelgatan per chiamare Jonas Beijer. Dopo parecchi squilli l'ex collega rispose, stressato e irritato. Sì, aveva qualcosa per lei. Il cellulare di Lucas si era collegato da poco a una cella a Järna, a sudovest di Stoccolma.

«Prima è passato per Tumba, Salem e Pershagen, perciò presumibilmente sta percorrendo la E4 in direzione sud. Non abbiamo altro» concluse.

Micaela soppesò l'informazione e decise che tanto valeva continuare a fare la sfacciata.

«Potreste anche cercare di localizzare la macchina, un'Audi Cabriolet, con le telecamere dell'autostrada? Avrei davvero bisogno di sapere dov'è.»

Jonas non rispose immediatamente.

«Non è una richiesta da poco, senza un sospetto di reato» disse poi.

«Per favore» insistette lei. «In cambio chiedimi qualsiasi cosa.»

«Farò il possibile.»

Micaela riattaccò e tornò alla panchina, decisa a raccontare a Rekke cosa stava succedendo. Ma Hellner evidentemente non l'aveva aspettata: aveva preso un laptop dalla cartella e stava mostrando a Rekke alcune immagini registrate dalle telecamere di sorveglianza a Venezia. Rekke sembrava distratto, come se il suo intero corpo volesse essere da qualche altra parte.

Però rimase pietrificato quando Hellner fece partire un breve filmato. Doveva aver visto qualcosa.

Micaela preferì rimandare.

43

Quello che Hellner mostrò loro era un filmato sgranato di Claire, in piazza San Marco a Venezia alle 18.22 del 22 marzo.

Doveva essere immediatamente successivo alla foto di Erik Lundberg. Ma se in quella foto Claire era una che portava con sé la vita dovunque andasse – o come diavolo aveva detto Rekke – lì invece appariva preoccupata.

Stava parlando con un ragazzino dai grandi occhi nervosi e dai morbidi ricci scuri, che secondo il commissario capo doveva avere tredici anni, anche se sembrava più piccolo. Era basso e snello, e nella breve sequenza – non più di sei o sette secondi – scuoteva la testa, come se Claire gli avesse detto qualcosa che non voleva sentire. C'era un che di toccante e vulnerabile, nella sua figura. Indossava una giacca chiara e una camicia azzurra, e dava l'impressione di non essere per niente a suo agio. Doveva aver corso, o comunque camminato a passo veloce, perché ansimava leggermente. Dopo un attimo, Claire lo trascinava fuori dall'inquadratura.

«Che ne dice?» chiese Hellner guardando Rekke.

«Non saprei» rispose lui. «Ma è inquietante. Claire sembra agitata. Inoltre... può rimandarlo da capo? Voglio controllare una cosa.»

Guardando di nuovo il filmato Rekke si rianimò, come

se mille pensieri gli attraversassero la mente nello stesso momento.

«Parlano in inglese tra loro, vero? Sono quasi sicuro che Claire dica: Dobbiamo lasciare la macchina. Avete trovato auto o altri veicoli abbandonati che potessero essere ricollegati a loro?»

«Nessuna auto registrata con il suo nuovo nome, Sara Miller. E nessuna immagine del loro arrivo a Venezia, devono essere stati molto prudenti.»

Rekke si passò una mano tra i capelli.

«Avete controllato anche quelle rimosse dai parcheggi attorno a Venezia nei giorni successivi alla scomparsa, o quelle che sono rimaste ferme troppo a lungo?»

«Ci abbiamo provato, ma non siamo arrivati da nessuna parte. Non è un lavoro da poco, come può immaginare.»

«Anche l'indagine non è da poco» rispose Rekke. «Può mostrarmi di nuovo il resto del materiale?»

«Certo» rispose Hellner, recuperando le immagini che avevano guardato mentre Micaela si era allontanata: sei, prese da angolazioni diverse, registrate a pochi minuti di distanza una dall'altra.

«Avete notato qualche particolare ricorrente?»

Hellner rifletté.

«No, a parte quest'uomo.»

Indicò un giovane in pantaloni neri e camicia leopardata che si intravedeva alle spalle di Jakob.

«Compare due volte» spiegò Hellner.

«Tre, se contiamo anche la sua schiena» lo corresse Rekke puntando il dito su un'altra immagine. In effetti era proprio lui, anche se nascosto dietro lo stesso gruppo di giapponesi della foto. Micaela lo riconobbe dalla linea delle spalle e dalla postura studiatamente femminile del braccio sinistro. Aveva i capelli tinti di biondo, con la ricrescita più scura, e non era poi così giovane, probabilmente tra i trentacinque e i quaranta. Aveva un cerchietto a un orecchio ed era bello – e consapevole di esserlo. Sorrideva, apparentemente soddisfatto di se stesso. Aveva l'aria di un turista gay, e difficilmente avrebbe potuto avere a che fare con Claire. L'unico dettaglio sospetto era che guardava Jakob, ma chissà per quale ragione. In fondo il ragazzino attirava l'attenzione, con la sua giacca elegante e la corporatura esile e nervosa.

«Sta fissando Jakob» disse Micaela. «Mi pare con una certa lascivia.»

«Può essere» rispose Rekke. «Ma non è quello che avevo in mente. Guardate qui.»

Ingrandì una delle immagini.

«Vedete la mano destra, e il pollice, qui? È piegato, in una posizione che non sembra naturale.»

Hellner osservò con interesse la mano dell'uomo.

«È vero. Non me n'ero accorto.»

Rekke chiuse un attimo gli occhi.

«Ha una penna?» chiese poi. «O qualcosa di lungo e sottile. Ecco, grazie.»

Infilò la penna che gli aveva dato Hellner nella manica della camicia e la tenne ferma con il pollice piegato.

«Dio santo» esclamò Hellner. «È proprio così, nasconde qualcosa. Può essere un'arma? Un coltello?»

«Sì, può essere. Si intravede qualcosa di scuro che preme contro il pollice, forse un pezzo di manico, anche se non è molto chiaro. E hai ragione, Micaela, non mi piace il modo in cui guarda Jakob. È proprio inquietante.»

«Brutta storia.»

«Già. Il mio consiglio è che cerchiate quest'uomo e possibilmente lo identifichiate. Non ho idea di quanti progressi abbiano fatto in questi anni i software di riconoscimento facciale, ma con un po' di fortuna lo troverete nelle registrazioni di diverse telecamere di sorveglianza e riuscirete a risalire a un indirizzo, un punto di partenza, magari addirittura arriverete a prenderlo in consegna – e a sottoporlo a un *examen rigorosum*.»

«Mi scusi?»

«Un interrogatorio serrato. Se ha qualcosa da raccontare, e il ragazzino... È ancora un bambino, dopo tutto. Mi domando... C'è qualcosa di caratteristico nel suo...»

Rekke non concluse le ultime frasi, improvvisamente disorientato. Quando si riscosse, chiese di riavere il suo telefono e si allontanò, come aveva fatto Micaela. Lei non sentì granché, però capì che stava parlando con Magnus. Guardò ancora una volta le immagini, insieme a Hellner, per individuare cosa avesse notato Rekke nel ragazzino, ma non arrivò a nessuna conclusione. Allora cercò di concordare il modo in cui procedere per rintracciare l'uomo.

Rekke alla fine della telefonata tornò alla panchina, serio, quasi sconvolto, e si congedò con grande cortesia.

«Le chiedo davvero scusa» disse. «Le sarei grato se mi mandasse un file criptato con il filmato e le immagini, ma adesso devo proprio andare.»

«No, no» rispose Hellner scuotendo la testa. «Ho altre cose su cui chiedere il suo parere.»

«Mi spiace» insistette Rekke porgendogli la mano.

Poi fece cenno a Micaela di seguirlo. Lei si sentì quasi lusingata: ormai gli era diventata indispensabile. Tornarono verso il centro; lui era sempre immerso nei suoi pensieri, ma lei non poteva aspettare oltre.

«Mi hai detto di essere preoccupato per il nuovo ragazzo di Julia» iniziò.

«Sì, è così.»

«Temo che sia mio fratello Lucas» disse. Non aveva idea di come avrebbe reagito, e istintivamente si allontanò di un passo.

«Cosa?»

«Mi dispiace tanto.»

Rekke rimase in silenzio, di nuovo pietrificato.

«Sappiamo dove sono?» chiese poi.

Micaela raccontò quello che era successo e quello che le aveva detto Jonas Beijer. Rekke si limitò a borbottare qualcosa che sembrava un indirizzo. Non era scioccato all'idea che sua figlia si fosse messa con quel delinquente di Lucas. Anzi, sembrava quasi che se lo fosse aspettato. L'unica reazione fu che accelerò ulteriormente il passo, costringendo Micaela quasi a correre per tenergli dietro.

«Solo perché tu lo sappia» aggiunse lei. «Gli ho scritto che abbandono l'indagine su di lui. Non ha più motivo di farle del male.»

Rekke non rispose. Arrivato davanti al portone digitò il codice, entrò e salì in ascensore. Micaela notò che osservava ogni dettaglio con una concentrazione simile a una trance. Si chinò a osservare del terriccio rimasto sul fondo dell'ascensore, lo prese tra le dita. Poi si alzò e le annunciò che avevano visite. Uscendo, lei sentì un profumo sconosciuto sulle scale, e aprì la porta con cautela.

La signora Hansson corse loro incontro come se volesse scusarsi.

«C'è qui tua madre» disse a Rekke.

«Lo so» rispose lui facendo finta di niente.

Andò direttamente nel suo studio insieme a Micaela e avviò una ricerca su Altavista, mentre un ticchettare di tacchi si avvicinava. Micaela vi colse qualcosa di imperioso: potere, autorità, ma anche un rimprovero. E un attimo dopo eccola lì, la madre di cui aveva tanto sentito parlare. Quella che aveva evitato al figlio la scuola per farne un pianista di fama mondiale, e che aveva combattuto a lungo i suoi tentativi di rifugiarsi nel suo habitat naturale, quello della logica e dell'analisi empirica.

«Hans» disse in tono severo.

Rekke non alzò nemmeno lo sguardo, mentre Micaela la fissava come stregata. Doveva essere sui settantacinque, giovanile, elegante, con la schiena dritta e i capelli raccolti, stretta in una camicetta azzurra aderente, in un paio di pantaloni neri altrettanto aderenti e negli stivali da cavallerizza. Micaela istintivamente si raddrizzò, resistendo all'impulso di salutarla con un leggero inchino, come si fa con un superiore. La donna era alta almeno un metro e ottanta, ancora bella, abbastanza somigliante a lui ma con un'aria più severa. Ricordava un po' una ex ballerina, con gli zigomi affilati e grandi occhi attenti.

«Hans, non saluti nemmeno?»

«Ciao, mamma» concesse lui. «Andata bene la pesca?»

«Abbastanza. Come lo sai?»

«Il terriccio che hai lasciato in ascensore è quello del vialetto del capanno in campagna, e ci vai solo per pescare.»

«Dio santo, sei di nuovo in una fase maniacale?»

Non ha scelta, pensò Micaela.

«Sono concentrato» rispose lui. «Ti presento Micaela, mia amica e inquilina.»

Elisabeth Rekke, nata von Bülow, la squadrò dalla testa ai piedi, insoddisfatta. Ci voleva un occhio di falco per accorgersene, ma Micaela ormai ce l'aveva. Vide la benevolenza simulata, ma anche il disprezzo nascosto.

«Finalmente» disse la donna porgendole la mano. «Ho sentito tanto parlare di lei.»

Micaela annuì, domandandosi se fosse il caso di ricambiare il complimento, ma alla fine si limitò a un: «Sono contenta di conoscerla.»

«Che viso adorabile. Ma quando Hans avrà un po' di tempo libero dalle sue sciocchezze, gli chieda di accompagnarla a fare shopping. Lo stile è un po' diverso, qui a Östermalm.»

«Soprattutto siamo offensivi e pieni di pregiudizi, a quanto pare» disse Rekke. «Comunque sono felice di vederti, mamma.»

Finalmente alzò lo sguardo.

«E sono orgoglioso che stavolta hai tirato su la rete da sola. Lotten aveva la giornata libera?»

Elisabeth Rekke si guardò le mani.

«Cosa? No, niente affatto. Ma non potevo lasciarlo fare a lei, la rete si era impigliata» disse. «Mi ha appena chiamata Vivian Sparre, tutta agitata, perché in internet circola una foto di Magnus che saluta Putin con un sorriso a trentadue denti. Tuo fratello potrebbe mostrare un po' più di dignità.»

«Non hai idea» borbottò Rekke, alzandosi con sguardo cupo. «Mi spiace, mamma, ma devo scappare. Volevi qualcosa di particolare?»

«Dio santo, devo per forza volere qualcosa? Sono preoccupata, Hans, non rispondi alle mie telefonate. E ancora non mi hai spiegato perché hai abbandonato la tua carriera. Avresti potuto fare qualsiasi cosa.»

«Anche tu, mamma. Ma non è mai troppo tardi. Quando abbiamo un po' di tempo, io e Micaela ti portiamo fuori e diamo una rinfrescata al tuo look. Lo stile è un po' diverso, nel ventunesimo secolo. Sapevi che mi hanno restituito la collana che avevo regalato a Ida Aminoff?»

«Non nominare nemmeno quella ragazza orribile. Credo davvero che dovresti far pace con Lovisa.»

«*Vare, Vare, redde mihi legiones meas*» borbottò Rekke, per poi mettersi a frugare in tutti i cassetti e le tasche delle giacche. Con ordine, senza perdere quella sorta di calma concentrata, ma iniziando pian piano a tremare in tutto il corpo e a lasciar vagare gli occhi irrequieti, mentre sua madre e la signora Hansson gli giravano attorno quasi come in una danza. Micaela era sicura che fosse una scena che si era ripetuta molte volte.

«Santo cielo, Hans, cosa cerchi?» chiese Elisabeth Rekke.

«Le chiavi della macchina, vero?» disse la signora Hansson.

«Esatto.»

«Le ho nascoste io, Hans. Non eri in condizioni di guidare. E sinceramente non mi sembri in grado di farlo nemmeno adesso.»

«Non ho scelta, Sigrid. Per favore, dammele» disse Rekke con un'autorevolezza che spinse la signora Hansson, malgrado tutto, a cedere e portargliele.

Dopodiché lui sparì insieme a Micaela, tra le proteste delle due signore.

«Dobbiamo andare a Trosa» annunciò mentre scendevano con l'ascensore.

44

Non aveva chiamato Hans. E così era stato lui a cercarlo, lasciandolo con le braghe in mano. Uscendo da Arlanda, con la giacca su una spalla e la cravatta allentata, Magnus si sentiva una persona cattiva, e non ci era abituato. La faccenda era seria. Per salvare la pelle aveva messo in grave pericolo suo fratello, ed era troppo perfino per lui. Dio santo, come si era cacciato in quel puttanaio?

Il mondo gli stava crollando addosso. Saltò su un taxi, chiedendo di essere portato in Grevgatan. Tanto valeva parlare con Hans faccia a faccia e cercare di limitare i danni. Anche se non c'era più molto da fare. O forse sì, invece. Chiamò un suo contatto ai servizi segreti e spiegò la situazione, precisando che dovevano tenere d'occhio Hans, o metterlo sotto protezione se fosse stato necessario. E si sentì meglio, per qualche secondo.

Hans era stato di poche parole ma era comunque riuscito a dirgli – con un gelo inquietante nella voce – che aveva delle novità sulla morte di Ida Aminoff. Un altro brutto colpo.

«Eh? Niente, si faccia gli affari suoi» sibilò al tassista, un uomo di mezza età con le basette lunghe che gli aveva chiesto cosa fosse successo.

Già era il colmo che fosse costretto a viaggiare in taxi come un signor nessuno. Avrebbe dovuto far venire un'auto del ministero degli Esteri, ma si sentiva in colpa e meno potente del solito. E ora ci si mettevano pure le code. Stava per esplodere. Era assalito dai ricordi di quel maledetto matrimonio a Djurgården. I suoi amici, una manica di idioti, si erano fatti la doccia con lo champagne e strappati i vestiti a vicenda. Una vera e propria caricatura di una festa nei quartieri alti. Per sopportare la compagnia si era ubriacato, e una volta tornato a casa si era addormentato vestito. Lo aveva svegliato il telefono. Ricordava di aver allungato una mano verso il comodino e di aver risposto.

Era Gabor Morovia e sembrava molto agitato. Già quello avrebbe dovuto insospettirlo, perché Gabor non si agitava mai, era la freddezza fatta persona. Comunque, ci aveva messo un po' a capire cosa stava dicendo. Si era scusato per averlo disturbato, il che era ancora più strano. Gabor non era tipo da scuse. Aveva detto di essere stato ingiusto, di aver esagerato con Hans.

«Non è a Helsinki?» aveva chiesto lui.

«No, è qui a Stoccolma, ed è nei pasticci» aveva risposto Gabor. «Ho bisogno di aiuto.»

Anche quello avrebbe dovuto far suonare un campanello d'allarme, ma lui era mezzo addormentato e ancora sbronzo, e certo non conosceva il programma della tournée di Hans. Per quanto ne sapeva lui, il concerto di Helsinki avrebbe potuto tranquillamente essere stato uno o due giorni prima. Probabilmente aveva pensato che non sarebbe stato male dare una mano a suo fratello, volendo guadagnare punti nei suoi confronti. Si era precipitato all'indirizzo che gli aveva dato Gabor, Torstenssonsgatan 6. Aveva inserito il codice e fatto due piani di scale come in sogno.

Sul pianerottolo aveva trovato una scarpa da donna nera. Era strano, ma non ci aveva badato, al matrimonio alcuni invitati avevano buttato i vestiti a destra e a manca. Aveva suonato alla porta senza curarsi di raccogliere la scarpa. Gli aveva aperto Gabor, vestito di tutto punto e rasato di fresco, come se la sua giornata fosse appena cominciata, invece di essere agli sgoccioli.

«Cos'è successo?» gli aveva chiesto.

Gabor non aveva risposto. Si era limitato a farlo entrare e a chiudere la porta, per poi indicargli un letto sulla destra. Ida Aminoff era lì, supina, con la sua collana scintillante. Era evidente che stava male, anche se riusciva comunque a risultare provocante. L'abito nero le era salito lungo le cosce; una gamba, quella con la scarpa al piede, era allungata e l'altra penzolava fuori dal letto. Respirava a fatica, con l'abito aperto sul petto e la mano destra che tentava di risalire verso la gola. Sembrava confusa e angosciata. Aveva mormorato qualcosa su Hans, parole forse di scusa, o d'amore, cariche di disperazione. Poi aveva aggiunto: «Aiutami, per favore.» Ma lui si era già voltato di scatto.

«Dobbiamo chiamare un dottore.»

Gabor lo aveva guardato, tranquillo e padrone di sé come poco prima sulla porta.

«Calma. Ha solo esagerato con l'alcol e le droghe. Se mi dai una mano la rimettiamo in sesto. Mi sono procurato del naloxone per aiutarla a superare la depressione respiratoria.»

Suonava rassicurante, ma non lo convinceva. Se Gabor sapeva come aiutarla, perché non lo aveva già fatto da solo? Perché aveva chiamato uno che non si era mai trovato ad affrontare un'overdose o una depressione respiratoria?

«Cos'hai in mente?» aveva gridato. «Cosa stai tramando?»

«La sto solo aiutando» aveva risposto Gabor infilando una mano in tasca, come se dovesse prendere il farmaco. In realtà voleva solo distrarlo.

Quando si era accasciato sotto il colpo che era arrivato dal nulla e lo aveva lasciato senza fiato, aveva capito subito che non era lui a essere in pericolo, ma Ida. Piegato in due sul pavimento, aveva visto Gabor chinarsi su di lei, metterle una mano sul seno, infilargliela tra le gambe. Era un abuso, una violenza. Ida aveva cercato disperatamente di scrollarsela di dosso, ma era troppo alterata. Lui si era tirato in piedi a fatica, e di nuovo era stato colpito e si era accasciato. Quando si era ripreso, aveva visto Gabor che le tappava il naso e la bocca.

Non era durato a lungo. Lui non aveva fatto nemmeno in tempo a rimettersi in piedi, che il corpo di Ida aveva iniziato a sussultare violentemente. Era stato rapido e silenzioso, eppure orribile. Quando era arrivato al letto, Ida aveva un'espressione diversa, stravolta, e non respirava più. Era morta. Senza sapere cosa faceva e senza avere chance, si era scagliato contro Gabor che in pochi secondi lo aveva sopraffatto, poi lo aveva tenuto stretto in un folle abbraccio e gli aveva bisbigliato: «Adesso siamo legati l'uno all'altro, Magnus. D'ora in poi, o precipitiamo insieme, o andiamo avanti insieme.»

Era stato come se gli avesse piantato un coltello nella schiena. Poco dopo, non sapendo cos'altro fare, era uscito in strada andando a sbattere contro William Fors. In quel momento credeva che non sarebbe sopravvissuto a un'esperienza del genere, che niente sarebbe più stato lo stesso. Invece erano passati i giorni, e poi i mesi e gli anni. In qualche modo la vita era andata avanti, soprattutto dopo che l'indagine della polizia aveva stabilito che si era trattato di un'overdose. Hans, nella misura in cui riusciva ad affrontare la cosa, cercava tracce che collegassero la morte di Ida alla festa. Ma non c'era niente da trovare, solo false piste. Gabor era rimasto nascosto per tutta la notte, e in seguito aveva saputo tenere buone tutte le persone coinvolte, alternando oculatamente minacce e favori. A poco a poco aveva sviluppato un legame forte anche con lui – che voleva crederlo un legame occasionale. Entrambi davano e prendevano, uniti da un brutto ricordo.

Era così da molto tempo, e Magnus ormai si era convinto di essersi lasciato il peggio alle spalle. Ma ovviamente era una pia illusione. Hans era Hans. Era capace di dipanare qualsiasi intrigo anche a decenni di distanza.

Con esasperante lentezza, il taxi si avvicinava a Östermalm. Squillò il telefono: Kleeberger, che probabilmente voleva sapere dove fosse finito. Lui non aveva la forza di rispondere. Pensò a Putin. Perché non ordinava davvero che sparassero a Gabor Morovia? Cosa glielo impediva?

Quel viaggio in taxi stava diventando infernale. Semafori rossi dappertutto, sensi unici, code, perditempo e pensionati al volante. Perché diavolo doveva sopportare una cosa del genere? Putin sì che avrebbe saputo ripulire la città. Arrivati in vista di Grevgatan, mentre lui stava ancora ripetendo fra sé cosa dire al fratello, il taxi inchiodò di colpo strappandogli un'imprecazione.

Avevano rischiato di andare a sbattere contro l'auto di un idiota. Un attimo dopo vide che l'idiota era Hans, insieme alla sua domestica sudamericana, o quel che era.

45

Certo che Rekke potrebbe anche permettersi qualcosa di più lussuoso, pensò Micaela. Ma poi si disse che non erano a Husby.

Lì l'auto era la cosa più importante. Se volevi dimostrare di aver successo, ti prendevi un macchinone. Rekke invece non ci teneva, non sapeva nemmeno che modello aveva. «Una Volvo» borbottò, per poi uscire dal garage in preda alla stessa sovreccitazione nevrotica di poco prima, rischiando di andare a sbattere contro un taxi.

«Calma» disse Micaela. «Calma.»

Ma lui non si calmò affatto, inchiodò e scese. Lei era convinta che si sarebbe messo a litigare con il tassista, per quanto non fosse nel suo carattere. Invece non era con lui che ce l'aveva. Era infuriato con suo fratello, che aveva visto sul sedile posteriore del taxi. Magnus scese a sua volta e si fermò sul marciapiede, agitando le mani e dicendo qualcosa a proposito di una richiesta di protezione.

«Non ho bisogno di protezione, ma ricordati che ho anche una figlia, se te lo sei dimenticato.»

Magnus lo fissò terrorizzato.

«È successo qualcosa a Julia?»

«Spero di no.»

«Mi spiace tantissimo, non ho mai avuto intenzione...»

«Immagino già tutte le tue scuse, e non ho la forza di

sentirle» tagliò corto Rekke. «Piuttosto, appena avrò tempo mi racconterai esattamente in che modo Morovia ti ha avuto in suo potere per tutti questi anni. Poi penserò a...»

Si interruppe e guardò Micaela, in macchina.

«A cosa?» chiese Magnus.

Rekke avrebbe voluto dire qualcosa di terribile sulla punizione che il fratello meritava, ma non fece in tempo. In quel momento si aprì il portone e comparve la severa figura di Elisabeth Rekke. Magnus non ne fu certo felice.

«Per la miseria!» borbottò. «Hai intenzione di coinvolgere anche la mamma?»

Rekke le lanciò un'occhiata distratta, per poi tornare a guardare Magnus.

«Coinvolgerò il mondo intero, stai pure tranquillo. Se succede qualcosa a Julia, dedicherò la mia vita a distruggere te e Morovia.»

Magnus fissò la madre, come se a quel punto non gli restasse che sperare nella sua protezione.

«Voglio bene a Julia. Dimmi cosa posso fare.»

«Perché, cos'è successo a Julia?» gridò Elisabeth Rekke andando loro incontro.

Rekke non la degnò di uno sguardo. Si limitò a dire, con gli occhi piantati in quelli del fratello: «Levati dai piedi, adesso. Ma tieni il telefono a portata di mano.»

«Certo, certo» rispose Magnus.

Rekke salì in macchina e partì. E non disse una parola, preso dai suoi timori e concentrato su possibili piani d'azione, come Micaela. Lei però, una volta imboccata la E4 sotto un cielo sempre più scuro, non riuscì a resistere.

«Non credo che Lucas voglia davvero fare del male a Julia» affermò a denti stretti. «Non ne ha motivo, vuole solo ricattarmi.»

Rekke le rivolse una rapida occhiata.

«Perché lo pensi?»

Micaela rifletté.

«Perché quando fa qualcosa di orribile lo pianifica bene» rispose poi. «Possiamo stare tranquilli, finché non mi cerca. Non agisce d'impulso.»

«Ne sei sicura?» ribatté Rekke.

Di colpo Micaela si rese conto che aveva ragione lui, almeno in parte. Lucas non era così controllato come le piaceva pensare, solo che a posteriori riusciva sempre a giustificare le sue azioni. In fondo era una bomba a orologeria pronta a scoppiare. Però non le andava di ammetterlo.

«È incensurato. È sempre stato attento a non fare cose troppo stupide.»

Rekke borbottò qualcosa.

«O ti preoccupa che possa allearsi con Morovia?»

«Sì, è proprio questo che mi preoccupa.»

«Lucas non sopporta che qualcuno si intrometta nei suoi affari, soprattutto se si tratta di un tipo come Morovia. Vuole essere lui a decidere.»

«Dimentichi una cosa» obiettò Rekke con un sorriso malinconico. «Lucas non è intelligente come sua sorella. Morovia si circonda di ragazzi come lui proprio perché vede il loro bisogno di essere notati, e fa girare loro la testa. E poi li riempie di soldi.»

Micaela fece un respiro profondo.

«Quindi pensi davvero che stiano collaborando in qualche modo?»

«Temo di sì. Sono risalito a un indirizzo di Trosa, e prima di partire l'ho cercato in internet. La villa appartiene a una fondazione svizzera, e la cosa non mi piace. Però posso anche sbagliarmi. Spero tanto di sbagliarmi.»

Tacque e strinse più forte il volante. Micaela non sapeva più cosa dire. Non aveva mai visto Rekke guidare, e ne approfittò per osservarlo in una situazione nuova. Era così pieno di contraddizioni. I suoi gesti avevano una sicurezza innata, e allo stesso tempo mostravano chiaramente che era sul punto di crollare. Frugò freneticamente in tutte le tasche con la mano sinistra, poi in tutti gli scomparti della macchina, poi di nuovo nelle tasche, fino a quando riuscì a trovare una pillola che osservò attentamente e ingoiò.

«Sei in astinenza» osservò Micaela.

Lui annuì.

«Vuoi che guidi io?»

«No, è meglio che mi tenga occupato.»

Micaela gli posò una mano sulla spalla.

«E in tutto questo casino pare che Claire Lidman sia viva.»

«Sì, speriamo.»

«Però il biondo delle immagini di Venezia ti ha preoccupato, vero?»

Rekke annuì. Era chiaro che non aveva nessuna voglia di parlarne, ma Micaela non riusciva a cambiare discorso, ora che aveva affrontato l'argomento.

«Hai notato qualcosa anche nel figlio di Claire, Jakob. O mi sbaglio?»

«Sì, forse.»

Cazzo, quanto fa il difficile, pensò Micaela.

«Cos'hai notato?»

«Qualcosa. È evidente che è un ragazzino dotato che ha appena vissuto un evento drammatico e sconvolgente» borbottò come tra sé Rekke.

«Da cosa l'hai capito?»

«Dalle sue braccia, dalle sue sopracciglia, dal modo in cui guarda il mondo. Appena...» esitò. «Appena avrò riportato a casa Julia controllerò. Ho un'idea.»

«Perché devi sempre essere così criptico?»

«Temo di potermi sbagliare.»

Micaela lo osservò mentre cercava altre pillole che probabilmente sapeva di non poter trovare.

«Quindi è stato Morovia a uccidere Ida.»

«Si direbbe di sì.»

«E Magnus ne era informato?»
«Credo che abbia assistito all'omicidio.»
Micaela digerì l'informazione.
«Dovremmo far fuori i nostri fratelli» disse.
Rekke sorrise suo malgrado e premette sull'acceleratore, tamburellando sul volante come un virtuoso. Le sue dita sembravano una piccola banda di tamburini in marcia.

La mattina del 22 marzo, Claire restò a lungo davanti allo specchio. Malgrado il tepore nell'aria, indossò un cappotto rosso, di sartoria, che aveva comprato a Londra insieme a un completo per Jakob. Glielo fece indossare con una camicia azzurra e una cravatta dal nodo morbido. Era esile ma aveva un atteggiamento adulto per la sua età, ed era irresistibile con la sua faccetta seria. A ogni modo, Claire voleva che si presentasse bene, ci teneva. Avvertiva qualcosa di preoccupante nell'aria.
L'invito di Gabor, scritto a mano su un bigliettino, era cortese come al solito: «Sarei felice di avervi ospiti a pranzo nella mia casa di Venezia.» Ma i ricordi dell'ultimo incontro a Parigi, dal quale era trascorso ormai molto tempo, non erano incoraggianti. In quell'occasione Gabor era stato apertamente ostile, aveva addirittura fatto piangere Jakob senza motivo.
Ovviamente il loro era un accordo folle, ma lei non aveva avuto altra via d'uscita: se non puoi evitare il nemico, alleati con lui. Era stato un gesto disperato, nient'altro. Gabor li teneva costantemente d'occhio e non aveva mai avuto bisogno di ripetere le sue minacce. Erano comunque sempre presenti, in ogni passo, in ogni respiro, nel costante ricordo di ciò che era accaduto lungo un campo di mais in Italia.
Claire infilò nella borsa la biancheria, gli articoli da bagno e un libro. Non le serviva altro. Contava di rientrare in giornata, oppure di fermarsi in un albergo al ritorno.

Dall'ingresso chiamò Jakob, che la raggiunse di malavoglia. Poi uscirono nell'aria fredda del mattino e raggiunsero la macchina. Era un modello anonimo, una Passat noleggiata con una patente falsa che le aveva procurato Gabor. Lei e Jakob vivevano nei dintorni di Rosenheim, nel sud della Germania, per raggiungere Venezia dovevano attraversare l'Austria e l'Italia del Nord.

Quando lasciarono la macchina nel parcheggio in piazzale Roma, gli occhi del ragazzino erano pieni d'angoscia.

«Accelera un po', tesoro» gli disse lei.

Lui invece camminava sempre più piano, con le braccia conserte. Voltandosi per mettergli fretta, Claire appoggiò male un piede. La vecchia lesione al ginocchio si fece sentire, costringendola ad appoggiarsi a un muro. Lui le si avvicinò.

«Perché non torniamo a casa?» le chiese.

Lei lo guardò con amore. Aveva quasi tredici anni. Non era più così basso, ma era sempre piuttosto magrolino, aveva gli occhi grandi e i capelli folti e ricci, scuri come gli occhi. A scuola non andava bene come lei si era aspettata. Era sempre in un mondo tutto suo e non aveva amici, passava il tempo libero a casa, con i suoi giochi e il suo computer. Non faceva che chiederle: «Sei arrabbiata con me, mamma?» Era ansioso, e spesso rompeva o perdeva le cose che prendeva.

«Cos'hai?» la incalzò.

«Niente, solo un dolore al ginocchio.»

«Hai paura di lui, vero?»

«No» rispose lei. «Non ho paura, ma facciamo in modo che sia una visita breve.»

Si incamminarono fianco a fianco verso il pontile dove li aspettava Riccardo Bruni, seduto a fumare. A Claire non era mai piaciuto. Con la sua omosessualità ostentata, spezzava l'uniformità di macho e belle ragazze di cui si circondava Gabor. Diversamente da lui, Riccardo era sempre gentile con Jakob, eppure Claire non era a suo agio, forse proprio per il modo in cui guardava suo figlio.

«Su, sbrigatevi» disse lui vedendoli arrivare.

Erano le due e un quarto quando Claire e Jakob salirono sulla barca, per poi scendere sottocoperta. Non dovevano farsi notare durante il tragitto.

Claire osservò Jakob. Per quanto fosse di malumore, non poteva evitare di guardarsi attorno a occhi spalancati. Povero ragazzo. Viveva nascosto, era assetato di novità, e ciò che li circondava in effetti era magnifico. I palazzi si specchiavano nel Canal Grande come in un caleidoscopio multicolore. Superarono gondole e vaporetti, passarono sotto ponti grandi e piccoli. In lontananza si ergevano le cupole di San Marco. Claire ripensò a Samuel, alla sua vecchia vita, a sua sorella Linda.

Arrivati al pontile, entrarono in fretta e salirono al piano nobile. Il padrone di casa li aspettava in un salone con il soffitto affrescato come quelli delle chiese. Claire si accorse subito che non degnava di uno sguardo Jakob: i complimenti erano solo per lei, cosa che la rendeva ancora più nervosa. Mentre si sfilava il cappotto rosso, fece un gesto incauto e il libro sugli scacchi scivolò fuori dalla borsa. Gabor lo raccolse.

«*Sicilian Love?*»

Claire glielo strappò di mano. Non erano affari suoi.

«Interessante» proseguì lui.

«Cosa vuoi?» chiese Claire.

Gabor non rispose. Si limitò ad accennare un sorriso freddo e a guardare Jakob per la prima volta – con disprezzo, o almeno così sembrò a Claire, sempre più preoccupata. Tenne il figlio accanto a sé mentre Gabor li portava in terrazza, a una tavola imbandita con crostacei, burrate, bruschette, prosciutto, un mare di antipasti italiani e champagne. Riccardo, che li aveva seguiti, le riempì un calice.

«Non bevo, grazie» rispose lei. «Devo guidare.»

«Davvero?» chiese Gabor, in tono vagamente minaccioso.

Claire prese per mano Jakob e pensò che doveva essere forte. Si sistemò il vestito e si sedette dando le spalle al Canal Grande e alla città. Erano le due e mezza del 22 marzo 2004, poche ore prima che lei venisse immortalata nella foto di un turista svedese.

46

Jonas Beijer aveva chiamato per riferire che l'Audi di Lucas era transitata nei pressi di Trosa, confermando ciò che Rekke aveva sospettato dopo aver trovato l'impronta dell'indirizzo a casa di Julia.

«Högbergsgatan» disse Rekke. «Andiamo a vedere.»

Micaela annuì, domandandosi se fosse il caso di allertare una pattuglia di colleghi. Poi però decise di aspettare. Era ancora convinta che Lucas non avrebbe fatto del male a Julia, e non riusciva a credere che fosse in combutta con uno come Morovia. Forse avrebbero dovuto lasciarli in pace. Magari, irrompendo nel loro fine settimana romantico, avrebbero solo rischiato di far scattare qualche meccanismo.

Come se non bastasse, non portava mai l'arma di servizio nel giorno libero, e cosa avrebbe potuto inventarsi Rekke se Lucas avesse dato di matto? Non molto. Nessuno lo batteva nel corpo a corpo, a Husby lo sapevano tutti, e non sarebbe certo stata una sorpresa se avesse avuto una pistola.

«Dobbiamo aspettare che Lucas mi cerchi» insistette. «Gli ho scritto almeno dieci sms, prima o poi risponderà.»

Rekke annuì, rovistando di nuovo dappertutto in cerca di pillole. Poco prima aveva iniziato a piovigginare, e ormai diluviava. Micaela azionò i tergicristalli, e Rekke si mise a imitarne il suono con un'intonazione perfetta: tac, tic, tac, tic. Le spiegò che era come avere un metronomo per i pensieri e non aggiunse altro.

Immersi in loro stessi, arrivarono a Trosa. Micaela non ci era mai stata, ma aveva sentito che era una specie di paradiso della classe media, una località turistica con vecchie case di legno affacciate su piccoli canali. All'ingresso del paese, due ragazze dell'età di Julia passeggiavano parlando animatamente.

«Mi dispiace...» disse Micaela.

«Eh?»

Rekke la guardò perplesso, come se fosse stato a mille miglia di distanza.

«... di averti coinvolto in questa storia.»

«Ci siamo coinvolti a vicenda.»

«Ma tu hai una figlia, è più grave.»

«Hai ragione, è più grave.»

Vagarono fino a trovare la villa. L'Audi di Lucas era lì fuori, ma c'erano anche una Mercedes e una Land Rover, e questo era preoccupante. Forse era il caso di chiamare Jonas Beijer. Ma no, ancora non era stato commesso nessun crimine, per quanto ne sapevano. Ed era ovvio che ci fossero dei macchinoni in strada, in zona erano tutti ricchi.

Micaela era tesa, e il suo umore non migliorò quando Rekke parcheggiò male e scese senza chiudere bene la portiera nella quale si era impigliata la cintura di sicurezza. I punti persi come automobilista, comunque, li recuperò subito come osservatore. Esaminò le auto e arrivato al vialetto che conduceva alla porta si mise in ginocchio a osservare il terreno.

Che fossero passate da poco diverse persone lo vedeva anche Micaela, ma le tracce erano tante e così leggere da non riuscire a ricavarne niente di più preciso.

Rekke si alzò, ancora più teso.

«Hai detto che eri in contatto con un collega.»

«Sì.»
«Forse dovresti chiamarlo e dirgli che stiamo entrando.»
«Non dobbiamo assolutamente entrare. Pare proprio che ci siano diverse persone, all'interno. Però lo avviso, sì.»
Micaela si allontanò di qualche passo e mandò un sms a Jonas Beijer, con l'indirizzo e un riepilogo della situazione. Poi si voltò verso Rekke. Era fermo davanti alla porta, ancora più pallido del solito, e osservava le tracce sul vialetto.
«Hai ragione» disse.
«Su cosa?»
«Sul fatto che non dovremmo entrare. Vedo le impronte di cinque persone, tra cui Julia. Gli altri sono uomini, ma non è quello che mi preoccupa. Il problema è questo piede sinistro, leggermente piegato verso l'interno» concluse Rekke indicando i segni sul terreno. «Mi spiace, Micaela.»
«No!»
Troppo tardi. Aveva spalancato la porta ed era già entrato, lasciandola lì a imprecare. Era un errore, ma ormai il danno era fatto. E a quanto pareva non stava succedendo niente. In casa regnava il silenzio. Micaela gridò: «Polizia, stiamo entrando!» Si sentiva un'idiota, però. Non poteva che finire male.
Col cuore che batteva all'impazzata, si guardò attorno. Una scala portava al piano superiore, a sinistra si apriva un soggiorno impersonale. Niente passi, nessun segno di vita, malgrado le tracce sul vialetto. Rekke si chinò a osservare il parquet, ci passò sopra un dito. Poi andò a sinistra, verso il soggiorno.
Micaela continuò a guardarsi attorno. Non c'erano né borse né abiti, niente suggeriva la presenza di qualcuno. Più avanti però c'era un'altra stanza e Micaela avvertì qualcosa, una persona che respirava, ma perfettamente immobile perché non si percepiva nessun movimento, solo il respiro. Gridò: «C'è nessuno?»

«Sorellina.»

La voce era più scura del solito, forse anche più tagliente. Subito dopo sentì anche i passi veloci. E lo vide, ma non era il Lucas che conosceva, era furibondo e rosso in volto. La raggiunse e la prese bruscamente per un braccio.

«Cosa ci fai qui?» le chiese.

Poi guardò Rekke e lanciò un'occhiata alle proprie spalle. Era evidente che stava succedendo qualcosa, ma Micaela non capiva cosa.

«Dov'è Julia?» chiese cercando di divincolarsi.

«Come cazzo facevate a sapere che eravamo qui? Sono stati quegli idioti a parlare?» disse Lucas lanciandosi un'altra occhiata alle spalle.

Quali idioti?, pensò Micaela, ma non lo chiese. Si liberò con uno strappo, e Lucas la spinse bruscamente indietro. Sembrava sul punto di perdere il controllo.

«Cos'hai combinato?»

«Non l'ho nemmeno toccata. L'unica che ha combinato qualcosa sei tu. Sei tu che hai incasinato tutto.»

Micaela gli diede uno spintone per proseguire verso la stanza, e quella fu la goccia che fece traboccare il vaso. Lui la colpì al viso. Lei rispose mulinando le mani. Non aveva paura, voleva solo trovare Julia. Ma a quel punto accadde qualcosa che in un primo momento non capì: Lucas andò a sbattere contro il muro.

Davanti a lui c'era Rekke. Per alcuni secondi i due si fissarono. Lucas si riprese in fretta, in fondo quel genere di scontri fisici era il suo pane quotidiano. La cosa naturale sarebbe stata che Rekke indietreggiasse e tentasse di affrontare la situazione con la sua intelligenza. Invece scelse la strategia peggiore: lo redarguì.

«Non toccarla» disse.

Micaela ebbe la certezza che sarebbe finita male, soprattutto quando Rekke aggiunse: «E levati di mezzo.»

Lucas bloccava l'accesso alla stanza.

«Altrimenti?» sibilò.

«Resterai stupito» rispose Rekke. Poi guardò oltre Lucas e gridò: «Julia!»

«Papà!» rispose una voce che sembrava provenire dal giardino.

«Cos'è che dovrebbe stupirmi, professore?» chiese Lucas in tono minaccioso.

Invece di rispondere, Rekke, sconvolto dalla voce della figlia, lo scostò bruscamente dalla porta, scatenando la sua reazione. Come impazzito, Lucas si lanciò a testa bassa contro di lui. L'unica cosa che Micaela fece in tempo a pensare fu la stessa che aveva pensato in macchina: nessuno batteva Lucas in un corpo a corpo. Lo ripetevano tutti. Non solo perché era allenato e violento, ma anche perché non sapeva cosa volesse dire esitare: Lucas si limitava a colpire, mirando ai punti deboli dell'avversario. In effetti Rekke ruzzolò a terra, apparentemente indifeso, e Micaela corse per mettersi in mezzo. Ma di nuovo accadde qualcosa di strano, il cui ricordo non l'avrebbe abbandonata per molto tempo.

47

Claire ovviamente lo sapeva da sempre. Era assurdo chiedere protezione a chi avrebbe potuto ucciderli. Eppure la cosa aveva una sua logica perversa. Lo aveva intuito nello sguardo di Gabor quel giorno a Limena. Nella voce che si spezzava, nella violenta reazione emotiva, così diversa dalla sua abituale freddezza, aveva visto un'assicurazione sulla vita.

Un figlio, un sostituto di quello che lui aveva perso, avrebbe potuto essere la chiave per la loro salvezza. Claire ne era stata convinta per tutto il tempo in cui Gabor si era mostrato più umano con Jakob e meno ostile con lei. Ma non era durata. Un'ombra di delusione compariva sempre più spesso negli occhi di Gabor quando guardava il ragazzino. Lo paragonava continuamente a Jan, e il verdetto non era mai favorevole.

Se Jan era stato forte, atletico e intraprendente, Jakob era delicato, esile e riservato, e non faceva che peggiorare. Le sue mancanze diventavano sempre più numerose, mentre l'aura mitica attorno al figlio morto si rafforzava. Su quella terrazza veneziana, nello sguardo di Gabor non restava altro che disprezzo. Claire avrebbe voluto piantargli una forchetta nella mano.

«È migliore di te» sibilò.

«Chi?» chiese Gabor, fingendo di non capire.

«Jakob» rispose Claire.

«Quello lì?» sbottò Gabor. «Al massimo potrà fare qualche lavoretto di falegnameria, ma forse è troppo delicato anche per quello.»

«Non parlare così davanti a lui» rispose Claire, afferrando la mano del figlio sotto il tavolo.

Gabor fece segno che voleva altro champagne, e Riccardo corse a riempirgli il calice.

«Parlo come mi pare. Il ragazzino è un inetto in qualsiasi sport e non capisce niente delle forme d'arte superiori e delle scienze esatte.»

«Non sai niente di lui.»

«È un vigliacco.»

«Non sta bene, e non c'è da sorprendersi con quello che gli hai fatto passare.»

«Mio figlio non starebbe male. Si darebbe una mossa. Ricordo che Jan...»

«Non me ne frega niente di Jan!» sbottò Claire, guardando Jakob che si fissava le gambe. «Adesso ci siamo *noi*, e vorrei che ci dicessi perché ci hai convocati. Altrimenti ce ne andiamo subito. Non ho intenzione di restare qui a lasciarmi insultare.»

«Mi hai tradito tre volte, Claire, tre. Non hai il diritto di pretendere niente.»

Claire provò una fitta di paura.

«Tre? Di cosa stai parlando?»

«L'ultima volta che ci siamo visti gli ho strappato un capello.»

«Cosa?»

«Gli ho strappato un capello e l'ho mandato a un laboratorio di Berlino, dove l'hanno confrontato con uno dei miei.»

«Cosa stai dicendo?»

«Ti sei servita di me.»

«È tuo figlio, Gabor.»

«Mi piaceva, all'inizio. Ero così disperato che mi ingannavo da solo. Volevo vedere somiglianze che non c'erano. Poi ho aperto gli occhi e ho visto la sua inadeguatezza, la sua debolezza. Guardalo! Non riesce nemmeno a reggere il nostro sguardo. Si agita sulla sedia come un'anguilla.»

«Non parlare così.»

Gabor svuotò il calice.

«Non è mio, Claire» disse. «Lo so da qualche settimana.»

Claire non poteva crederci, non poteva gioirne come avrebbe fatto in circostanze diverse. In quel momento sentiva solo il pericolo.

«Non è possibile» provò a dire. «Ho visto...»

«Cos'avresti visto?»

Claire guardò Jakob, che fissava spasmodicamente il pavimento.

«Te in lui.»

«Non puoi avermi visto perché non ci sono. Mi hai ingannato.»

«Ero convinta, Gabor, davvero.»

«Ma adesso lo sappiamo, e io non ho dimenticato che sei andata alla polizia, Claire. Non lo dimenticherò mai.»

«Cos'hai intenzione di fare?»

«Non ho ancora deciso.»

Claire strinse la mano di Jakob.

«No?»

«No.»

Gabor le sorrise, quasi seduttivo.

«Sai a cosa penso?»

Claire scosse la testa.

«Al tuo libro.»

«Quale libro?»

«Quello di Polugaevsky, *Sicilian Love*. Mi ha ricordato le nostre vecchie partite.»

Claire si guardò attorno preoccupata.

«Ti ho sempre battuta» proseguì Gabor. «Ma penso spesso a quella sera a Stoccolma.»

«Quando mi hai violentata.»

«Quando abbiamo giocato a scacchi» rispose lui. «Quella volta sei arrivata quasi a battermi.»

«Non saprei.»

«Hai fatto di tutto per vincere.»

«Sì, forse.»

«E lo faresti anche ora. Faresti di tutto per uscire dal vicolo cieco in cui ti sei infilata... e vincere.»

Claire deglutì.

Gabor si appoggiò soddisfatto allo schienale e chiamò con un cenno Riccardo.

«Voglio solo andarmene, Gabor. Voglio che ci lasci in pace.»

«E io dovrei restarmene buono ad aspettare un'altra coltellata alle spalle?»

«Non tornerei mai alla polizia, lo sai. Farei qualsiasi cosa per proteggere mio figlio.»

Gabor le piantò gli occhi addosso.

«Sai che mi dà la caccia anche il Cremlino, Putin in persona? Ho un tizio che assaggia tutto quello che mangio, mi guardo continuamente alle spalle. Non intendo correre ulteriori rischi.»

«Ma io non sono Putin» ribatté Claire. «Sono inoffensiva.»

«Forse sei più pericolosa di tutti gli altri. Ma sì, voglio comunque darti una possibilità, considerala il mio ringraziamento per i sogni di un tempo... Ci giocheremo a scacchi il vostro destino.»

Claire strinse ancora più forte la mano di Jakob.

«Non voglio, Gabor.»

«Cara Claire, non sei nella posizione di dettare condizioni» disse lui. «Kristof!» gridò.

Kristof era un altro dei suoi uomini di fiducia, un giovane palestrato con un che di brutale nello sguardo e una cicatrice pallida sotto le labbra. Claire non lo temeva più di Riccardo perché almeno gli mancava la doppiezza del collega ma, per quanto cercasse, non riusciva a vedere in lui il minimo segno di mitezza o gentilezza.

«Porta una scacchiera, la più bella che trovi.»

Kristof sparì, e Claire sentì la paura stringersi come una corda attorno alla gola. A Gabor piaceva essere crudele. Si raccontava che a San Pietroburgo avesse costretto una delle sue vittime a giocarsi la vita a dadi.

«Qual è la posta, concretamente?» gli chiese.

«Voi» rispose Gabor. «La vostra libertà.»

«Non voglio, sul serio.»

«Temo che la partita sia già cominciata.»

Claire chiuse gli occhi.

«D'accordo» disse poi. «Ma se vinco ci lasci in pace.»

Gabor sorrise, sicuro di sé.

«Certo.»

«E in caso di patta?»

«La libertà di uno dei due.»

«Non voglio, Gabor» rispose Claire, spaventata. «Non posso.»

«Non avresti dovuto tradirmi.»

Kristof tornò, sbarazzò un'estremità del lungo tavolo e vi posò una scacchiera con i pezzi già disposti. Il disagio nell'aria era tangibile. Kristof sembrava eccitato, Riccardo e gli altri si scambiavano occhiate curiose.

Claire capì che non aveva senso continuare a protestare. Invece si domandò se quella partita non potesse diventare un'opportunità, una possibilità di sorprenderlo. Aveva sempre annotato tutte le mosse, e nelle ore di solitudine dopo la fuga dalla Svezia aveva studiato più volte tutte le vecchie partite con Gabor, sempre – come in quel momento – con Jakob al suo fianco.

«Prendo il nero» disse.

«Addirittura! Vuoi lasciarmi un vantaggio?»

Gabor girò la scacchiera.

«O vuoi sfruttare qualche trucco siciliano che hai imparato dal libro di Polugaevsky?»

«Qualcosa ho imparato, sì» rispose Claire con un sorriso tirato, osservando la scacchiera.

I pezzi erano splendidi: figurine cinesi finemente cesellate con tratti realistici, le regine con un'aria crudele.

«Quindi se vincerò ci lascerai in pace» ribadì.

«Sì» rispose Gabor. «Ci diremo addio.»

«E non avremo più bisogno di guardarci alle spalle.»

«A patto che non proviate a mettervi contro di me, avete la mia parola. Ma adesso cominciamo.»

Claire annuì. Ancora non si rendeva conto di ciò in cui si era cacciata, ma forse in fondo non le dispiaceva giocare. Aveva sempre avuto l'impressione di poterlo battere, e forse ci sarebbe riuscita proprio quella volta, mentre tutto il suo corpo agognava a liberarsi di lui.

Gabor aprì con pedone in e4. Lei rispose con c5. Poi partirono, senza orologio e regole aggiuntive.

Il volto di Gabor era una maschera di determinazione, e non avrebbe potuto essere altrimenti. Vuole distruggermi, pensò Claire, vuole mostrare la sua superiorità prima di annientarmi. Sapeva di doversi difendere con tutte le forze, anche se ben presto notò una cosa che la stupì: Jakob, che fino a quel momento aveva fissato il pavimento, ora osservava la scacchiera con la sua stessa concentrazione. Non era la prima volta che succedeva, ma lei non poteva fermarsi a riflettere, non poteva distrarsi.

Gabor giocava in modo sempre più aggressivo e sempre meno ortodosso. Sarebbe stata dura, perfino più di quanto avesse immaginato. Sebbene sapesse che non poteva lasciar vagare la mente, Claire si ritrovò a pensare a Samuel.

Tornato in palestra, Samuel Lidman si allacciò la cintura da pesi. Era la giornata dedicata alle gambe. Odiava quegli esercizi, ma non aveva intenzione di risparmiarsi. Come al solito, avrebbe caricato il bilanciere fino a scoppiare. Se qualcuno gli avesse chiesto perché, non avrebbe saputo rispondere, avrebbe semplicemente detto che aveva sempre fatto così.

Come ai bei tempi, quando era giovane, si piazzò a gambe larghe sotto il rack e iniziò con alcuni squat. Centocinquanta chili. Vai, pensò. Stringi i denti e spera che le ginocchia reggano. Sollevò il bilanciere, ansimando e sbuffando come un mantice. Cazzo, quanto pesava. Inspirò, e proprio mentre stava per cominciare l'esercizio gli squillò il telefono nella borsa.

Non smettere, pensò. Non illuderti. Poi però si ricordò di quello che gli aveva detto Morovia. *Claire l'ha sempre amata.* Ma cercò di dimenticarlo. Doveva piantarla di sognare, erano tutte assurdità. Ovvio che non poteva essere Claire. O doveva essere tornata dopo tutti quegli anni solo perché lui l'aveva vista in una foto? Che ridicola idiozia. Comunque ormai aveva perso la concentrazione. Fece un paio di passetti per appoggiare il bilanciere, e all'improvviso vide tutto nero e sentì piegarsi le ginocchia. Con uno sforzo disperato riuscì a gettare il bilanciere davanti a sé, contro il muro e gli specchi, che andarono in pezzi con un frastuono assordante.

Poi si accasciò su un fianco, mentre il bilanciere rimbalzava in giro come se fosse dotato di vita propria. Probabilmente si era fatto male. Gli bruciava una coscia, e forse anche la testa. Diverse persone gli arrivarono attorno, ma lui pensava solo al suo telefono. Senza nemmeno alzarsi da terra, riuscì a tirarlo fuori dalla borsa, gridando che stava bene. Mandò tutti al diavolo e fissò lo schermo. Il numero gli diceva qualcosa. Qualcosa allo stesso tempo di cattivo augurio e di buon auspicio. Era quello di Alicia Kovács.

Con un ulteriore sforzo di volontà riuscì a rimettersi in piedi, spinse via le persone che volevano aiutarlo e si allontanò zoppicando. E la richiamò. Il cuore gli batteva forte. Forse c'era qualche novità. Altrimenti perché lo aveva cercato?

«Alicia Kovács.»

«Mi ha chiamato» disse Samuel.

«Santo cielo, sta bene? Sta ansimando.»

«Mi sto allenando. Di cosa si tratta?»

Alicia Kovács restò un attimo in silenzio, rafforzando la convinzione di Samuel. C'era qualcosa, qualcosa di grosso. Non sapeva se positivo o negativo, ma qualcosa doveva esserci. Si slacciò la cintura, sforzandosi di mettere in ordine i pensieri e tenere a bada il dolore. Chiuse gli occhi.

«Ho parlato con una persona che vorrebbe incontrarla» disse Alicia Kovács.

Sta succedendo, pensò Samuel. Sta succedendo davvero.

«Claire» disse.

«Non voglio anticiparle niente, non al telefono. Ma vi incontrerete, se riesce a passare nei nostri uffici tra un'ora. E avrete molto di cui parlare.»

«Sì, certo» balbettò lui.

Doveva trovare uno specchio per farsi bello. Doveva apparire più in forma che mai, per quanto male gli facessero la testa e la gamba.

48

Lucas si gettò su Rekke che si era alzato, gli diede un violento spintone e iniziò a tempestarlo di pugni. Era aggressivo e muscoloso, contro un avversario di mezza età allampanato e un po' confuso, e ne mise subito a segno due, uno al viso e uno alla spalla.

Rekke però riuscì a schivare il terzo con un passo di lato. E quello fu l'inizio di una trasformazione. Assunse una posizione che sembrava essergli familiare, con le mani sui fianchi. Lo sguardo si spostava in tutte le direzioni, come se cercasse di assorbire informazioni. La gamba sinistra saltellava, come succedeva quando lui stava cercando di analizzare una situazione.

Lucas, che doveva aver percepito il cambiamento, esitò prima di andare di nuovo all'attacco, attento e concentrato. Girò attorno a Rekke come un pugile che cerca la posizione migliore, e all'improvviso sferrò un pugno, rapido ed esplosivo.

Avrebbe dovuto essere un colpo vincente. Rekke invece si scansò di lato, gli afferrò il braccio, spinse avanti la gamba destra e ruotò il busto, in modo da effettuare una presa. Dopodiché tirò, e Lucas volò a terra di schianto. Micaela non riusciva a crederci. Era impossibile: era finita a terra la persona sbagliata, come era sbagliata quella rimasta in piedi, pronta a un nuovo attacco.

«Che cazzo» borbottò Lucas.

«Esatto» rispose Rekke. «La rabbia ci rende ciechi. *Ira nos caecos facit.*»

Lucas si rimise in piedi, ancora più infuriato per il latino e il tono di voce. Rekke gli permise di recuperare l'equilibrio prima di atterrarlo facendogli battere la testa. Un colpo non particolarmente violento, ma abbastanza da stordirlo. Lucas tentò di rimettersi di nuovo in piedi, ma barcollò e cadde all'indietro.

«Sei forte, ma troppo impulsivo e prevedibile» cercò di rincuorarlo Rekke. «I tuoi attacchi sono preannunciati da un fremito della spalla. Il tuo corpo ti tradisce, devi lavorarci. Adesso però sei confuso e stordito, e ho intenzione di approfittarne» concluse.

Lo tirò in piedi e lo spinse contro il muro. Stava per chiedergli di Julia, quando si irrigidì di colpo, tese l'orecchio verso la stanza e lo lasciò andare. Micaela temette che così facendo si scoprisse troppo, ma anche Lucas sembrava aver sentito qualcosa, e lei stessa avvertì dei passi e un respiro leggermente sibilante.

«Sol, fa diesis» mormorò Rekke.

Eccolo lì, l'uomo di cui Micaela aveva sentito parlare così tanto da fargli assumere una dimensione quasi mitologica.

«Sono colpito, Hans» disse. «Ti sei tenuto in allenamento. Benvenuto. Non credevo che ci avresti trovati, ma come al solito mi hai sorpreso.»

«Lascia andare mia figlia, o ti ammazzo.»

«Davvero?» disse Morovia con un sorriso, per poi voltarsi verso Micaela che a quel punto si spaventò sul serio.

Morovia la guardava come una belva osserva la sua preda. Alle spalle aveva due uomini armati e lei ne riconobbe immediatamente uno: era il tizio tinto di biondo che si vedeva nelle immagini registrate a Venezia.

Claire studiò la scacchiera. Poteva arrivare senza problemi a una patta, ma non sarebbe stata una soluzione accettabile: avrebbe dovuto rinunciare alla libertà e forse alla vita di suo figlio, o alla sua libertà e alla sua vita. Era costretta a vincere, e per riuscirci doveva giocare la sua partita migliore. Chiuse gli occhi per un secondo.

Quando li riaprì fissò la scacchiera con uno sguardo esaltato, all'improvviso eccitata, piena di odio. Avrebbe distrutto Gabor, non si sarebbe accontentata di qualcosa di meno. Un attimo dopo vide una possibilità, una mossa vincente. Poteva avanzare con il cavallo, minacciando allo stesso tempo la torre e l'alfiere. Afferrò il pezzo, e si sentì pizzicare il fianco. Era Jakob. Era stato strano durante tutta la partita, aveva continuato a fissare la scacchiera con uno sguardo vitreo. Claire non capiva cosa stesse succedendo. Si era sempre interessato agli scacchi, ma non era possibile che riuscisse a seguire una partita di quel livello. Forse cercava solo di stemperare la tensione.

«Sì, tesoro, cosa c'è?»

Jakob non rispose. Si limitò a lanciare un'occhiata eloquente alla scacchiera e ad afferrarle la mano che stringeva il cavallo. Claire pensò che forse doveva chiedere una pausa per capire quale fosse il problema. Ma no, doveva restare concentrata e approfittare dell'occasione di portarsi in vantaggio. Jakob però disse la prima parola da quando era iniziata la partita: «No.»

Un sorrisetto sarcastico si disegnò sulle labbra di Gabor.

«Vuole aiutarti?»

Claire guardò Jakob con aria interrogativa.

«Prego, fai pure. Lascialo provare, così chiudiamo in fretta» proseguì Gabor.

«Siamo io e te» rispose Claire. «Lascia fuori il ragazzo.»

«Vedi, anche tu non hai fiducia in lui. Sai che non vale niente.»

«Sei un mostro» borbottò lei, trattenendo a stento l'impulso di colpirlo. «E lui è molto più intelligente del tuo bulletto campione di judo» sibilò.

Gli occhi di Gabor scintillarono di rabbia.

«Non provarci.»

«Ci provo eccome. E mi fido di mio figlio. Su, Jakob, aiutami.»

Lui abbassò lo sguardo, perché era finito al centro dell'attenzione e si trovava a disagio, ma le suggerì comunque qualcosa anche se nessuno lo sentì.

«Come hai detto, tesoro?»

«Devi arretrare con la regina in b4.»

Claire gli rivolse un sorriso amorevole, ma allo stesso tempo si domandò cosa diavolo stava combinando. Aveva sbagliato a coinvolgerlo. Arretrare con la regina avrebbe significato rinunciare alla possibilità di portarsi in vantaggio. Eppure fece esattamente quello che Jakob le aveva consigliato, forse soprattutto per non dare ragione a Gabor, per dimostrargli che si fidava di suo figlio. Ma si maledisse per aver ceduto. Quella mossa avrebbe potuto costare loro la vittoria, e la vita.

Samuel, fermo davanti allo specchio nel bagno della palestra, cercava di farsi bello. Senza grande successo. Doveva essersi graffiato la guancia cadendo, perché aveva un segno sotto l'occhio sinistro che sottolineava il colorito rossastro, quasi da avvinazzato.

Ma la cosa peggiore era un'altra. La metà sinistra del viso – se n'era accorto per la prima volta – si era afflosciata più della destra, dandogli un'aria da vecchio. Tutti particolari a cui negli anni precedenti non aveva prestato la minima attenzione, ma che all'improvviso, di fronte alla possibilità di incontrare Claire, diventavano evidenti e penosi.

Con il fisico invece andava meglio. Si tolse la giacca e restò in camicia. Dal collo in giù non dimostrava più di trent'anni, Claire avrebbe dovuto apprezzare almeno quello. Si pettinò i capelli all'indietro per nascondere il punto in cui iniziavano a diradarsi e uscì.

Dopo la pioggia, il sole era tornato a splendere. Era una bellissima giornata, e lui nutriva una speranza incontrollabile. Davvero stava per rivedere Claire? Cosa le avrebbe detto? Nemmeno una parola di rimprovero, decise. Sarebbe stato comprensivo. L'aveva ferito, ma lui non l'avrebbe giudicata. Avrebbe ascoltato e si sarebbe messo nei suoi panni. Doveva esserci una spiegazione per il suo comportamento.

Aumentò il passo, pensando a lei come non faceva da molti anni, vedendosela davanti senza quell'alone di vulnerabilità che la circondava sempre nei ricordi. Ma subito gli venne l'ansia: forse sarebbe rimasto deluso per aver sperato troppo.

Abbassò lo sguardo. Zoppicava, e il sudore gli imperlava la fronte e gli bagnava la schiena. Non poteva presentarsi in quelle condizioni, o addirittura maleodorante: Claire aveva un olfatto molto sensibile.

Si mise a ridere da solo. Il problema non sarebbe certo stato quel po' di sudore, ma meglio non rischiare, anche quei dettagli avrebbero potuto rivelarsi decisivi. In Odenplan vide passare un taxi, lo fermò e ci saltò dentro cercando di fare ordine nei suoi pensieri.

Decisivi per cosa? Doveva darsi una calmata. Davvero immaginava che Claire sarebbe ricomparsa così, all'improvviso, dopo quattordici anni d'assenza? Era una speranza folle. Non sapeva niente, assolutamente niente. Poteva anche non essere Claire, quella che stava per incontrare. Anzi, sarebbe stato un miracolo se fosse stata lei. Però Alicia Kovács aveva detto che avrebbero avuto molto di cui parlare... *Doveva* essere Claire. Samuel giunse le mani e pregò, come Claire quando era in difficoltà. «Signore Gesù e santa madre di Dio, fate che sia Claire.»

Il taxi scese lungo Birger Jarlsgatan e svoltò in Strandvägen. Samuel chiese di scendere qualche centinaio di metri prima, per avere il tempo di prepararsi psicologicamente. Era decisamente in anticipo. Ma avrebbero capito, no? Non poteva badare all'orario, quando era in gioco tutta la sua vita. Si affrettò a entrare nello studio legale e la donna che la volta precedente gli aveva offerto l'amarone lo guardò spaventata. Era sufficientemente lucido da capire perché: aveva l'aria di un folle.

«Mi spiace, sono un po' in anticipo» disse.

La donna guardò l'orologio a parete e rispose con un piccato: «Decisamente.» Lui lo trovò piuttosto irritante. Per fortuna Alicia Kovács arrivò con un largo sorriso e, rimettendo al suo posto la donna, disse che non aveva importanza.

«La persona che deve incontrare la sta aspettando» aggiunse.

«Dove?»

«Nell'ufficio del professor Morovia.»

Col cuore che batteva forte, zoppicando ancora di più, Samuel affrontò la scalinata.

Prima di entrare nell'ufficio chiuse gli occhi. Quando li riaprì, non capì cosa stava vedendo.

49

Per qualche motivo Micaela aveva sempre immaginato Morovia simile a Rekke: alto, sottile, intenso, anche se più scuro, nei colori e in tutta la sua aura. E non si era sbagliata del tutto, solo che Morovia era più basso, con una camminata delicata, quasi femminile, e movimenti eleganti. Indossava un completo grigio, un gilet e un foulard. Aveva un bel viso, chiaro e luminoso, i capelli folti e scuri e lo sguardo penetrante, proprio come quello di Rekke. I suoi occhi erano cangianti, le labbra tondeggianti e sensuali, il resto della persona invece aveva un che di deciso e affilato.

Micaela non riuscì a non restare colpita. All'improvviso era lui il fulcro della situazione. Anche la sfida tra Lucas e Rekke aveva perso interesse: tutto sembrava impallidire di fronte a quell'uomo.

«Hans, sapessi quanto ho desiderato di rivederti così concentrato» disse.

Micaela percepì il potere quasi ipnotico della voce. Rekke invece non si degnò di rispondere. Il suo sguardo sembrava trapassare Morovia per fissarsi sugli uomini alle sue spalle e sulla porta della stanza. Di sicuro stava valutando la situazione nella sua interezza, ma c'era anche un elemento di provocazione. Non voleva nemmeno guardarlo, esprimendo così tutto l'odio che provava.

«Non rispondi?»

«Mi interessa solo parlare con mia figlia.»
Morovia avanzò di un altro passo.
«Temo che dovremo fare a modo mio» disse. «E se per caso arriverà altra gente, non finirà bene» aggiunse guardando Micaela con un sorriso.
«Capisco» rispose lei, stringendo malvolentieri la mano che lui le aveva porto e non sapendo dove posare lo sguardo.
Morovia la tolse dall'imbarazzo voltandosi subito verso Rekke.
«Congratulazioni per l'interessante scelta. Una partner non proprio del tuo ambiente, eh?»
«Può anche parlare direttamente con me, sa?»
«Certo, lo so, ma questo è fondamentalmente un discorso tra me e Hans, perciò è a lui che mi rivolgo. Aggiungo anche che quello che succederà a Julia è una mia responsabilità, Lucas non c'entra.»
«Portami da lei» lo interruppe Rekke, sempre senza guardarlo.
«Mi stai sfidando?» chiese Morovia.
«Faccio quello che serve per riaverla» rispose Rekke.
«Quello che serve è parecchio, purtroppo. Ma prima diamole un'occhiata. È una bella ragazza, e molto sensibile, vero?»
Rekke non rispose. Si limitò a osservare la cucina affacciata sulla veranda, in cui Morovia l'aveva lasciato entrare, per poi irrigidirsi di colpo. Da lì poteva vedere Julia, avvolta in un accappatoio blu, legata con una corda che passava in due anelli metallici conficcati nel terreno, accanto alla piscina. Era pallida e spaventata. Il biondo le si avvicinò impugnando una pistola. Sul bordo della piscina c'erano una tanica grigia e una videocamera che fecero venire i brividi a Micaela.
«Julia!» gridò Rekke precipitandosi fuori.
«Papà! Scusami...»
«È solo colpa mia.»

«Mia, piuttosto» borbottò Micaela.

Rekke si avvicinò alla figlia per abbracciarla, ma venne bloccato dall'uomo armato. Invece di passare ai fatti come con Lucas, si limitò a lanciare un'occhiata infuriata a Morovia, che allargò le braccia con un sorrisetto soddisfatto.

«Forse non è la scena più grandiosa che ho ideato, ma dovremo accontentarci. Mi sono sempre chiesto...»

«Chiudi quella boccaccia, Gabor» lo interruppe Rekke. «Dimmi solo cosa vuoi.»

«Voglio vendetta, Hans, non l'avevi capito? Prima però voglio ringraziarti: i nemici ci tengono vivi e all'erta. Abbiamo bisogno l'uno dell'altro per non perdere acume, non credi?»

«Risparmiami le tue stronzate filosofiche.»

Morovia scosse la testa, come se trovasse quasi commovente l'insofferenza di Rekke.

«Prendila come una possibilità, Hans. Non c'è niente di deciso, c'è sempre una speranza. Approfittane, parla con me. Sai a cosa ho pensato spesso?»

Rekke non rispose. Continuò a guardare Julia con un sorriso tirato, mormorando ancora una volta: «Perdonami.»

«Al fatto che avevi chiamato il tuo gatto Ahasverus» riprese Morovia. «Era una proiezione, vero? Ahasverus eri tu. Condannato a vagare in eterno e a vedere tutto. Condannato a cercare chiarezza e a trovare nuova oscurità. Condannato a risolvere misteri, sapendo sempre che la domanda è più interessante della risposta, l'enigma più luminoso della soluzione.»

«Sei davvero fuori di testa.»

«Ma lungo la strada hai trovato l'amore. In questo posso darti ragione. Hai conosciuto Ida, e poi...» si interruppe per rivolgere un'occhiata a Julia. «Poi per un capriccio del destino hai avuto una figlia quando io ho avuto il mio Jan... Immagino che tu la ami quanto io amavo lui.»

«Mi dispiace per quello che è successo» disse Rekke, guardando per la prima volta negli occhi Morovia.

«Grazie, Hans. Quindi un po' ti preoccupi per me. Sono quasi commosso. Ma è troppo tardi, ovviamente.»

«Non è mai troppo tardi per mettere in dubbio le proprie opinioni» rispose Rekke con voce rotta.

«Sì, invece» replicò Morovia. «Ma prima di occuparci di Julia concludiamo la nostra conversazione. Consideralo un regalo per te e la tua socia. State cercando Claire Lidman, non è vero?»

«Sto solo cercando di salvare mia figlia.»

«Mi correggo» riprese Morovia. «Stavate cercando Claire Lidman, prima che la vita vi imponesse altre priorità. Quindi lascia che ti parli di lei, e che nel frattempo mi prenda cura di Julia. Riccardo, portale dell'acqua e degli antidolorifici. Chiedile anche se vuole qualcosa da mangiare.»

Rekke guardò ancora una volta sua figlia e borbottò: «Si sistemerà tutto, tesoro, ti tirerò fuori da qui.»

Morovia si illuminò, come se avesse apprezzato quelle parole.

«Potrai provarci» disse. «Ti offrirò una chance. L'ho fatto anche con Claire e lei ne ha approfittato, nonostante... Ma non voglio rovinarti la storia, preferisco cominciare dall'inizio. A meno che tu non voglia sentire prima quella di Ida.»

«Voglio sentire solo cosa devo fare per portare via da qui mia figlia.»

Morovia si avvicinò di un passo, osservando le proprie mani e l'anello con la pietra nera che portava al mignolo.

«Stai guardando questo? È un ricordo di Jan, ci sono incise le sue date di nascita e di morte. Mi ha lasciato il 23 febbraio alle tre e un quarto del pomeriggio. Aveva nove anni. Le sue ultime parole sono state: Scusami, papà. Come se fosse colpa sua.» Annuì in direzione di Rekke, che continuava a fissare Julia.

«Credo che ti sarebbe piaciuto» proseguì. «Ma non voglio stancarti con il mio dolore, meglio concentrarsi sul tuo, quello che provi e che proverai.»

«Va' al diavolo.»

«D'accordo, d'accordo. Però se non vuoi parlare né di Ida né di Claire lasciami almeno rispondere alla tua domanda. C'è qualcosa che puoi fare: puoi offrirmi qualche informazione significativa in cambio di tua figlia, e io valuterò.»

«Prendi la mia vita» disse Rekke.

«La tua vita?»

Morovia scoppiò in una risata teatrale.

«Che parole da eroe. Peccato che non valga granché. E poi con chi giocherei, se tu non ci fossi più? No, Hans, devi offrirmi qualcosa di meglio. Rivelami qualche segreto. Cos'hai detto a Herman Camphausen perché mi desse la caccia? E chi ha passato le informazioni ai sicari di Putin?»

Rekke si passò una mano tra i capelli.

«Non ho detto niente che Herman non sapesse già» rispose. «E non so chi abbia passato le informazioni ai russi. A ogni modo, non provare a convincermi che farebbe qualche differenza. Tu non cerchi vendetta, cerchi solo pretesti per fare del male alla gente. La vendetta è una chimera con cui mascheri il tuo sadismo. Io invece posso darti qualcosa di reale.»

«Cosa, Hans?»

«La compassione, Gabor. Vuoi guarire le tue ferite, ma non fai che renderle più profonde. *Veritas odium parit.* E così generi altro odio.»

Morovia sbuffò.

«Non dimenticare che ti ho visto combattere, Hans. Ti ho sentito suonare. Ti ho guardato negli occhi mentre mi buttavi fuori dal tuo camerino. Dentro di te c'è lo stesso odio. L'ho conosciuto, so che hai sempre voluto misurarti con me.»

Rekke fece un passo in direzione di Julia.

«Sai meno di quanto immagini, Gabor. Come tutti i piccoli tiranni, proietti sul prossimo le tue perversioni. Non hai la minima idea di ciò che sto pensando in questo momento, e la tua superbia ti rende vulnerabile» disse lanciando un'occhiata d'intesa a Micaela.

Un secondo dopo, scattò. Disarmò il biondo con un calcio e lo scaraventò nella piscina, per poi voltarsi verso Morovia, che era già pronto al combattimento. Aveva rapidamente assunto la sua stessa posizione d'attacco, come davanti a uno specchio. Sembrava che aspettassero solo di scagliarsi l'uno contro l'altro. Micaela intanto stava cercando di recuperare la pistola, finita sul bordo della piscina, a una decina di metri da lei.

Julia le gridò un avvertimento disperato: «Alle tue spalle!»

Il secondo uomo di Morovia, un marcantonio dallo sguardo gelido, le aveva puntato contro una pistola. Micaela si immobilizzò, cercando freneticamente di escogitare una via d'uscita.

«Lucas!» gridò Julia.

Già, dov'era Lucas? Micaela lo intravide oltre la porta della veranda, con il busto ruotato, come se volesse andare in due direzioni contemporaneamente. Sembrava indeciso e furibondo, e non rispose al richiamo di Julia.

«Aiutaci! Di sicuro non sei dalla parte di questi idioti!» insistette lei.

Non era una cattiva idea. In effetti non era nello stile di Lucas legare una ragazza e minacciarla di morte, ma quello stronzo vigliacco rimase dov'era, apparentemente incapace di prendere una decisione, e alla fine se ne andò imprecando.

Nello stesso istante Morovia sferrò un attacco che fece barcollare Rekke. Si vedeva che era il più forte e il più veloce dei due, quello che si era dedicato più seriamente alle arti marziali. La situazione sembrava disperata, soprattutto dopo che il biondo era uscito dalla piscina e aveva raccolto la pistola.

Rekke indietreggiò, in cerca di soluzioni alternative. Con un calcio che doveva aver provato e riprovato a lungo, fece saltare la pistola dalle mani del biondo. Poi tornò a occuparsi di Morovia, che parò tutta una serie di colpi con espressione quasi estatica, come se fosse assolutamente certo di vincere. Sembrava quasi una danza, una serie di movimenti accuratamente coreografati.

Micaela sferrò un colpo al marcantonio che la teneva sotto tiro, raggiunse il biondo e gli diede una testata, ma nel tumulto che seguì cadde con lui nella piscina. Senza poter intervenire, vide Rekke piegarsi in due per un violento calcio allo stomaco assestatogli da Morovia.

Dopodiché accadde qualcosa che avrebbe dovuto prevedere, ma che la riempì ugualmente di terrore. L'altro uomo, quello con lo sguardo gelido, a un segnale di Morovia afferrò la tanica, la aprì e con un gesto sicuro la svuotò addosso a Julia. Malgrado il caos, l'odore di benzina che si propagò fu subito inequivocabile.

Claire, che arretrando con la regina aveva perso la possibilità di portarsi in vantaggio, stava cercando di porre rimedio al danno che pensava di aver subito. Mentre analizzava la nuova posizione, però, vide qualcosa passare sul volto di Gabor: non molto, solo un'ombra negli occhi cangianti. Pensò che qualcosa doveva averlo disturbato, e all'improvviso capì: gli aveva rovinato i piani, o meglio, glieli aveva rovinati Jakob.

La sua mossa l'aveva salvata da una trappola sulla sinistra della scacchiera, e quella consapevolezza la fece entrare in uno stato di trance agonistica. Tutto il lavoro delle serate solitarie passate davanti alla scacchiera poteva finalmente dare i suoi frutti, suggerendole come procedere.

Concentrata come non mai, giocava rapidamente, mentre Gabor si prendeva del tempo per riflettere e malgrado ciò non riusciva a essere imprevedibile. Era lei ad avere il controllo della partita, e ormai era evidente: Gabor non aveva scampo.

Claire era tentata di chiedergli se si arrendeva, ma aveva paura della sua reazione. Non aveva idea di come il suo amor proprio avrebbe potuto prendere una sconfitta. A ogni modo, non si poteva tornare indietro: lui le aveva promesso la libertà se fosse riuscita a vincere, e lei doveva riuscirci. Il mondo attorno svanì, rimase solo la scacchiera. Il suo pedone aveva la strada sgombra e presto sarebbe stato promosso a regina. Non c'erano dubbi: era finita.

«Ti concedo una patta» disse Gabor.

Claire lo guardò perplessa.

«Scherzi? Ormai hai perso, lo vedi anche tu.»

Gabor fece finta di non sentire e invece di guardarla negli occhi rivolse a Jakob uno sguardo di disapprovazione.

«Io non perdo mai.»

Claire non sapeva cosa rispondere, ma si sforzò di non dare in escandescenze.

«Comportati da uomo, Gabor, non rinunciare alla tua dignità. Sei un giocatore migliore di me, ma questa volta non è bastato» disse.

Si allungò verso la scacchiera per mostrargli quanto era disperata la sua situazione.

«E hai promesso...»

Gabor alzò una mano per fermarla e lei si zittì, cercando di capire cosa stesse succedendo.

«Ti hanno aiutata» disse lui. «Quindi secondo le regole degli scacchi hai barato.»

Claire non credeva alle proprie orecchie.

«Ho accettato il suggerimento di Jakob che avevi appena definito un inetto, e solo perché tu mi hai invitata a farlo.»

Gabor si girò verso il Canal Grande, sistemandosi il colletto della camicia.

«*È* un inetto.»
Claire si sforzò di restare seduta.
«Non hai il diritto di affermare una cosa del genere.»
«Ma è la verità. Guardalo. Non riesce nemmeno a guardare negli occhi la gente, balbetta e si agita in continuazione. È strano, Claire. Strano e debole.»
«È stato abbastanza forte da capire la tua strategia» ribatté lei, le guance in fiamme.
«È patetico.»
«Non sai niente di Jakob» sibilò lei, ormai incapace di controllare la voce.
«Faccio solo quello che devo fare. La partita è finita, siete liberi di andare.»
Claire lo guardò, con la bocca secca e il cuore che batteva forte.
«Quindi ammetti la sconfitta?»
«È patta. Hai vinto a metà.»
Mantieni la calma, si disse Claire. È un momento decisivo, non rovinare tutto proprio adesso.
«Possiamo analizzare insieme la situazione, se vuoi.»
«Non ne ho nessuna voglia» rispose lui iniziando a togliere i pezzi dalla scacchiera.
«No!» gridò Claire afferrandogli la mano.
Infastidito, Gabor si ritrasse e si alzò, non lasciandole scelta. Lei si alzò a sua volta e fece un cenno a Jakob, che però restò seduto con le gambe intrecciate strette, come in un nodo.
«Cosa ti ho detto? Guardalo!»
«Sei un mostro!» sibilò Claire, ma era la tattica sbagliata. Le sue parole resero Gabor ancora più calmo.
Poteva batterlo a scacchi, a quanto pareva, ma non avrebbe mai potuto vincerlo in quel gioco psicologico. Gabor le sorrise come un perfetto padrone di casa che ha appena sentito la frase indelicata di un ospite.
«È stato un piacere avervi qui. Ora però devo pregarvi

di scusarmi» disse. «Riccardo ti porterà il cappotto e la borsa. Piuttosto, ce la fai con tuo figlio, o devo chiedergli di aiutarti?»

«Mio figlio ce la fa benissimo da solo» rispose Claire.

Gabor era ancora più sfrontato di quanto si fosse aspettata. Li accompagnò tutto compito fino al salone con il soffitto affrescato, dove Riccardo le consegnò il cappotto e la borsa.

Gabor le tese la mano. Lei la strinse, guardandolo negli occhi. Le stava sorridendo. Se non lo avesse conosciuto così bene, avrebbe potuto sembrarle un sorriso triste e amichevole.

«Ci lascerai in pace, adesso? Saremo al sicuro?»

«Addio, Claire» disse lui senza lasciarle la mano. «Addio, Jakob.»

Non aveva risposto alla domanda, e lei si chiese se non fosse il caso di ripeterla. Si limitò ad annuire, poi prese per mano Jakob e scese a passi affrettati. Il libro sugli scacchi le scivolò di nuovo dalla borsa e Gabor fu più veloce di lei a raccoglierlo.

«Forse non ti serve più, hai studiato abbastanza.»

Claire si rese conto che non avrebbe potuto ottenere qualcosa di più vicino a un'ammissione della sconfitta. Senza fare commenti, infilò nella borsa il libro e sparì in direzione di piazza San Marco insieme a Jakob.

50

Samuel era così convinto che avrebbe visto Claire da non riuscire a capire cos'aveva davanti. Il frutto della sua immaginazione si mescolava con la realtà a creare qualcosa di incomprensibile, una sorta di figura angelica con le braccia sottili come stecchi che si confondeva con la luce del sole che entrava dalla finestra.

Dopo aver ripreso fiato e battuto le palpebre un paio di volte, si rese conto che si trattava di un ragazzino con i capelli ricci e grandi occhi nervosi, che indossava uno stazzonato completo beige troppo serio per lui. L'abbigliamento, insieme al suo evidente disagio, rafforzava l'impressione che fosse solo un bambino, malgrado l'altezza. Dondolava la testa avanti e indietro e incrociava nervosamente i piedi, dando un'impressione di instabilità, come se potesse cadere in avanti da un momento all'altro.

«Chi sei?» gli chiese il ragazzino in inglese. «Hanno detto che era importante che ti incontrassi, ma non hanno voluto spiegarmi altro. Sai dov'è mia madre? È sparita da un po', e loro ripetono di non avere idea di dove sia. Ma io non ci credo. Hanno detto che tu la conosci» proseguì vedendo che Samuel non rispondeva. «Non sarebbe sparita, se non fosse successo qualcosa di grave.»

Di fronte a quel torrente di parole, Samuel avrebbe solo voluto girarsi e andarsene. Ce l'aveva con quel ragazzino perché non era Claire. Si sentiva ingannato, provava l'impulso di mandarlo a quel paese e sbattersi la porta alle spalle. Però aveva abbastanza buonsenso da capire che sarebbe stato crudele: il ragazzino sembrava fuori di sé almeno quanto lui, aveva le lacrime agli occhi e si agitava come un'anguilla. Pensò che sembrava quasi un suo riflesso, un riflesso della sua stessa disperazione.

«Chi è tua madre?» chiese.

«Sara Miller» rispose il ragazzino.

Poi mosse un passo verso di lui e sembrò sul punto di inciampare. Samuel si preparò ad afferrarlo.

«Chi?»

«Mi hanno portato a casa di un vecchio» disse il ragazzino, come se non l'avesse sentito. «Non vado a scuola da marzo, e nessuno mi spiega niente, non fanno altro che ripetermi di aspettare. Ma ieri...»

Il ragazzino diventava sempre più pallido.

«Credo che faresti meglio a sederti» lo interruppe Samuel, accompagnandolo verso la poltrona dove qualche ora prima si era accomodato Morovia.

Poi si mise accanto a lui, domandandosi se chiamare Alicia Kovács. Il ragazzino sembrava aver bisogno di aiuto.

«Cos'è successo ieri?» gli chiese.

«Mi hanno detto che dovevo andare all'aeroporto. Ho avuto appena il tempo di riempire una valigia, e poi ho preso un volo privato. C'era anche pap... Morovia, ma non ha voluto parlarmi. Mi ha guardato come se lo avessi deluso moltissimo.»

«Morovia è tuo padre?»

«No, ma per molto tempo sono stato convinto di sì. O almeno, la mamma voleva che lo chiamassi papà. Aveva paura di lui, credo. Lasciava che lo incontrassi perché così saremmo stati più al sicuro.»

«E tua madre si chiama Sara Miller?»

Il ragazzino riprese a dondolare la testa, come se stesse per avere una crisi.

«A volte la chiamano anche Claire. Prima si chiamava così.»

«Dio santo» mormorò Samuel.

«La conoscevi?»

«Ero suo marito» rispose Samuel, per poi correggersi. «*Sono* suo marito.»

«Suo marito?»

Il ragazzino sembrava sempre più disorientato.

«Io e tua madre eravamo sposati» spiegò Samuel, sforzandosi di rimanere calmo. «Poi è scomparsa, e per molti anni ho creduto che fosse morta. Immagino che si stesse nascondendo...»

«Da Morovia» intervenne il ragazzino, che all'improvviso sembrava più calmo, e più adulto.

«Sì, probabilmente sì» rispose Samuel, mentre nella sua mente prendevano forma mille domande che però tenne per sé. Non voleva rovinare qualcosa che, malgrado la delusione iniziale, ora gli sembrava prezioso, quasi un risarcimento per l'assenza di Claire.

«La amavo molto» aggiunse.

Il ragazzino sembrò riflettere.

«Sei tu quello che è molto forte e sa aggiustare tutto?»

«Ormai non credo di saper aggiustare granché, però sono abbastanza forte.»

Samuel mostrò goffamente i bicipiti.

«Insistono tutti che dovrei iniziare ad allenarmi» disse il ragazzino. «Morovia sostiene che sono debole.»

«A me pare che tu stia bene così.»

«Non è vero» rispose il ragazzino, con una tale tristezza nella voce che Samuel avrebbe voluto stringergli le mani.

«Che sciocchezze. Sono pensieri che vengono, quando si incontrano delle difficoltà. Si finisce per credere di non valere niente, ma in realtà...» ribatté Samuel.

«La mamma mi ha parlato di te» lo interruppe il ragazzino.

«Davvero?»

Samuel si ritrasse. Non voleva sentire. Stava andando tutto troppo in fretta. Non si capacitava di aver parlato al ragazzino con tanta confidenza. Doveva essere una fuga, un modo per evitare tutte le domande che gli bruciavano dentro. Dov'era Claire? Cosa stava succedendo?

«Mi ha raccontato che non ha mai imparato a cucinare perché facevi tutto tu. L'hai fatta diventare una specie di invalida.»

«Mi spiace di averla resa un'invalida.»

«Credo che lei lo intendesse in modo positivo.»

All'improvviso Samuel aveva un groppo in gola.

«Cos'è successo a tua madre?»

«Eravamo a Venezia» iniziò il ragazzino.

Samuel si sporse verso di lui, teso come una corda di violino.

«Come mai?»

«Eravamo andati a trovare... Morovia» proseguì il ragazzino con una smorfia di disagio.

«E cos'è successo?»

«Abbiamo pranzato e loro hanno cominciato a giocare a scacchi. Sembrava importante, come se fosse in gioco qualcosa di fondamentale. La nostra libertà, mi ha spiegato poi la mamma.»

«La vostra libertà.»

«Sì. La mamma era tesa come se fosse una questione di vita o di morte, e stava per cadere in una trappola. Però io l'ho aiutata, e lei ha recuperato.»

Samuel credeva di aver capito male.

«L'hai aiutata? Non ho mai sentito di qualcuno in grado di aiutare Claire a scacchi.»

«La partita ricordava quella di Capablanca contro Marotti a Londra, nel 1922.»

Samuel lo guardò a bocca aperta.

«Come fai a saperlo?»

«Non ho mai avuto molti amici» rispose lui serio, senza traccia di orgoglio. «Per passare il tempo studio vecchie partite e gioco da solo.»

«Da solo.»

«Qualche volta con un computer.»

Samuel deglutì.

«Devi essere un genio. Claire non la si aiuta: ci si mette comodi e la si ammira.»

Il ragazzino accennò un sorriso triste, di nuovo trasformato in un adulto.

«Ha le sue debolezze.»

Samuel sorrise a sua volta.

«È vero. Poi cos'è successo?»

«Le mancavano sei mosse alla vittoria quando Morovia ha interrotto il gioco e le ha offerto una patta.»

«Non voleva perdere?»

Il ragazzino guardò dalla finestra.

«Esatto. L'atmosfera si è riscaldata e lui ha detto delle cose molto brutte.»

«Tipo?»

«Devo proprio?»

«No.»

«Ce ne siamo andati, la mamma aveva urgenza di partire.»

«E siete passati per piazza San Marco?»

«Cosa?»

«Ho visto una foto.»

«Ah. Non conosco i nomi dei posti. La mamma era stressata e camminava molto in fretta. C'erano un sacco di vecchi palazzi, era pieno di gente e di uccelli e io sono rimasto indietro. Poi all'improvviso ho sentito qualcuno che mi chiamava. Era uno degli uomini di Morovia...»

Era chiaramente un argomento che gli pesava, tanto che riprese a dondolare la testa.

«E poi?» lo incoraggiò Samuel.

«Mi sono girato, ho pensato che forse avevamo dimenticato qualcosa. E quando ho cercato di raggiungere la mamma non l'ho più vista. Era sparita. Ho gridato più forte che potevo, e a un certo punto ho sentito che mi chiamava, ma non capivo da dove arrivava la voce. Allora sono scappato. Ho girato per ore chiedendo a tutti e provando a telefonarle. Ma era proprio sparita.»

«Dio santo» si lasciò sfuggire Samuel. Avrebbe di nuovo voluto stringere le mani del ragazzino, però non lo fece.

«E poi cos'è successo?» chiese.

«Morovia mi ha trovato e mi ha detto che la mamma era partita, ma io non gli ho creduto. Ho protestato, ho scalciato, l'ho graffiato e gli ho urlato che lo odiavo, e a quel punto si è voltato e se n'è andato, e sono arrivate altre persone che mi hanno accompagnato da una signora a Milano. Lei era gentile, però penso che non mi sopportasse perché spaccavo le cose e cercavo di scappare, così mi hanno trasferito a casa di un signore anziano che è parente di Morovia e di uno dei suoi tirapiedi.»

«E poi ti hanno portato qui.»

«Sì, ero convinto che finalmente avrei incontrato la mamma. Prima viveva in Svezia, vero?»

«A due passi da qui.»

«Ma non arriva mai, sono in questo ufficio da ore. Cosa devo fare?»

Samuel non aveva idea di cosa dovesse fare il ragazzino, però in quel momento vide qualcosa di curioso nei suoi occhi e nella sua bocca, qualcosa che gli diede le vertigini. No, era troppo folle. Era un altro pio desiderio più assurdo del precedente, che non riuscì nemmeno a formulare compiutamente perché entrò Alicia Kovács. Anche lei sembrava aver vissuto un dramma interiore: era pallida e aveva un'espressione angosciata.

«Credo sia meglio che ve ne andiate» disse.

Samuel si alzò.
«Perché?»
«Sono preoccupata. Mettetevi al sicuro, è di pessimo umore.»
Chi?, si chiese Samuel. Chi è di pessimo umore? Ma in realtà non aveva bisogno di chiederselo. Prese per mano il ragazzino e uscì.

Julia capì subito che si trattava di benzina. Il mondo si fermò, mentre lei batteva disperatamente le palpebre perché non le entrasse negli occhi. Non potendo agire, iniziò a pensare. Fissò l'uomo che gliel'aveva rovesciata addosso. Indossava un giubbotto verde, era muscoloso e aveva lo sguardo gelido, ma gli tremavano le mani. Bene, voleva dire che era stressato e aveva troppe cose da controllare: la pistola che aveva infilato nella fondina, il caos che lo circondava, e poi un oggetto che aveva estratto dalla tasca dei jeans. Un piccolo oggetto metallico dai riflessi argentei, alla vista del quale Julia iniziò a dimenarsi selvaggiamente. Era un accendino.
Avrebbe potuto essere avvolta dalle fiamme da un momento all'altro, doveva fare il possibile per non essere paralizzata dal terrore. Si sforzò di restare lucida, di provare a liberarsi dalla corda per tuffarsi nella piscina. Ma non c'era tempo. L'uomo mosse le dita. Anche se si rendeva conto che suo padre e Micaela stavano urlando, lei sentiva solo la voce ipnotica di Morovia, le sue parole calme e solenni, un basso vibrato con un leggero sibilo nell'espirazione: «Voglio che tu la veda bruciare, Hans, come io ho visto bruciare il mio Jan. Voglio che condividiamo lo stesso dolore.»
Era così inimmaginabile che le sembrava che le fiamme l'avessero già aggredita. Diede un altro strattone, ma era bloccata. Poi vide suo padre fare una cosa strana: si alzò e sollevò un braccio, come se volesse salutare. Indietreggiò

di un metro, mentre Morovia si metteva in posizione d'attacco di fronte a lui. Ma non era l'unica cosa che stava succedendo. Dovunque attorno a lei, come al rallentatore, vedeva movimenti, spostamenti, minacce e speranze di salvezza: Micaela uscì dalla piscina, qualcuno le puntò contro una pistola, qualcun altro uscì a sua volta dalla piscina. Nonostante desiderasse il contrario, la banda di Morovia stava per avere il sopravvento. Erano tre contro due, più due pistole e un accendino.

Suo padre e Micaela corsero verso di lei. Un secondo dopo, qualcuno sparò e qualcuno cadde nella piscina. Julia non capiva cosa stesse succedendo, ma vedeva suo padre lottare con Morovia e Micaela continuare a correre verso di lei. Poi sentì un suono inquietante, un tintinnio metallico. Era l'accendino? Stava per essere arsa viva?

Qualcuno sparò e qualcuno gridò: «Fermi tutti! Liberatela!»

Pensò che la polizia fosse arrivata a salvarli, ma si sbagliava. Non era la polizia: era Lucas, con una pistola in mano e qualcosa di selvaggio nello sguardo.

51

A Claire parve di vedere un volto conosciuto tra la folla, e la cosa la preoccupò. Ma fu solo un attimo, aveva cose più urgenti a cui pensare. Era sicura che Gabor li avrebbe seguiti, doveva trovare un luogo sicuro.

C'era una stazione di polizia in rampa Santa Chiara, non lontano dal parcheggio, lo aveva verificato preventivamente. E doveva avvisare Lars Hellner a Stoccolma, lui l'avrebbe tirata fuori da quel pasticcio. Superò un gruppo di giapponesi che ascoltavano una guida. Un uomo dai capelli scuri fischiò al suo passaggio, e lei rispose sollevando la testa per rimarcare la sua indifferenza. Jakob riusciva a starle dietro? Sarebbe diventato un incubo perderlo di vista in mezzo a quella folla. Si voltò a guardare. Vide un piccione prendere il volo. Sentì lo scatto di una macchina fotografica. E tirò il fiato: Jakob la stava raggiungendo.

«Come va, tesoro?»

«Perché hai tutta questa fretta?»

«Sono solo un po' agitata, ma è tutto a posto. Vieni» disse tendendogli la mano.

Lui non gliela prese: non voleva più camminare per mano alla mamma. Era un atteggiamento recente, e lei lo trovava piuttosto commovente. Rallentò il passo e gli sorrise come se stessero solo facendo una passeggiata innocente, ma non riuscì a dissimulare l'agitazione, e ovviamente Jakob se ne accorse.

«È stato un errore batterlo?» le chiese.

«Anzi» rispose lei. «Uno così ha bisogno di perdere, una volta tanto, e ci aveva promesso...»

«La libertà» concluse lui al posto suo.

«Già» rispose lei, domandandosi di nuovo cosa avesse in mente Gabor.

Poi però scacciò tutti i dubbi: dovevano sbrigarsi ad arrivare alla polizia. Si guardò attorno. Vide una fila di poveracci dalla pelle dipinta d'oro che fingevano di essere statue per guadagnare qualche euro. Che assurdità, fece in tempo a pensare mentre urtava un passante. Non era stata colpa sua, ma chiese ugualmente scusa. In quel momento avvertì un colpo al fianco, violento e doloroso.

Si infuriò, ma invece di mettersi a discutere si voltò a cercare Jakob. Non vedendolo, venne presa dal panico e si mise a chiamarlo a gran voce, mentre qualcosa di caldo e appiccicoso iniziava a bagnarle il vestito. Si portò una mano al fianco, e si accorse che stava sanguinando. Se ne sarebbe occupata più tardi, prima doveva trovare Jakob. Cercò di correre, barcollò e venne afferrata da due braccia brusche e robuste che la condussero verso un portone sulla sinistra. Dopodiché si accasciò, mentre il mondo diventava nero davanti ai suoi occhi.

Micaela, fradicia, si lanciò in avanti a testa bassa, convinta che sarebbe finita male. Non aveva chance. Forse sarebbe morta, ma prima doveva liberare Julia e gettarla nella piscina. Era l'unica cosa a cui pensava, quando sentì cadere qualcosa, senza capire cosa, tanta era la confusione. Poi lo vide: era l'accendino acceso. Le fiamme si levarono con un secondo di ritardo, e lei ne approfittò per rotolarci sopra, a costo di bruciarsi.

Dopodiché sentì dei colpi di pistola. Era stata sicuramente ferita, questa volta: sarebbe stato impossibile mancarla, stesa a terra allo scoperto. A quanto pareva però era riuscita a spegnere il fuoco, e l'accendino era al sicuro sotto di lei. Sentì avvicinarsi dei passi. Ecco, ora mi finiscono con un colpo alla nuca, pensò. Ma quando alzò gli occhi non capì cosa stava succedendo.

Il marcantonio in giubbotto verde che aveva tirato fuori l'accendino cadde in ginocchio, con le mani premute sul ventre. Come se non bastasse, il tizio delle immagini registrate a Venezia barcollò all'indietro e finì di nuovo nella piscina dalla quale era appena uscito. E la spiegazione di quel totale ribaltamento di fronte era suo fratello, sulla porta della veranda con una pistola in pugno.

«Idioti» borbottò, mirando a Morovia che si piegava sotto i colpi di Rekke.

«Lucas» disse Micaela.

«Sorellina» rispose lui avvicinandosi.

Micaela non era per nulla rassicurata. Lucas li aveva salvati, sì, ma per lui non era semplice distinguere tra amici e nemici. Era evidente che Morovia lo aveva tradito non rispettando i patti, ma nessuno lo aveva umiliato più di Rekke. Era lui il principale oggetto dell'odio di Lucas. Dal suo sguardo, Micaela capì che era fuori di sé e avrebbe potuto fare qualsiasi cosa. E in effetti, dopo aver agitato la pistola di qua e di là finì per puntarla su Rekke.

«Sparagli» gridò Morovia.

«No, no» disse Rekke, facendo un passo avanti. «Sei più furbo di così, Lucas.»

Spinse il petto in fuori, come se volesse offrire un bersaglio. Micaela però non era sicura che fosse la strategia giusta: Lucas aveva il dito sul grilletto.

«Sei stato tu a mettere in moto tutta questa storia» disse Lucas, furibondo. «Hai incasinato mia sorella con la tua psicologia del cazzo.»

Rekke fece un altro passo avanti, perfettamente calmo.

Micaela però temeva che quell'atteggiamento potesse sconvolgere ancora di più Lucas.

«Può essere. Ma ragiona: in questo momento sei il nostro eroe, il che giocherà a tuo favore con la polizia. *Fortes fortuna adiuvat*, la fortuna aiuta gli audaci. Se invece mi spari, tutto diventerà più complicato.»

«Non dirò una sola parola contro di te, se lascerai in pace mio padre» gridò Julia.

«E io smetterò di indagare sulle tue stronzate» esclamò Micaela, pronta a promettere qualsiasi cosa pur non sapendo se sarebbe servito.

Per un attimo Lucas sembrò ancora più furibondo, al sentirsi ricordare cos'aveva combinato sua sorella, ma poi borbottò: «Devi farlo davvero, sorellina.»

«Te lo giuro.»

Lucas annuì e sembrò recuperare il controllo. Puntò la pistola contro Morovia, che li fissava con un'altera espressione di odio. Rekke si portò una mano all'orecchio e borbottò un ni-na, imitando le sirene della polizia con un'intonazione perfetta.

Si avvicinavano delle auto. Rekke si precipitò a liberare le mani e i piedi di Julia e a sfilarle l'accappatoio inzuppato di benzina, mentre Lucas e Micaela, uniti da un'improvvisa e inaspettata alleanza, tenevano d'occhio Morovia, seguendo ogni suo movimento.

Un minuto dopo facevano irruzione i colleghi della Säpo, seguiti da un Magnus Rekke paonazzo, che faceva del suo meglio per stare tra i piedi a tutti, evitando accuratamente di guardare negli occhi suo fratello. Hans, concentrato su Julia, lo ignorò. Con l'arrivo di altre pattuglie la casa ormai brulicava di poliziotti.

Micaela, Rekke e Julia se ne andarono senza degnare di uno sguardo Morovia e i suoi soldati feriti. Era il tardo pomeriggio del 6 giugno. Quando guardò il cellulare, Micaela vide che aveva sei chiamate perse di Samuel Lidman.

52

Micaela uscì dalla Katolska Domkyrka in Folkungagatan, in un vestito nero che le irritava la pelle. Era il 12 luglio, e la maggior parte delle persone che conosceva era in ferie, anche se lei era in servizio e i casi da seguire non le mancavano.

Era stata una cerimonia convenzionale, leggermente noiosa, eppure si era commossa malgrado non avesse mai incontrato la donna che stava per essere sepolta. Forse dipendeva dal fatto che Samuel si era seduto nel primo banco con un tredicenne che lo aveva appena conosciuto eppure si teneva stretto a lui quasi fosse l'unica persona che aveva al mondo.

I resti di Claire Lidman erano stati trovati tre settimane prima nel lago di Garda, non molto lontano da Venezia, e portati a Stoccolma. Data la sua fede traballante, la scelta di una funzione cattolica non avrebbe potuto essere scontata, ma la sorella Linda aveva insistito, ed era stato bello comunque. Il prete non aveva detto troppe sciocchezze e i canti erano stati splendidi. Micaela era contenta di aver partecipato. Guardando verso Medborgarplatsen, salutò con un cenno Rebecka Wahlin, in un abito ridicolmente elegante che la fece sentire ancora più fuori posto e dozzinale.

Si guardò attorno per un altro istante, poi si avvicinò

a Jakob, nascosto dietro l'ampia schiena di Samuel. Indossava un completo di lino nero e stringeva ancora in mano una rosa rossa che aveva dimenticato di deporre sulla bara. Aveva l'aria di voler essere a mille miglia di distanza.

«Ciao, Jakob» disse Micaela. «Mi spiace tanto.»

Sapeva che non era facile strappargli qualche parola di bocca, voleva solo fargli le condoglianze e andarsene a casa. Invece il ragazzino chiese nervosamente: «Il professore non c'è?»

«No, ha avuto un contrattempo» rispose lei, prendendosela con Rekke che stava andando al funerale insieme a lei mai poi era tornato indietro all'improvviso. Il solito casino con Magnus, le pareva di aver capito.

«Volevo chiedergli una cosa» proseguì Jakob.

«Cosa?»

«Samuel mi ha detto che il professore aveva notato qualcosa di strano in me, nelle registrazioni delle telecamere di sorveglianza a Venezia.»

Micaela sorrise. «Aveva notato i lobi delle tue orecchie, Jakob. Sono attaccati al viso, come quelli di Samuel.»

Il ragazzino rifletté un attimo.

«Perciò aveva capito da solo quello che Morovia ha scoperto grazie a un test del dna.»

Micaela allargò le braccia.

«Non ne era del tutto sicuro. Nota sempre un sacco di cose, in particolare quando sta per entrare in una fase maniacale.»

«Cosa vuol dire?»

«Che si muove in continuazione e trae conclusioni su tutto, ma a volte riesce a cogliere anche il dettaglio più complicato, a volte prende dei granchi tremendi.»

Mentre Jakob rifletteva su quella nuova informazione, Micaela gli posò una mano sulla spalla. Poi abbracciò Samuel e restò a osservare padre e figlio che si allontanavano insieme. Hanno proprio bisogno l'uno dell'altro, pensò. Sono tutti e due impacciati ed eccentrici, con gli occhi in costante movimento per evitare di incrociare gli sguardi della gente.

Controllò l'ora e vide che sarebbe riuscita a passare in Grevgatan prima di andare al lavoro. Mentre si dirigeva a passo veloce verso Slussen per prendere la metro, le squillò il telefono. Era sua madre. Le rispose malvolentieri. Ultimamente non facevano che litigare: sua madre continuava a ripetere che Lucas, l'eroe che li aveva salvati tutti, era stato trattato troppo duramente negli interrogatori e lei non aveva la forza di ribattere che in realtà se l'era cavata fin troppo a buon mercato, tenuto conto delle circostanze. Era una vergogna, altro che.

«Ciao, mamma» disse alla fine. «Cosa c'è?»

Non ci sarebbe stato bisogno di chiederlo.

«Non riesco a capacitarmi che se la prendano tanto con tuo fratello, mentre il vero delinquente se la caverà.»

«Morovia non se la caverà affatto» rispose Micaela. «Lo faranno finire dentro e butteranno la chiave.»

«Ma lui ha fior di avvocati, no?»

«Immagino di sì.»

«È così che va il mondo. I ricchi se la cavano, e a pagare sono quelli come noi.»

«Stai semplificando un po' troppo, mamma.»

«Dico solo le cose come stanno, e Vanessa è della stessa opinione. L'ho appena vista da Dolores, non hai idea di quanto le stia bene la nuova pettinatura, non sarebbe male se anche tu...»

«Adesso devo salutarti.»

«Scusami, parlo a vanvera. Sono nervosa, quando penso che ho una figlia che ha fatto tanta strada nella vita.»

«Piantala.»

«Ma ovviamente sono soprattutto orgogliosa. Sono così felice che hai fatto pace con il tuo conte.»

«Adesso è addirittura diventato conte?» chiese Micaela svoltando verso la fermata della metro.

«A ogni modo, aspetto ancora un invito. Non puoi immaginare le cose interessanti che ho da raccontarti. Ma quello che volevo dirti, *cariño*...»

«Sì?» la incalzò Micaela spazientita.

«Con tutto quello che è successo, Lucas non riesce nemmeno a passare a darmi un saluto. Non che abbia bisogno di niente, ho appena finito un quadro fantastico che riuscirò sicuramente a vendere. A proposito, come sta la ragazza? Si è ripresa?»

«Quanto ti serve?»

«Non molto. Più o meno come la volta scorsa, quando avevi tanta fretta.»

«Passo domani dopo il lavoro» disse Micaela, per poi riattaccare, senza sapere che sua madre almeno su una cosa aveva ragione.

Suonarono. Finalmente, borbottò Rekke. Magnus era due ore in ritardo, e non rispondeva né al telefono né alle mail, il che era piuttosto preoccupante. Sulla porta però c'era Julia. Rekke la abbracciò felice.

«Stai benissimo» le disse, ed era vero sotto molti punti di vista.

Sua figlia indossava dei pantaloni di cotone e una camicetta blu, e non era più così magra.

«Tu invece stai da schifo» rispose lei.

«Eh? No, sono solo preoccupato per te. Entra, dai, così posso soffocarti nel mio amore nevrotico. Hai pranzato?»

«Aspettavi qualcun altro, vero?»

Rekke le spiegò che Magnus avrebbe dovuto già essere lì, che era molto in ritardo.

«Allora non ha buone notizie, giusto?»

Buone per lui, forse, quindi non necessariamente per me, pensò Rekke andando in cucina.

Aprì il frigo per vedere cosa poteva offrirle.

«Dovresti fargliela pagare» proseguì Julia sedendosi a tavola.

Rekke storse le labbra.

«Magnus sarà chiamato a testimoniare al processo contro Morovia, e la cosa gli procurerà parecchi guai. Per il momento mi accontento di questo.»

E della verità, aggiunse tra sé. La versione migliore della verità.

«Però sta nascondendo qualcosa, vero?»

«Vero.»

«E si vergogna.»

«Dovremmo vederlo come un progresso» rispose Rekke, cercando di capire cosa gli avesse lasciato nel frigo la signora Hansson. Lasagne? O forse moussaka?

«Che ne dici di questa leccornia a basso contenuto calorico?» chiese indicandole il piatto.

«Non ho fame.»

«Sicura?» chiese lui.

Tese le orecchie.

«Sta salendo l'ascensore» aggiunse poi.

«È Magnus?» chiese Julia, ascoltando i passi che si avvicinavano alla porta.

«No, è Micaela» rispose lui. «Con il suo ritmo in ottave puntate. Ma c'è anche Magnus, stanno arrivando insieme.»

«Strano» osservò Julia.

«Eh?»

Rekke aveva perso il filo del discorso. Aveva la sensazione che quei passi portassero cattive notizie.

53

Magnus fu insolitamente freddo, quando Micaela lo raggiunse davanti al portone. In effetti non c'era niente di strano, tenuto conto di quello che era successo, però avrebbe potuto sforzarsi un po' di più, anche solo per istinto di conservazione. Non aveva niente da guadagnare trattandola come una merda.

«Cos'è questa novità?» le chiese osservando il corto vestito nero.

Lei decise di non andare tanto per il sottile. «Sono stata al funerale di Claire Lidman. Come mai tu non c'eri?»

Magnus incassò il colpo, chiaramente a disagio. Era già qualcosa. Poi si guardò alle spalle, come se avesse paura di essere seguito. Voltandosi, Micaela vide una donna sulla quarantina che li fissava. Era molto bella e vestita in modo spettacolare, con una giacca di velluto verde e una gonna nera con lo spacco, ma sembrava spaventata e abbassò gli occhi non appena incrociò il suo sguardo.

Magnus digitò il codice ed entrarono. Salendo in ascensore la sua agitazione diventò ancora più evidente. Sbuffava e imprecava. Micaela si domandò se fosse il caso di dire qualcosa, poi però rinunciò e uscì prima di lui.

Rekke andò ad aprire tenendo in mano un piatto con qualcosa che aveva un'invitante crosticina. Alle sue spalle si intravedeva Julia.

«Sono curioso di sentire del funerale, Micaela» disse. «Ma prima voglio che Magnus mi spieghi cos'è successo.»

«Mi servirebbe una birra.»

Rekke sembrò valutare se suo fratello se la meritasse, poi annuì e tornò in cucina, posò il piatto e prese dal frigo due Peroni.

«Non credo sia una buona idea che ascolti anche Julia» disse Magnus.

«Io non me ne vado» ribatté la ragazza.

«Allora torno più tardi» insistette lui.

Rekke prese un apribottiglie e un bicchiere e versò la birra a suo fratello.

«No davvero» rispose. «Devi solo essere grato di non essere in galera. Sento Herman Camphausen tutti i giorni e so fin troppo bene cos'hai fatto. Quindi adesso tiri fuori quello che sei venuto a raccontarmi. E Julia resta dov'è.»

Magnus svuotò il bicchiere e si asciugò le labbra.

«La Russia ha chiesto l'estradizione di Morovia.»

«L'ho sentito.»

«Detto fra noi, sono state fatte molte pressioni, e molte trattative sul gas russo, ma io non sono coinvolto.»

«Certo che no» osservò Rekke sarcastico. «Sei solo un umile sottosegretario.»

«Ovviamente non abbiamo accettato. Ci sono dei crimini commessi sul territorio svedese su cui intendiamo indagare.»

«Ma...»

Rekke tamburellava con le dita sul tavolo.

«Ma abbiamo accettato di farlo interrogare da un procuratore russo, e lo abbiamo trasferito in un luogo più sicuro, o almeno un luogo che ritenevamo più sicuro...»

«Sputa il rospo.»

«Ci sto arrivando. Non abbiamo ancora ricostruito la dinamica e i media non sono ancora stati informati. Immagino che si sia trattato di una combinazione di minacce e bustarelle. Abbiamo arrestato due poliziotti e un secondino.»

«Che cazzo, è scappato?» quasi urlò Micaela.

«Diciamo che si è comprato la libertà» rispose Magnus evitando il suo sguardo. «Sono desolato. L'Interpol ha diramato un avviso di ricerca, e ovviamente vi metteremo sotto protezione, anche se dubito che Gabor Morovia tornerà da queste parti.»

«Stronzate» sibilò Micaela. «Vorrà vendicarsi più di prima.»

«Prenderemo le misure necessarie» borbottò Magnus.

Rekke restò muto. Tutti restarono muti. Sembrava quasi che all'improvviso fossero finite le parole, anche se c'era un'atmosfera da quiete prima della tempesta. Rekke comunque alla fine parlò, e non era infuriato ma composto.

«Comodo non essere più chiamato a testimoniare» disse quasi in un bisbiglio.

«Lo avrei fatto volentieri» tentò Magnus.

«Come no» replicò Rekke. «Finisci la tua birra e vattene all'inferno. Adesso dobbiamo prenderci cura di Julia.»

«Non ne ho bisogno.»

«No, hai ragione. Ma abbiamo anche...»

«Un'altra visita» concluse Julia al posto suo.

Micaela li guardò sorpresa.

«Davvero?»

«Sì» riprese Rekke. «Clic, clac. Una donna, sui quarant'anni, direi, un po' nervosa ma agile. Ha già fatto dietrofront una volta, però sta tornando. È preoccupata per qualcosa.»

«Credo di averla vista giù in strada» disse Micaela.

Magnus si alzò, borbottando che doveva andare a occuparsi di quel casino. Tentò di abbracciare Julia, che si ritrasse. Poi andò verso la porta con un sorriso imbarazzato.

Non era l'uscita di scena migliore che avesse fatto. Visto da dietro sembrava abbacchiato e umiliato, eppure sulle sue labbra si disegnò un sorriso soddisfatto. Me la sono cavata a buon mercato, pensò, senza curarsi di salutare la donna sul pianerottolo. Entrò in ascensore felice di squagliarsela, mentre suo fratello riceveva la nuova ospite.

Ormai era l'una. Micaela iniziava ad avere fretta di andare al lavoro, ma decise di restare a sentire cosa voleva la donna. C'era qualcosa di strano in lei.

Come aveva indovinato Rekke, aveva poco meno di quarant'anni. Come aveva notato lei in strada, indossava abiti eccessivamente eleganti, quasi che stesse andando a una festa. Aveva i capelli raccolti sulla nuca, che evidenziavano i tratti netti del viso. Malgrado la corporatura snella, i suoi movimenti erano rigidi e incerti. Sembrava allo sbando. Guardò Rekke e gli porse una mano dalla stretta decisa.

«Mi spiace disturbare. Sono arrivata in un momento delicato, vero?» disse, guardando Julia e Micaela.

Rekke sorrise e la invitò ad accomodarsi.

«Anzi» disse poi in tono cordiale. «È arrivata proprio al momento giusto. Abbiamo tutti bisogno di qualcos'altro a cui pensare. Il suo pranzo si è interrotto bruscamente?»

La donna lo guardò perplessa.

«Come fa a saperlo?»

«È vestita come se volesse far colpo su qualcuno, ed è ora di pranzo. Ma soprattutto è evidente che ha appena avuto una notizia sconvolgente. Si tratta del suo ex marito?»

La donna era confusa.

«Dio santo, ha ricevuto una sua telefonata?»

«Niente affatto» riprese Rekke. «Ho notato che si è tolta da poco la fede e ho tirato a indovinare. Sono in una fase leggermente maniacale, a essere sincero, e sono turbato per altri motivi. Comunque non precorriamo gli eventi. Perché ci ha cercati?»

«Ho sentito parlare di lei, professor Rekke» rispose la donna. «E anche di lei, Micaela» aggiunse quasi scusandosi. «Si dice che risolviate problemi di ogni genere, e io sono coinvolta in una storia assurda con... sì, proprio con il mio ex. Ho appena saputo l'ultima follia e... Sono in imbarazzo, sembra la trama di un romanzo giallo.»

Rekke lanciò un'occhiata a Micaela, e poi sorrise affabile alla donna.

«Mi sembra un ottimo inizio» disse, con la gamba sinistra che cominciava a saltellare.

Ringraziamenti

Grazie a Jessica Bab, la mia agente nella buona e nella cattiva sorte, a Eva Bergman, la mia abile redattrice, a Eva Gedin, la mia editor dall'occhio di falco, al mio amico Johan Norberg, alla redattrice Åsa Sandzén e al medico legale Eva Rudd.

E grazie ad Anne e ai ragazzi.

Stampato da
Grafica Veneta s.p.a., Trebaseleghe - PD
per conto di Marsilio Editori® in Venezia

«Farfalle Marsilio»
Periodico mensile n. 390/2024
Direttore responsabile Giuseppe Lupo
Registrazione n. 1334 del 15.06.1999
Tribunale di Venezia
Registro degli operatori di comunicazione-ROC n. 6388

EDIZIONE
10 9 8 7 6 5 4 3 2 1

ANNO
2024 2025 2026 2027 2028